Die Autorin:

Gleich mit ihrem Debütroman »Auf Umwegen ins Herz« landete Sarah Saxx einen Amazon Kindle-Bestseller und lebt seither ihren Traum: Leser mit romantischen Geschichten tief im Herzen zu berühren und dieses gewisse Kribbeln auszulösen. Die 1982 im Sternzeichen Zwillinge geborene Tagträumerin liebt Milchkaffee, wilde Achterbahnfahrten und Jazzmusik.

Sarah schreibt, liebt und lebt in Oberösterreich und verbringt ihre freie Zeit am liebsten mit ihrem Mann und ihren beiden Töchtern.

W0350562

SARAH SAXX

Threesome

Wo die Liebe hinfällt

CONTEMPORARY ROMANCE

ROMANCE EDITION

Threesome

SARAH SAXX

1. Auflage

Deutsche Erstveröffentlichung

8712 Niklasdorf, Austria

Covergestaltung: © Sturmmöwen
Titelabbildung: © Gabriel Georgescu
Korrektorat: Dietlind Koch, www.dkagentur-gt.de
Printed in Germany

ISBN-Taschenbuch: 978-3-902972-66-8
ISBN-EPUB: 978-3-902972-76-7

www.romance-edition.com

1. Kapitel

Kristin

Es war das erste Mal in meinem Leben, dass ich den Duft von Freiheit durch das offene Fenster inhalierte, als ich an diesem Sonntagmorgen meine Heimat Lakeview hinter mir ließ und auf der Route 395 in westlicher Richtung fuhr. Meine dunklen Haare wirbelten im Wind und ich sang lautstark Countrysongs aus dem Radio mit. Dieses prickelnde Glücksgefühl, das mich dabei durchströmte, war einzigartig – begleitet von einem Hauch des Verbotenen.

Ich warf einen Blick auf die Rückbank meines alten *Chryslers*. Dort und im Kofferraum hatte ich meine ganzen Habseligkeiten gestapelt. Zwar war ich keine Gefangene auf der Flucht, aber für mich fühlte es sich so an, als wäre ich eben aus dem goldenen Käfig ausgebrochen, in dem mich mein Vater sehen wollte. Verbissen verzog ich das Gesicht und lenkte meine Gedanken wieder auf die positiven Seiten meines Lebens. Auf diese, die für mich eben erst begannen.

Nachdem ich mir bei einer Tankstelle einen Kaffee besorgt hatte, kam die Nervosität wieder hoch. Vielleicht hätte ich auf das aufputschende Getränk verzichten sollen, doch ich hatte noch mindestens vier Stunden Fahrt vor mir und es war gerade mal halb sieben Uhr morgens. Ich rechnete also jeden Moment mit dem aufgebrachten Anruf meines Vaters ... oder mit dem heulenden meiner Mutter. Doch egal, was die beiden mir sagen würden, ich würde meine Meinung nicht ändern. Ich würde nach Berkeley fahren, wo ich ab sofort Studentin der Berkeley University sein würde. Davon könnte mich niemand abhalten, denn ich wusste, dass das, was ich tat, genau das Richtige für mich war. Außerdem stand meine Grandma hinter mir, die mich in meinen Plänen unterstützte und mir auch heute Morgen den Rücken deckte.

Mein Vater würde auch nicht vor ihr seinen Mund halten können. Er würde schreien und toben, doch sie war diese Wutausbrüche von ihm gewöhnt. Sie hatte – als seine Mutter und somit vermutlich als einzige Frau in seinem Leben – ein Händchen dafür, ihn zu bändigen. Das war meine Hoffnung.

Ich konnte nicht mehr länger das Leben meines Vaters leben, das er für mich vorgesehen hatte. Wir lebten immerhin nicht im Mittelalter, sondern im Jahr 2015. Bei meiner Schwester Helen hatte er seinen Kopf durchgesetzt und auch meine Mutter lebte nach seinen Regeln. Das waren zwei Frauen zu viel und genau deshalb musste ich weg und meinen eigenen Weg gehen.

Raus aus seiner Diktatur, hinein in das Leben.

***

Schon wieder klingelte mein Telefon und erneut warf ich Liam aus der Leitung. Es tat mir zwar leid, meinen Freund so abweisend zu behandeln, aber ich konnte nicht mit ihm sprechen. Ich wusste genau, weswegen er anrief. Er hatte bis zum Schluss nicht glauben wollen, dass ich Lakeview verlasse. Ihn jetzt vor vollendete Tatsachen zu stellen, war feig. Aber was hätte ich ihm sagen sollen? Dass ich erst für mich selbst herausfinden musste, was ich mir von meinem Leben erwarte? Er hätte es nicht verstanden.

Ich mochte Liam sehr, wirklich. Aber in letzter Zeit kamen immer wieder Gedanken in mir auf, dass es vielleicht nicht Liebe war, was ich für ihn empfand, sondern einfach tiefe Freundschaft. Und dass ich vielleicht nur deshalb mit ihm zusammen war, weil mein Vater es gern so gesehen hätte ...

Doch ich hatte beschlossen, zu testen, wie es sich anfühlte, das Leben selbst in die Hand zu nehmen; nicht als verheiratete Frau des Bäckerssohn in dem kleinen Dorf mitten im Nirgendwo alt zu werden, sondern Elektrotechnik zu studieren, erfolgreich zu sein und den Wunsch nach Ehe und Kinder vorerst in den Hintergrund zu rücken.

Ich konnte nur erahnen, was sich eben in meiner ehemaligen

Heimat abspielte. Mein Magen zog sich krampfhaft zusammen und das schlechte Gewissen drückte schwer in meiner Brust, als ich wieder an das Gespräch dachte, in dem ich meine Eltern vorsichtig darauf vorbereitet hatte, dass ich ausziehen und studieren würde.

Ich hatte ehrlich gehofft, diese unschöne Szene streichen zu können in dem Moment, in dem ich Lakeview hinter mir ließ. Ganz klappte es nicht, denn ständig schoben sich die Bilder meiner vor vollendete Tatsachen gestellten Eltern vor mein inneres Auge. So gut es ging, verdrängte ich die negativen Erinnerungen ins hinterste Stübchen meines Gehirns und hoffte, diese hässlichen Minuten irgendwann vergessen zu können – oder sie zumindest mit völliger Gleichgültigkeit zu betrachten.

Jetzt war es jedenfalls an der Zeit, mich auf mein neues Leben zu freuen. Berkeley und die California State Route 299 lagen vor mir, Lakeview und meine Vergangenheit hinter mir. Und noch nie zuvor fühlte es sich so gut an, den Sonnenaufgang im Rücken zu haben und auf die Dunkelheit zuzufahren.

Der Duft von frischem Kaffee war schon wieder aus meinem Wagen verschwunden, als wie erwartet um kurz vor sieben Uhr meine Mom anrief. Ich fuhr an den Rand und stieg aus, denn ich wusste, bei dem Gespräch brauchte es meine volle Konzentration. Bevor ich abhob, atmete ich noch einmal tief ein und aus und sprach mir gedanklich Mut zu.

»Du bist also tatsächlich gefahren«, hörte ich sie klagend flüstern. Die Wehmut in ihrer Stimme regte sofort mein schlechtes Gewissen, doch ich kämpfte dagegen an.

»Natürlich, Mom, und du weißt, dass es wichtig ist für mich. Du weißt, dass meine Zukunft in Berkeley liegt. Egal, was passiert, ich lasse mich nicht von meinem Weg abbringen.«

Ich hörte sie zwischen dem Schniefen auflachen. »Ja, du warst schon immer ein Sturkopf, Kristin. Eigentlich hätten wir damit rechnen müssen, aber ... Wieso hast du dich nicht zumindest von mir verabschiedet?«, klagte sie nun in den Apparat.

Tränen, die in mir aufsteigen wollten, kämpfte ich tapfer wieder hinunter. »Ach, Mom, du weißt, wie schwierig das gewesen wäre. Ich wollte es nicht unnötig kompliziert machen. Daddy hätte womöglich von meiner Nacht- und Nebelaktion Wind bekommen und mir die Hölle heißgemacht. Oder gar meinen Wagen lahmgelegt.«

»Du hast ja recht, Kleines. Aber ... wann sehen wir uns wieder?«

»Ich weiß es noch nicht. Aber bald. Bis sich die erste Aufregung etwas gelegt hat. Dann können wir uns ja noch einmal richtig verabschieden.«

»Kristin, Schatz, ich bin unglaublich stolz auf dich. Du wirst deinen Weg gehen und damit bestimmt auch erfolgreich sein.« Sie flüsterte so leise ins Telefon, dass ich mir nicht sicher war, alles richtig verstanden zu haben. Wieder stiegen Tränen in mir hoch, gepaart mit Wut auf meinen Vater. Wieso, verdammt noch mal, war er so ein Tyrann? Wieso konnte er nicht genauso stolz auf mich sein wie meine Mom und wieso musste meine Mutter mir diese Worte zuflüstern, anstatt sie mir laut und erhobenen Hauptes zu sagen?

So gern hätte ich mich von ihr verabschiedet, wie es alle anderen taten, wenn sie aufs College gingen. Ich hätte mich sogar von meinen Eltern bis auf den Campus begleiten lassen, doch unter diesen Umständen war mein Abschied aus dem kleinen Kaff einfach nur unmöglich. Einzig Liams Vater hatte mich an meinem letzten Arbeitstag umarmt und mir alles Gute gewünscht. Und Grandma natürlich.

»Ich hab dich lieb, Mom.« Ein fetter Kloß im Hals machte mir das Sprechen schwer. »Besuche Granny, sie wird dich auf dem Laufenden halten. Die ersten paar Tage, also bis sich die Wogen etwas geglättet haben, werde ich nicht zu Hause anrufen. Du weißt, ich will Dad nicht noch mehr aufregen.«

Ihr Schluchzen traf mich schwer. Ich musste mich an der offenen Wagentüre abstützen, um nicht kraftlos zusammenzubrechen. So fest es ging, biss ich auf meine Unterlippe.

»Alles Gute, Kris. Bis bald. Ich liebe dich!« Dann legte sie auf und meine Wangen wurden nass von den Tränen, die unaufhaltsam über meine Wangen liefen.

Einen Moment hielt ich inne, sah hoch zu dem blassblauen Himmel und stieg anschließend wieder in den Wagen. Ich war stolz auf mich. Ja, das war ich tatsächlich.

***

Das Zimmer im Studentenwohnheim war klein, aber gemütlich. Ich fühlte mich in den ersten eigenen vier Wänden wohl, auch wenn ich sie mit einem fremden Mädchen teilen musste.

»Hey, ich bin Kristin Carson aus Lakeview, Oregon, und du?« Ich streckte ihr meine Hand entgegen, in die sie lasch ihre legte.

»Ich heiße Lynn. Lynn Agnes Bowler aus Nebraska. Ich studiere im ersten Semester Psychologie und du?«

»Elektrotechnik, ebenfalls erstes Semester.«

Wir waren uns sofort sympathisch. Ein klein wenig erinnerte sie mich an meine Schwester. Vielleicht stellte ich deshalb gleich zu Beginn fest, dass sie – bis auf die Tatsache, dass sie studierte – die ideale Tochter für meinen Vater wäre; denn sie war schüchtern, zurückhaltend und niemand, der unnötig aus der Reihe tanzte – ein kleines aschblondes Mäuschen eben.

Wir plauderten unentwegt während des Auspackens über Berkeley und unsere Erwartungen an das Studentenleben und beschlossen anschließend, gemeinsam zu Mittag zu essen. Die Cafeteria war voll, überall plapperten Studenten aufgeregt miteinander, erzählten von ihren letzten Ferien oder lernten sich ebenfalls erst kennen. Ich liebte mein neues Leben bereits jetzt, auch wenn die Schlange bis zur Essensausgabe unendlich lang war und mein Magen protestierend knurrte.

Wir setzten uns an einen der wenigen freien Plätze, neben zwei Mädchen und einem Jungen, die wohl zu den älteren Semestern zählten und sich angeregt unterhielten. Sie nickten uns nur kurz zu, als wir fragten, ob die beiden Stühle noch frei wären, und schenkten uns keine weitere Beachtung. Ein tolles Gefühl, wenn man plötzlich nicht mehr im Rampenlicht stand, weil man die Neue war, sondern sich jeder nur noch für sein eigenes Leben interessierte. Nun war ich nur mehr eine unter vielen und genoss diese Anonymität der Großstadt auf Anhieb.

»Was tust du da?« Verblüfft starrte ich Lynn an, als sie ihre Hände faltete, die Augen schloss und den Kopf gegen ihre verschränkten Finger senkte.

»Ich danke dem Herrn für das Essen. Machst du das etwa nicht?«

Energisch schüttelte ich den Kopf. »Hab ich nie gemacht, tut bei uns auch keiner – und nein, ich werde auch bestimmt nicht jetzt damit anfangen.«

Unscheinbar zuckte sie mit den Schultern. »Musst du ja auch nicht.«

Zum Beweis nahm ich mein Besteck und begann, herzhaft mein Fleisch zu kauen und Gemüse nachzuschaufeln. Dabei war ich mir sicher, dass sie immer noch still und heimlich betete, da sie sekundenlang auf ihren Teller starrte, bevor sie ihn anrührte.

»Gehst du denn nicht zur Kirche?«, fragte sie, als sie ebenfalls zu essen begann.

»Nein. Obwohl viele bei uns zu Hause jeden Sonntag dort anzutreffen sind. Aber das ist nichts für mich.«

Lynn wirkte ein klein wenig beleidigt, stellte jedoch gleich die nächste Frage. »Hast du denn einen Freund?«

»Ähm, na ja ... noch. Oder so.«

»Wie darf ich das verstehen?« Lynn sah mich fragend an und nippte scheinbar irritiert an ihrer Limo.

»Das ist ein ... etwas schwieriges Thema. Ich hätte vielleicht schon vor meiner Abreise mit Liam Schluss machen sollen. Aber ich konnte nicht. Vielleicht dachte ich, die Entfernung würde unsere Gefühle noch einmal anheizen, aber ich befürchte, ich empfinde nicht mehr genug für ihn.« Ich seufzte tief und spießte Erbsen mit der Gabel auf. »Weißt du, er ist wirklich ein lieber Kerl, aber er hatte genau wie mein Vater bis zuletzt gehofft, dass ich in Lakeview bleibe. Ich meine, wie kann ich mit jemandem zusammenbleiben, der meine Träume nicht mitträumt, der meine Wünsche nicht teilt und der mit aller Kraft versucht, mich von dem Gegenteil zu überzeugen?«

Lynn nickte nachdenklich. »Das klingt logisch. Aber ihn jetzt im Ungewissen zu lassen ist auch nicht fair, oder? Der arme Kerl macht sich doch bestimmt immer noch Hoffnungen?«

»Vielleicht will ich ihn als Freund nicht verlieren«, gab ich leise zu. »Ich hatte einfach Angst, plötzlich allein dazustehen. Immerhin wusste ich ja nicht, wer und was mich hier erwarten würde. Vermutlich konnte ich es deshalb noch nicht beenden.«

Lynn hob tadelnd eine Augenbraue.

»Ja, okay, es war selbstsüchtig und egoistisch von mir. Und jetzt lass uns das Thema wechseln.«

»Na gut.« Sie schenkte mir ein Lächeln und plauderte weiter, als ob es die Unterhaltung eben nicht gegeben hätte.

***

Meine ersten Vorlesungen waren aufregend, neu, intensiv. Abends rauchte mir der Kopf vom Input, aber ich spürte, dass es genau das Richtige für mich war. Bisher war der Stoff für mich nicht allzu kompliziert, obwohl es sofort sehr technisch startete. Dass es kein typisches Studium für Frauen war, verriet der geringe Anteil an weiblichen Kommilitonen. Irgendetwas sagte mir außerdem, dass selbst dieser minimale Bestand im Laufe der Zeit noch sinken würde.

Die ersten Tage rief ich jeden Abend Grandma an und berichtete ihr von meinem neuen aufregenden Leben. Und nicht nur sie bemerkte, dass ich förmlich aufblühte. Ich fühlte mich wie ausgetauscht und hätte die ganze Welt umarmen können – und das hatte ich nur ihr und ihrer mentalen und finanziellen Unterstützung zu verdanken.

Wäre die Erdanziehungskraft nur ein klein wenig geringer gewesen, ich wäre den ganzen Tag geschwebt. In Lakeview war ich im Laufe der Zeit zu einer Einzelgängerin mutiert. Die wenigen Freundinnen, die ich hatte, zogen sich nach und nach zurück, da ich kaum bei ihren Nachmittags- und Abendaktivitäten dabei sein durfte – oder konnte. Immerhin arbeitete ich viele Stunden in der Woche in der Bäckerei. Und ich hatte Liam, mit dem ich natürlich ebenso Zeit verbringen wollte. Ich lernte in den letzten beiden Jahren verhältnismäßig viel für die Schule, denn ich erhoffte mir dadurch bessere Chancen auf den weiterführenden Schulen und Universitäten. Und Beth ... nun, sie war sowieso ein anderes Thema. Freundschaften konnten schmerzhaft sein, und vermutlich gerade deshalb, weil ich das wusste, zögerte ich, mit Liam Schluss zu machen. Doch andererseits wusste ich auch, dass es durch mein Schweigen nicht besser wurde ...

Hier in Berkeley war *alles* anders. Ich hatte nicht viel erwartet, bestimmt auch, um nicht enttäuscht zu sein, wenn meine Erwartungen nicht erfüllt wurden. Aber mit Lynn verstand ich mich auf Anhieb. Ich mochte ihre ruhige, zurückhaltende Art, die so konträr war zu dem herrschenden Ton meines Vaters. Eine angenehm neue Art der Erfahrung, mit Menschen Zeit zu verbringen.

Wir aßen fast jeden Tag zu Mittag und machten erste Bekanntschaft mit dem Nachtleben als Studentinnen. Sowohl in der Bibliothek über den Büchern als auch in einer gemütlichen Bar – bis wir weit nach Mitternacht und völlig gerädert wieder zurück in unser Zimmer kamen. Konnte man eigentlich nachempfinden, wie es mir ging? Dieses Gefühl von Freiheit war unglaublich und ich konnte mir gar nicht mehr vorstellen, wie es gewesen war, als ich noch in Lakeview unter den Fittichen meines Vaters stand.

Bis vor wenigen Tagen war es ein Ding der Unmöglichkeit gewesen, einfach so und völlig spontan zu beschließen, mit gerade mal drei Stunden Schlaf auszukommen, weil man sich die Nacht zuvor um die Ohren geschlagen hatte und einfach nicht nach Hause wollte. Einfach weil man es *konnte*!

Ich liebte mein neues Leben!

2. Kapitel

Kristin

Trotz all meiner berauschenden Erfahrungen der neu gewonnenen Freiheit versuchte ich jedoch, am Boden der Tatsachen zu bleiben. Ich war hier, um zu studieren. Ein Scheitern kam für mich nicht infrage. Außerdem wollte ich, dass meine Mom und vor allem Grandma stolz auf mich sein konnten. Vielleicht auch irgendwann mal Dad.

Also beschloss ich am folgenden Donnerstag, auf Jobsuche zu gehen. Nach unserem Mittagessen stand ich gemeinsam mit Lynn vor dem Schwarzen Brett, an dem die Stellenausschreibungen für Studenten ausgehängt waren.

»Hier steht etwas von Zeitungsausträger ...« Lynn deutete auf einen vergilbten Zettel.

»Wir sind doch nicht mehr auf der Highschool!« Ich musste schmunzeln. »Ich brauche einen richtigen Job, bei dem ich zumindest etwas mehr als ein Taschengeld verdiene. Immerhin will ich von dem Zuverdienst leben können.«

Viele der Stellenangebote erforderten entweder eine ganze Menge Fachwissen aus den einzelnen Studiengängen, viel Muskelkraft, die wir definitiv nicht besaßen, oder aber es waren lächerliche Jobs wie *Maskottchen der Baseballmannschaft* oder *Popcornverkäufer*, bei denen man erstens nicht wusste, wie lang einem die Arbeit sicher war, und man zweitens bestimmt nicht viel dabei verdiente, sodass mir die Zeit dafür zu schade war.

Zwei kamen dann doch in meine engere Wahl und ich pflückte je eine Visitenkarte der Cafés von den Halterungen.

»Hast du etwas dagegen, wenn ich mitkomme? Vielleicht nehmen die ja uns beide? Ich möchte mir auch etwas nebenbei dazuverdienen – das Geld meiner Eltern reicht nur knapp und das Stipendium allein bringt mich nicht über die Runden.«

»Ja klar«, antwortete ich, wobei ich mir nicht sicher war, ob sie mit ihrem schüchternen Auftreten als Kellnerin in einem Studentencafé überleben würde. »Oder was hältst du davon?« Ich deutete auf die Stellenausschreibung der Bibliothek, die nach einer Aushilfe suchte. »Du liest doch so gern. Das klingt genau nach einem Job für dich.«

Dort würden sie Lynn vermutlich mit offenen Armen aufnehmen, immerhin repräsentierte sie das Klischeebild einer typischen Bibliothekarin – und ich meinte das im positiven Sinn. Und tatsächlich: Sie strahlte, als sie die Ausschreibung entdeckte.

»Was, wenn wir uns die Jobs am späten Nachmittag ansehen? Ich habe bis kurz nach drei Uhr Vorlesungen, danach könnten wir die Cafés und die Bibliothek aufsuchen.« Lynn rückte ihre Brille zurecht, während sie mit der anderen Hand Bücher an ihre Brust gepresst hielt.

»Klingt gut. Ich muss sowieso noch etwas Ordnung in die Unterlagen der letzten Stunden bringen. Ich warte in der Zwischenzeit in der Cafeteria auf dich.« Mit dem Kopf deutete ich auf das Gebäude auf der anderen Straßenseite. »Holst du mich dort beim Eingang ab?«

Sie nickte und wir verabschiedeten uns.

Wenig später hatte ich mir einen freien Platz ziemlich am Rand gesucht. Die Unterlagen hatte ich chaotisch rund um mich ausgebreitet – zumindest musste es für andere so wirken. Ich wusste jedoch genau, was wo lag und welche Ordnung in dem Chaos herrschte. Kaffee stand in Reichweite und ich war völlig in mein Arbeiten versunken, als ich von einer tiefen Stimme ganz nah an meinem Ohr unterbrochen wurde.

»Ist hier noch ein Platz frei?«

Als ich aufsah, blickte ich in blaugraue Augen, die mich sofort an meinen Lieblingsort bei Abenddämmerung erinnerten. Am *Goose Lake* hatte ich mich oft zurückgezogen, wenn es mir zu Hause zu viel wurde. Nie hätte ich gedacht, dass ich hier in Berkeley an diesen Ort meiner Heimat erinnert werden würde.

Kastanienbraune Haare umrandeten ein markantes Gesicht.

Seine Frisur erinnerte mich ein wenig an die Fünfzigerjahre und auch seine Kleidung war ... außergewöhnlich: Ich war mir nicht sicher, ob es an den Farben oder am Schnitt lag, aber irgendwie wirkte sein Outfit, als wäre es nicht aus dieser Zeit. Verdammt, der Typ sah glatt aus wie James Dean! In meiner Brust trommelte es aufgeregt, ehe ich meine Sprache wiederfand. »Klar. Aber nur, wenn du dich mir vorstellst.«

Ein verschmitztes Grinsen machte sich auf seinen Lippen breit, und ich schmolz dahin. »Joshua Riley, ehemaliger Informatikstudent, selbstständig.«

Er streckte mir seine Hand entgegen, die ich schüttelte. »Kristin Carson, Elektrotechnik-Studentin im ersten Semester. Passionierte Chaotin«, stellte ich mich mit einer ausladenden Armbewegung über meine Zettel vor.

»Elektrotechnik. Wow.« Anerkennend pfiff er durch die Zähne. »Das mit dem Chaos kommt mir nur allzu bekannt vor. Sorry, dass ich dich in deinem organisierten Durcheinander störe, aber ich will nur kurz etwas essen, bevor ich zurück ins Büro fahre. Und es gibt kaum mehr freie Plätze.«

Mit wenigen Handgriffen machte ich ihm Platz. Ich sah mich um und stellte fest, dass sich der Raum gefüllt hatte und tatsächlich rund um mich geschäftiges Treiben und aufgeregtes Geplapper herrschten. Er setzte sich mir gegenüber und stellte sein Tablett auf den freigeräumten Platz. Ich konnte Pasta, Brownies und eine Wasserflasche darauf erkennen. Das gleiche Menü, das ich vor gut zwei Stunden gegessen hatte. Ich musste schmunzeln.

»War mir gar nicht aufgefallen, dass es so voll geworden ist. Arbeitest du hier auf dem Campus?«

»Nein, ich habe in San Francisco ein kleines Haus mit Büro. Aber ich komme immer noch gern her – heute zum Beispiel, um Bücher auszuleihen.«

Er deutete auf einen Stapel schwerer Schinken, den er neben sich auf der schmalen Bank abgelegt hatte. Verwundert hob ich die Augenbrauen.

»Wieso leihst du sie gerade hier aus? Gibt es in San Francisco keine Bibliotheken?«

»Ich finde die hier am Campus besser.« Joshua zuckte entschuldigend mit den Schultern und ich musste lachen.

Er sah einfach umwerfend aus mit seinem weißen Hemd mit schmaler Krawatte und der dünnen graugrünen Wollweste darüber. Sein Strahlen in den Augen machte ihn sofort noch sympathischer.

»Oder aber, ich hab mich im Laufe des Studiums einfach an die Bibliothek hier gewöhnt. Aber verrate es niemandem«, feixte er.

»Also bedeutet das, dass ich dich öfter hier sehen werde?« Ich bemerkte, wie mein Mund vor Aufregung trocken wurde, und hoffte, dass er das Zittern in meiner Stimme überhörte.

»Das wäre dann schon ein großer Zufall bei der Größe des Areals. Aber wo ich mich des Öfteren aufhalte, ist das *R&G*.«

Ich warf einen verstohlenen Blick auf die Visitenkarten, die ich vom Schwarzen Brett mitgenommen hatte. Auf einer leuchteten mir in frischem Grün die Buchstaben entgegen. »Du meinst das *R&G* hier auf dem Gelände?«, wollte ich mich vergewissern.

»Genau. Die machen den besten Latte Macchiato.« Als er mir zuzwinkerte, setzte mein Herz für einen Schlag aus. Mindestens.

»So ein Zufall, denn ich habe vor einer guten Stunde beschlossen, mich dort zu bewerben.« Zum Beweis hielt ich die Visitenkarte hoch.

»Perfekt! Dann sehen wir uns ja tatsächlich öfter. Soll ich für dich ein gutes Wort einlegen? Ich kenne den Besitzer.«

»Nein danke. Das ist nett von dir, aber ... wenn ich einen Job bekomme, dann will ich wissen, dass die mich wegen meiner umwerfenden Persönlichkeit und meinen Fähigkeiten einstellen – und nicht wegen Vitamin B.«

Damit entlockte ich ihm ein Lachen. »Diese Einstellung gefällt mir. Dann halte ich dir und mir fest die Daumen.«

Hatte er das tatsächlich gesagt? Wollte er mich tatsächlich wiedersehen?

»Danke ...« Ich spürte, wie ich warme Wangen bekam, und

nippte verlegen an meinem Wasser. »Und du kommst auch aus San Francisco? Oder bist du durch das Studium hierhergekommen?«

»Nein, ich lebe tatsächlich schon mein ganzes Leben lang dort.«

Ich mochte das Funkeln im graugrünen *Goose Lake*. »Dann gefällt dir die Stadt also?«

»Klar und wie! Warst du schon mal in San Francisco?«, fragte er kauend und lenkte damit meine Aufmerksamkeit kurz auf seine vollen Lippen. Lippen, die bestimmt gut küssen konnten.

»Äh ... nein. Aber ich möchte unbedingt hin und mir alles ansehen. Dort, wo ich herkomme, herrscht alles andere als Großstadtflair.«

Joshua gluckste amüsiert auf und legte sein Besteck beiseite, ehe er sich zurücklehnte und seinen Mund mit einer Serviette abwischte. »Das macht mich jetzt aber neugierig. Woher kommst du?«

»Lakeview, Oregon.«

»Noch nie gehört ...«

»Ein Zweitausend-Seelen-Kaff. Hätte mich auch gewundert, wenn du es kennst. Es liegt in der Nähe des *Goose Lake*, falls dir der was sagt.«

»Ja, von dem hab ich schon mal gehört. Ist es schön dort?«, fragte er interessiert.

Ich zuckte mit den Schultern. »Am See: definitiv. In Lakeview? Nun, wenn man auf Langeweile steht ...«

Jetzt mussten wir beide lachen, was mir nur recht war, denn so konnte ich vertuschen, dass eben eine Gänsehaut wie ein wohliger Hauch über meine Haut kroch und die Härchen auf meinen Unterarmen aufstellte.

»Das klingt fast ein wenig danach, als wärst du froh, mal eine Weile Abstand von zu Hause zu bekommen.«

Ich seufzte tief und ließ die Schultern hängen.

Zu Hause. Sofort legte sich eine dunkle Decke über meine gute Laune und schien sie etwas zu dämpfen. Mein Vater hatte zigmal versucht, mich anzurufen, doch ich hatte sämtliche

Anrufe ignoriert. Grandma meinte, es herrsche ein Ausnahmezustand in meinem Elternhaus und er würde entweder mit hochrotem Kopf schweigen und Zähne knirschen, oder aber er würde alle mit seiner miesen Laune und seinem tobenden Geschrei in die Flucht schlagen.

Ich hatte ein riesiges schlechtes Gewissen meiner Mom gegenüber, da ich sie in dieser Hölle des Tyrannen zurückgelassen hatte. Doch ich hatte meine Entscheidung gefällt und ging nun meinen Weg, von dem ich mich nicht abbringen lassen würde. Auch sie hatte eine Wahl. Wenn sie nur wollte, könnte sie endlich einmal auf den Tisch hauen und ein ernstes Gespräch suchen. Schade nur, dass ihr der Mumm dazu fehlte. Was jedoch nicht mein Problem war. Nicht mehr.

»Sorry, ich wollte nichts Falsches sagen. Tut mir leid, wenn ich dich in irgendeiner Art und Weise verletzt habe.« Joshua zog seine Stirn in Falten. Es war ihm sichtlich unangenehm, mich durch seinen völlig belanglosen Satz aus der Bahn geworfen zu haben.

»Nein, schon in Ordnung. Es war nur nicht ganz einfach für mich, meinen Weg zu gehen, und jetzt muss ich mit meinem vermutlich übertriebenen Schuldbewusstsein leben.«

»Liegt es daran, mit deinem Freund Schluss gemacht zu haben?«, fragte er, wartete jedoch nicht auf eine Antwort. »Dann kann ich dich beruhigen. Viele beenden ihre Beziehung, ehe sie auf die Uni gehen. Größere Distanzen funktionieren auf Dauer nicht. Außerdem bedeutet ein Studium auch, dass man Neues kennenlernt und Neues erlebt. Das klappt besser, wenn man ohne Partner ist.«

Fragend hob ich meine Augenbrauen, doch Joshua zwinkerte mir nur zu. »Falls ich dir San Francisco zeigen soll, melde dich einfach. Ich übernehme gern die Funktion des Reiseleiters. Und falls ich doch bei *R&G* ein gutes Wort einlegen soll, sag Bescheid.« Mit diesen Worten schob er mir seine Visitenkarte über den Tisch. »Solltest du Probleme mit deinem Computer haben, bin ich ebenfalls der richtige Ansprechpartner. Aber *psst* ...« Er legte den Zeigefinger an seine vollen Lippen, und mein Blick blieb erneut eine Sekunde länger an ihnen haften als notwendig. »Dieses Angebot mache ich nur dir, also nicht weitersagen.«

Ich griff nach dem festen kleinen Stück Papier, auf dem neben dem Logo, einer Abfolge binärer Codes, und *RETROnic*, dem Namen des IT-Unternehmens, in fetten Lettern Joshua Riley stand. Darunter konnte ich noch seine E-Mail-Adresse, die Webadresse und eine Telefonnummer sowie die Anschrift erkennen.

»Danke. Eine eigene Visitenkarte hab ich noch nicht, da bist du vermutlich mindestens drei Jahre zu früh dran.« Ich lächelte. »Aber das macht nichts. Gib mal her«, forderte ich ihn auf, griff nach seinem Arm und schob die Weste nach oben. Dann schrieb ich ihm völlig ungeniert meine Telefonnummer auf den Unterarm, was er mit einem verschmitzten Grinsen quittierte. »Außerdem bin ich zuversichtlich, was den Job bei *R&G* betrifft und dann findest du mich ja dort.« Dabei versuchte ich, besonders siegessicher zu wirken und meine Stimme mit einer Prise Überzeugungskraft zu stärken.

Wieder dieses Lächeln, für das es einen Waffenschein geben müsste.

»Ich kann es kaum erwarten.«

Ein Schwarm kleiner Flattertierchen machte sich in meinem Bauch bemerkbar und ich genoss dieses berauschende Glücksgefühl. Außerdem stärkte seine Aussage mein Selbstbewusstsein. Er war bestimmt fünf Jahre älter als ich, doch entweder er ignorierte diese Tatsache absichtlich oder es spielte für ihn keine Rolle.

»Es hat mich gefreut, dich kennenzulernen«, meinte er noch, als er aufstand und sein Tablett lässig auf einer Hand balancierte, während er unter den anderen Arm wieder seine Bücher klemmte.

»Mich auch, Joshua aus San Francisco.« Ich bemühte mich um einen freundlichen Gesichtsausdruck und hoffte, so die Enttäuschung zu verbergen, dass er schon wieder ging. Ich hätte noch ewig mit ihm plaudern können. Nicht nur, dass er unglaublich gut aussah und ich mich vermutlich nie an ihm sattsehen würde – die Unterhaltung mit ihm und der kleine Flirt hatten richtig Spaß gemacht. Außerdem hatte ich bei ihm nicht das Gefühl, als wäre es falsch, hier in Berkeley zu sitzen und zu studieren.

»Bis bald, Kristin aus Lakeview, Oregon.« Er stupste mir an die Nase, drehte sich um und verließ kurz darauf den großen Raum, in dem mich mit seiner Abwesenheit schlagartig das laute Geräusch der Cafeteria wieder einholte. Meine Nase kribbelte noch nach, als ich mich eine gute halbe Stunde später mit Lynn traf, und ich hatte es die ganze Zeit über nicht gewagt, mir an die Stelle zu greifen, an der er mich zuletzt berührt hatte.

3. Kapitel

Kristin

»Alles in Ordnung bei dir? Du siehst aus, als ...« Lynn legte ihren Kopf schief. »... als wäre dir etwas Schönes widerfahren.«

Da lag sie vielleicht gar nicht mal so falsch. »Ich hatte in der Cafeteria eine nette Unterhaltung mit einem ehemaligen Studenten«, antwortete ich und wühlte in meiner Tasche nach der Sonnenbrille.

Dabei versuchte ich, meine Begeisterung in der Stimme etwas zurückzuhalten und ihr mit erzwungener Gleichgültigkeit zu antworten. Ich wollte nicht, dass sie womöglich gleich den Eindruck hatte, ich hätte mich verknallt. Was ich ja auch nicht hatte. Aber er war ein toller Mann. Vielleicht lag es daran, dass er *nicht* aus Lakeview stammte, vielleicht aber auch an seinen leuchtenden Augen, die bei jedem Lachen mitstrahlten, und an seinen geschwungenen Lippen, die ...

»Hallo?« Lynn winkte vor meinem Gesicht auf und ab und holte mich kichernd wieder ins Hier und Jetzt zurück. »Alles klar. Da hat wohl Amor seinen Pfeil geschossen und direkt getroffen.«

»Ach, Unsinn«, winkte ich ab. »Komm jetzt, wir wollen uns Jobs krallen!« Mit diesen Worten schob ich sie durch die Tür des Haupteingangs der Mensa und zog zeitgleich den Plan des Geländes aus der Tasche. »Ich hab mich schon schlaugemacht, wo wir lang müssen.« Ich deutete auf die Karte. »Wir sind hier, und dort drüben ist das *R&G*. Wir müssen also nur diese Straße hinunter und dann rechts abbiegen.« Ich deutete geradeaus und schon marschierten wir los.

»Wie heißt er denn?«, begann Lynn, kaum dass wir ein paar Meter gegangen waren.

»Wer?« Ich stellte mich dumm, in der Hoffnung, sie würde nicht wieder von Joshua anfangen. Ich wollte nicht an ihn denken, da ich sofort spürte, wie mein Herz aufgeregt zu schlagen begann und dieses Grinsen meine Wangenmuskulatur stärkte, kaum dass ich mich eine halbe Stunde in die Vergangenheit zurückdachte.

»Na, dein Schwarm. Der ehemalige Student, mit dem du geflirtet hast.«

»Lynn, ich werde jetzt nicht mit dir über ihn sprechen.«

»Aber wieso denn nicht? Komm schon, ich will etwas Aufregendes erfahren. Habt ihr euch geküsst? Habt ihr unter dem Tisch gefummelt?«

Stutzig betrachtete ich das unschuldig wirkende Mädchen neben mir. Vielleicht war sie gar nicht so sittsam, wie sie sich gab?

»Lynn! Ich bin entsetzt!«, antwortete ich mit übertriebener Empörung. »Und *nein*, wir haben uns weder geküsst, noch hat er seine Hände auf Wanderschaft geschickt ...«

Sie kicherte und ihre Wangen färbten sich rot. »Ich dachte nur, weil du so ein glückliches Leuchten in deinen Augen hast, wenn du von ihm sprichst.«

»So ein Blödsinn!« Nun war ich es, die rot wurde und deutete auf die andere Straßenseite. »Wir müssen hier rüber. Dort vorn ist mein zukünftiger Arbeitgeber.«

***

Seit drei Wochen arbeitete ich nun im *R&G*, während Lynn in ihren Job als Bibliothekarin hineinwuchs. Zugegeben, das Studium war härter als gedacht und ich saß oft bis spät in die Nacht über meinen Büchern. Dementsprechend froh war ich, als es endlich Wochenende war, und ich zumindest unter Tags etwas Zeit für mich fand. Ich lag gemütlich auf dem Bett, hörte leise Musik und las am Krimi, den ich im Frühjahr mal begonnen hatte. Doch meine Gedanken waren nicht wirklich bei dem Fall des Detectives aus New York, sondern beim ehemaligen Besitzer der Visitenkarte, die mir als Lesezeichen diente.

Mehr als einmal dachte ich daran, Joshua anzurufen, aber ich war viel zu schüchtern und drehte seine Visitenkarte lieber minutenlang zwischen den Fingern im Kreis, als dass ich den Mumm aufbrachte, endlich seine verdammte Nummer zu wählen, um ihn wiederzusehen.

Mit einem *Rums* riss Lynn die Tür zu unserem Zimmer auf und ließ sie krachend wieder ins Schloss fallen. »Da ist ein ... Mann ... der nach dir fragt ...«, keuchte sie völlig außer Atem, als sie sich neben meinem Bett auf ihren Schreibtischstuhl fallen ließ.

Wie von der Tarantel gestochen sprang ich auf und war mindestens so aufgeregt wie sie. »Was für ein Mann? Jung oder alt? Wie sieht er aus? Wo ist er?« Noch ehe ich die erste Antwort von Lynn abwarten konnte, stand ich schon vor dem Spiegel und fuhr mir hektisch mit den Fingern durch die Haare.

»Jung. Gutaussehend. Dunkelhaarig« waren ihre knappen Antworten, die mein Herz nur noch aufgeregter schlagen ließen.

Verdammt, Joshua war hier? Wie hat er mich gefunden? Und warum hat er mich nicht angerufen?

Schnell warf ich einen prüfenden Blick in den Spiegel, als es bereits an der Tür klopfte. Lynn starrte mich aufgeregt an und ich war kurz vorm Hyperventilieren.

»Na los, mach auf«, flüsterte sie und deutete mit den Armen in Richtung Tür.

Nervös nagte ich an meiner Lippe, als ich den Türknauf drehte.

»Hey, endlich hab ich dich gefunden! Gut siehst du aus.« Mit diesen Worten und einem folgenden Kuss auf meine Lippen betrat Liam unser Zimmer und sah sich interessiert um. »Das ist aber schon verdammt klein für zwei Personen. Privatsphäre hat man hier ja wenig«, bemerkte er noch und warf einen neugierigen Blick zu Lynn, während ich ihn mit völlig entgleisten Gesichtszügen anstarrte.

»Was ... machst du hier?«

Meine etwas ruppige Frage ließ ihn innehalten und sein Strahlen wich ein wenig aus seinem Gesicht, was nicht zuletzt an meinem zugleich enttäuschten Tonfall lag.

»Ich bin hier, um dich zu besuchen. Überraschung!« Er breitete seine Arme aus und hoffte vermutlich, mich damit zu begeistern. Oder mich zu einer Umarmung zu bringen. Oder zu einem Kuss ...

»Liam, ich ... Das ist Lynn, meine Zimmerkollegin. Lynn, das ist Liam, mein Freund.« Mit zusammengekniffenen Augen gab ich ihr hinter seinem Rücken zu verstehen, bloß die Klappe zu halten. Doch meine Sorge war entweder unbegründet oder mein Blick drohend genug, denn sie reichte ihm höflich und mit einem Musterschülerlächeln die Hand.

»Ich werde euch beiden dann allein lassen«, meinte sie, und wollte bereits das Zimmer verlassen. Doch ich hielt sie zurück.

»Du kannst ruhig hierbleiben, wir werden eine Runde an die frische Luft gehen. Komm, Liam.« Ich schnappte ihn am Ärmel und zog ihn hinter mir her.

»Ist alles in Ordnung mit dir, Honey? Ich dachte, du freust dich, wenn ich dich besuchen komme?«, fragte er, nachdem die Zimmertür ins Schloss gefallen war.

»Äh, ja, aber klar. Natürlich. Ich hatte nur nicht mit dir gerechnet«, murmelte ich und versuchte, meine Enttäuschung zu verbergen, während sich das schlechte Gewissen in mir ausbreitete. An Liam hatte ich eigentlich kaum mehr gedacht, seit ich hier war. Alle paar Tage hatten wir kurz telefoniert, wobei hier die Initiative immer von ihm ausgegangen war – was jetzt rückblickend gesehen mehr als genug über meine Gefühle für ihn aussagte.

Als wir draußen waren, peilten wir eine Grünfläche an.

Schweigend betrachtete ich meinen Freund, wie er sich mit vertrauensvollem Blick auf eine Parkbank niederließ und mich an den Händen zu sich zog. Er streichelte über meine Wange, und für einen kurzen Moment begann ich zu zweifeln, ob meine Entscheidung die richtige war. Ich fühlte mich schlecht, wie eine Verräterin, doch als er mit seinen Lippen die meinen berührte und ich eher das Gefühl hatte, als würde ich meine Schwester küssen, als meinen Freund, wusste ich wieder, dass kein Weg daran vorbeiführen würde. »Wir müssen reden, Liam.«

»Hör mal, ich möchte dir etwas sagen.« Wir hatten wohl den gleichen Gedanken, denn wir begannen zeitgleich und mussten daraufhin kurz lachen, auch wenn mir in dem Moment nicht danach war.

»Du zuerst«, ließ ich ihm den Vortritt.

Du verdammter Feigling!

»Na gut, also ... ich wollte eigentlich nur sagen ... dass ich dich vermisse. Immer, jeden Tag, jede einzelne Minute. Lakeview ist nicht mehr, wie es mal war, seit du weggegangen bist.« Seufzend fuhr er sich durch die Haare. In seinen Augen lag so viel Liebe und Hoffnung, als er weitersprach. »Weißt du, das Arbeiten in der Bäckerei macht ohne dich nur mehr halb so viel Spaß und ...« Ich merkte, wie er mit sich selbst rang und mein schlechtes Gewissen wurde nur noch größer, da ich beinah spüren konnte, wie konträr unsere Gefühle füreinander waren.

»Kristin, ich liebe dich! Willst du nicht doch wieder zurückkommen? Ich meine, du vermisst mich doch auch, oder? Das hier«, er deutete mit seinen Armen einen großen Bogen, »das ist doch alles so ... riesig. So unpersönlich. Hier bist du irgendwer. Eine Nummer. Also in Lakeview, dort ist doch dein Zuhause. Du fehlst mir, und auch deine Mutter war gestern bei mir und hat geweint, als sie ...«

»Liam, bitte nicht. Lass meine Mutter da raus.« Ich konnte meine Enttäuschung nicht verbergen, dass er mir auf diese Art mein ohnehin schon schlechtes Gewissen noch verstärken wollte.

»Honey, versteh doch ... Ich will nur, dass es wieder wird, wie es einmal war. Wir waren so glücklich miteinander und jetzt ... Verdammt, es sind gerade mal ein paar Wochen vergangen seit du weg bist und ich vermisse dich so sehr, dass ich glaube, ich müsste sterben. Wie soll ich da die nächsten Semester überstehen?«

Ich sah ihn eindringlich an, holte noch einmal Luft und sagte ihm dann, was er nicht zu verstehen schien. »Liam ... ich werde nicht mit dir zurück nach Lakeview gehen. Das hier, das ist mein Traum. Meine Zukunft liegt hier, an dieser Universität. In diesem Studium, das ich gewählt habe und das mir so viel Spaß macht.«

Die Verzweiflung in seinem Blick schmerzte. »Dann werde ich die Zeit wohl durchhalten müssen. Aber ... wir müssen öfter telefonieren. Ich muss dich öfter sehen, sonst halte ich die Trennung nicht aus. Ich habe so oft diese Scheißangst, dass ich dich verlieren werde, wenn wir nicht ... wenn wir so wenig Kontakt haben.«

»Das geht nicht. Ich ... brauche diese neu gewonnene Freiheit. Ich hab hier Verpflichtungen und du kannst auch nicht immer herkommen, Liam!« Allein der Gedanke daran, meine Wochenenden mit ihm verbringen zu müssen, drückte sich in altbekannter Last auf meine Brust und machte mir das Atmen schwer. Ich wollte nicht wieder kontrolliert werden. Ich wollte leben, meine neue Ungebundenheit genießen. Das war unmöglich, wenn Liam ständig hier war. Es war nicht machbar, da ... keine Gefühle mehr für ihn in mir existierten. Zumindest nicht solche, die er sich wahrscheinlich erhoffte.

»Ich weiß, dass es schwierig werden wird«, begann er erneut. Er schien nicht aufgeben zu wollen. »Aber ich bin mir sicher, dass wir die Zeit ...«

»Liam. Bitte.« Ich nahm seine Hände in meine und wartete darauf, dass er mich ansah.

Zaghaft hob er die Mundwinkel an. Er schien mich erneut misszuverstehen. Sah er denn nicht, wie schlecht es mir ging, wie sehr mich mein Gedankenkarussell plagte? Wie verzweifelt ich nach den richtigen Worten suchte, um ihm zu sagen, was mir auf dem Herzen lag?

»Du brauchst dir keine Sorgen machen, Honey, irgendwie werden wir die Zeit schon überstehen«, wagte er einen weiteren Versuch, doch seine Stimme war bei Weitem nicht mehr so zuversichtlich wie zu Beginn.

»Du weißt, dass es nicht funktionieren wird. Nicht auf Dauer. Das weißt du genauso gut wie ich.« Nun wich ich seinem Blick aus, drehte mich von ihm weg und vergrub das Gesicht in meinen Händen.

»Nein, das ... Was wird das, Kristin? Machst du jetzt etwa Schluss mit mir?«

Unbeweglich saß ich da, während der stärker werdende Wind meine Haare zerzauste und ich gegen den Knoten in meinem Hals ankämpfte. Ich wollte Liam bei Gott nicht verletzen, doch es schien unausweichlich. »Ja«, antwortete ich leise.

Plötzlich ging sein Atem heftig, so als wäre er schnell gerannt. Unsicher schielte ich in seine Richtung, war mir nicht sicher, ob es ihm noch gut ging. Ich erkannte einen leichten Schweißfilm auf seiner Stirn und er war ganz blass um die Nase. Dann sprang er völlig überraschend auf und tigerte vor mir auf und ab.

Viel zu laut herrschte er mich an: »Ist dir unsere Beziehung nichts mehr wert, weil du sie einfach so in den Dreck wirfst? Komm schon, rede mit mir, Kristin! Bedeute ich dir nichts mehr?«

Seine Stimme zitterte dabei, während er wild mit seinen Armen gestikulierte.

Ich merkte, wie meine Wangen heiß wurden, und sah mich kurz um. Nun schien mir dieser öffentliche Platz vielleicht doch keine so gute Wahl mehr zu sein. »Liam, natürlich bedeutest du mir noch etwas. Du bist ein verdammt guter Freund, vermutlich einer der besten, die ich je haben werde. Aber ... wir haben unterschiedliche Vorstellungen von unserer Zukunft. Wir passen nicht zusammen. Nicht mehr.« Ich versuchte, mit besonders ruhiger, besänftigender Stimme zu sprechen, doch meine Worte machten ihn nur noch wütender.

»Ein verdammt guter Freund? Das bin ich für dich? Nur ein verdammt guter Freund?« Fassungslos blieb er stehen und starrte mich an. »Verdammt, Kristin! Du bedeutest alles für mich! Eine Zukunft ohne dich ist scheiße! Ich will das nicht, ich will dich nicht verlieren! Ich dachte, wir würden einen Weg finden, trotz deines Studiums zusammenzubleiben. Und nicht, dass wir uns trennen wie die ganzen andern Pärchen, die an der Entfernung scheitern.« Er deutete auf einige stehen gebliebene

Studenten, die nun grinsend weitergingen.

»Oder schämst du dich etwa für mich, weil ich ›nur die Highschool‹ gemacht habe? Ist das dein Grund, weshalb du mich nun abservierst? Bin ich dir nicht mehr gut genug?«

Ich war geschockt, wie er mir seine Worte so voller Hass, Spott und Enttäuschung entgegenspuckte. Sein Ausdruck in den Augen stach mir mitten ins Herz und ich hatte noch nie eine so große Distanz wie eben zwischen uns gefühlt. Ohne dass ich es kontrollieren hätte können, liefen plötzlich Tränen über meine Wangen. Verschämt wischte ich sie weg und versuchte mich erneut zu erklären.

»Nein, so ist das nicht. Du verstehst das falsch, natürlich bist du mir nicht peinlich.« Ich hasste mich für meinen unbeherrschten Gefühlsausbruch und versuchte schniefend, meine Haare zu bändigen, die mir der Wind immer wieder ins Gesicht blies. »Ich will nur nicht, dass es für uns eine so schwere Zeit wird.« Und das war ehrlich nicht gelogen. »Das Leben hier wird mich verändern, *du* wirst dich ändern. Wer weiß, vielleicht verlieben wir uns neu und dann ...«

»Bullshit, Kristin! Bullshit! Denkst du wirklich, dass ich nur darauf warte, bis du weg bist, um mir ein anderes Mädchen zu angeln? Oder ... warte. Hast du schon einen anderen?«

Mein Atem stockte. Einen Moment dachte ich an Joshua, an das Kribbeln, das ich empfunden hatte, als wir in der Cafeteria geflirtet hatten. Nein, ich hatte keinen *anderen,* aber ... was auch immer zwischen ihm und mir war, es war mehr, als es als unbedeutend abzuwerten.

Liam interpretierte wohl seine eigenen Gedanken in mein kurzes Zögern und lachte verächtlich auf, ehe er weitersprach. »Weißt du was? Ich habe genug gehört und alles gesagt, was es zu sagen gab. Ich wünsche dir alles Gute, Kristin. Für deine Zukunft, deine Zeit hier in diesem *Scheiß-Berkeley* und für die Zeit danach.« Dann drehte er sich um und ging zurück Richtung Parkplatz.

Mist, ich hatte es völlig vermasselt! So wollte ich nicht, dass es auseinanderging.

»Warte, Liam! Wir bleiben doch Freunde, oder? Wir bleiben in Kontakt.«

Er blieb stehen und ich schöpfte Hoffnung, als er sich zu mir umdrehte. Aber sein Gesicht sprach Bände. »Nein, Kristin. Für eine Freundschaft reicht es bei mir momentan nicht. Und ich lasse nicht mit mir spielen. Ich lasse mir nicht noch einmal das Herz von dir zerquetschen. Melde dich bei mir, wenn du es wieder ernsthaft versuchen willst. Wenn du einfach nur Hallo sagen willst – behalte es für dich.«

Ich schluckte schwer, als ich ihm nachsah. Nun war es also vorbei. Endgültig, wie es schien. Und ich fühlte mich nicht wie erwartet erleichtert, sondern so richtig beschissen. Denn ich hatte eben meinen ältesten und längsten besten Freund verloren.

4. Kapitel

Kristin

Die Trennung von Liam lag mir gewaltig im Magen. Aber nicht die Tatsache, dass wir nun nicht mehr zusammen waren, beschäftigte mich, sondern die Art, wie er den Schlussstrich unter unserer Freundschaft gezogen hatte. Mit so verletzenden Worten hatte ich nicht gerechnet, aber andererseits: Was hatte ich erwartet? Dass er sagen würde: »Kein Problem, dann haben wir uns eben getrennt – lass uns Freunde sein und gemeinsam abhängen?«

Da kamen mir die Stunden im *R&G* als Ablenkung nur recht. Auf der Arbeit war es immer hektisch, und ich hatte die Bestellungen der Gäste im Kopf – und nicht das schlechte Gewissen um Liam. Auch grübelte ich nicht ständig darüber nach, warum sich Joshua noch nicht bei mir gemeldet hatte – oder aus welchem Grund ich ihn anrufen könnte, ohne wie ein verknallter Teenie zu wirken.

Als er dann jedoch an jenem Donnerstag tatsächlich an einem der Tische Platz nahm, als mein Dienst schon fast vorbei war, musste ich mich höllisch zusammenreißen, nicht vor Freude laut zu quietschen. Auch diesmal fiel mir sofort wieder seine Kleidung positiv auf, die mich ein wenig an den Rockabilly-Stil der Fünfzigerjahre erinnerte. Er trug ein tailliertes Hemd mit aufgestelltem Kragen, dazu schwarz-weiß karierte Hosenträger. Auch seine Jeans wirkten, als wären sie aus der Vergangenheit. *Fehlt nur noch das passende Auto.*

»Was ist denn mit dir los?«, fragte mich meine Kollegin Sue mit genervtem Gesichtsausdruck, als ich mich schnell hinter der Kuchenvitrine versteckte, ehe Joshua mich entdecken konnte. Immerhin musste ich mir erst überlegen, wie ich ihm gegenübertreten wollte.

Etwa lässig und cool, à la »Hey, Joshua, wie geht's? Lang

nicht gesehen! Was machst du so?« – oder aber enttäuscht: »Wieso hast du dich so lange Zeit nicht blicken lassen? Ich dachte, du wärst öfter hier?«

Oder sollte ich so tun, als würde ich mir nicht mehr sicher sein, ob er es war, und ihn nach seiner Bestellung fragen, wie jeden anderen Gast?

»Siehst du den Mann dort drüben an Tisch fünfundzwanzig, Sue?« Ich deutete mit dem Kopf in seine Richtung.

Sie nickte. »Der ist öfter hier. Kennst du ihn etwa? Ist das dein Freund?«

In ihrer Stimme schwang Neid mit, was mir gar nicht gefiel. Ihr Hobby war es, schamlos die männlichen Gäste der Cafeteria anzubaggern. Den Job hatte sie vermutlich nur deshalb noch immer, da sie eine Cousine des Chefs war. Und solang ihre offene Art den Männern gefiel, war sie anscheinend eine willkommene Marketingstrategie.

»So was in der Art«, antwortete ich gedankenverloren. »Auf jeden Fall ist er *mein* Kunde.« Mit diesen Worten ließ ich sie stehen und ging zielstrebig auf Joshua zu.

»Kristin aus Lakeview, Oregon. Schön, dich zu sehen.« Er erhob sich und überraschte mich, indem er mich kurz an sich drückte.

Sein Duft benebelte meine Sinne und ich klammerte mich etwas zu lang an ihm fest, was er mit einem amüsierten Lachen kommentierte.

Peinlich berührt lockerte ich schließlich meine Umarmung. »Ich freue mich auch, dass du hier bist, Joshua aus San Francisco. Ich dachte schon, du hättest mich vergessen«, fügte ich scherzhaft hinzu.

»Oh nein, ganz im Gegenteil ...« Er musterte mich einen Moment mit einem gedankenverlorenen Schmunzeln, ehe er fortfuhr. »Ich hatte nur viel Arbeit in den letzten Tagen.«

Ich nickte, da ich nicht wusste, was ich darauf hätte antworten sollen. »Erzähl, wie geht es dir?«, fragte ich stattdessen, weil ich nicht sofort seine Bestellung entgegennehmen und zurück zur Bar gehen wollte. Am liebsten hätte ich mich zu ihm an den

Tisch gesetzt und mich ewig mit ihm unterhalten, aber das ging natürlich nicht.

»Jetzt wieder sehr gut, da ich dich hier sehe.« Er zwinkerte mir zu und mein Herz hüpfte in meiner Brust aufgeregt auf und ab. »Super, dass du den Job bekommen hast. Macht er dir Spaß? Hast du dich schon eingearbeitet? Wie geht es dir mit deinem Studium?« Joshua überfiel mich förmlich mit seinen Fragen.

Amüsiert antwortete ich ihm. »Ja, der Job macht wirklich Spaß. Mein Chef scheint bisher ganz zufrieden mit mir zu sein, und das Studium ist immer noch meine beste Entscheidung, auch wenn es verdammt anstrengend ist.« Wie zum Beweis pustete ich mir eine Haarsträhne aus dem Gesicht.

Kurz sah ich mich um und begegnete Sues Blick, mit dem sie mich taxierte. »Also ... ich würde gern noch eine Weile mit dir plaudern, Joshua. Vorausgesetzt, du hast Zeit und Lust ...«

»Auf jeden Fall. Das trifft sich ganz gut, denn ich bin hergekommen, in der Hoffnung, dich hier zu treffen. Ich will dich nämlich entführen. Hattest du inzwischen schon mal Gelegenheit, dir San Francisco anzusehen?«

»Nein, leider bisher noch nicht. Hör zu, ich hab in zwanzig Minuten Feierabend ...« Wie peinlich – ich redete viel zu schnell. Die leise Welle der Nervosität schwappte über mir zusammen und ich hielt das Tablett in der Hand noch fester, um das leichte Zittern zu verbergen. Ich würde tatsächlich mit ihm nach San Francisco fahren? Heute?

»Gut. Dann warte ich hier auf dich und werde dich bei der Arbeit beobachten, bis du fertig bist.« Joshua lehnte sich mit einem unwiderstehlichen Lächeln auf den Lippen in seinem Stuhl zurück und verschränkte die Arme vor seiner Brust.

Alles, solang du nur in meiner Nähe bleibst. »Dann bringe ich dir einen Latte Macchiato, oder möchtest du etwas anderes zu trinken?«

Für den Bruchteil einer Sekunde sah er mich überrascht an, vielleicht, weil ich mir gemerkt hatte, wegen welchem Getränk er immer herkam. Dann strahlte er und nickte. »Danke, das wäre super.«

»Kommt sofort.« Ich zwinkerte ihm zu und hoffte, dass meine Wangen nicht allzu rot waren, als ich beschwingt zurück hinter die Bar ging.

Ein Kribbeln machte sich in meinem Bauchraum breit, als ich seine Bestellung zubereitete, und ich war so gut gelaunt, dass ich selbst überrascht war.

Wieso mich dieser Mann so verwirrte, wusste ich selbst nicht genau. Ich hatte bereits Nächte wach gelegen, und mir darüber den Kopf zerbrochen, doch immer wieder musste ich an seine geschwungenen Lippen denken, die ich allzu gern auf meinen eigenen fühlen würde. Und an ganz anderen Stellen ... Seine Augen strahlten eine große Vertrautheit aus, bei der ich mir nicht sicher war, ob es an der Ähnlichkeit mit dem *Goose Lake* lag oder daran, dass sich sein Lächeln in ihnen widerspiegelte.

Seit unserer ersten Begegnung träumte ich nicht nur regelmäßig von ihm, ich wachte schweißgebadet und erregt auf, und hatte das Gefühl, seinen Körper noch auf dem meinen zu spüren. Ich hatte sogar nach dem Erwachen seinen Duft in der Nase und zweifelte inzwischen stark an meiner Wahrnehmung.

***

Als ich die vermutlich längsten zwanzig Minuten meines Lebens endlich hinter mich gebracht hatte, eilte ich in den Aufenthaltsraum für die Angestellten. Hektisch riss ich mir die Schürze und das *R&G*-T-Shirt vom Körper und wusch mich kurz an dem kleinen Waschbecken. Meine Haare versuchte ich, mit einem Haarband und ein paar Spangen in eine einigermaßen ansehnliche Frisur zu verwandeln. Außerdem sprühte ich mir ein blumiges Parfum auf mein Poloshirt – keine Ahnung, wer der eigentliche Besitzer dieses Duftwassers war, aber den Flakon musste ich mir merken, denn es roch verdammt gut.

Ein letztes Mal warf ich noch einen Kontrollblick in den Spiegel, ehe ich mit meiner Tasche zurück in den Gastraum ging. Diesmal ohne zu eilen – ich wollte nicht den Eindruck erwecken, als sehnte ich mich so sehr danach, endlich wieder in seiner Nähe zu sein. Auch wenn es so war.

»Hey, Hübsche. Kann es losgehen?« Wieder Joshuas unwiderstehliches Lächeln, das der neue Antrieb meines Herzschlags war.

»Klar doch. Ich fahre dir nach, mein Wagen steht vor dem Studentenwohnheim.«

»Nichts da, du fährst mit mir mit. Keine Angst, ich bin ein anständiger Fahrer, wenn auch ein manchmal unanständiger Mann. Aber du brauchst keine Angst zu haben, ich werde artig sein, Kristin.« Dabei stand er so knapp vor mir, dass ich allein deshalb seine Worte als Lügen entlarvte. Dennoch. Seine Nähe raubte mir den Verstand. Ich konnte gar nicht anders, als nickend zuzusagen.

Sue warf noch interessierte Blicke in unsere Richtung, als wir an ihr vorbeigingen, was ich mit einem Grinsen abtat.

Joshua hielt mir die Tür zu einem dunkelblauen Cabrio auf, das auf dem Parkplatz des Cafés stand. Ich musste mir ein lautes Lachen verkneifen, denn es gäbe kein passenderes Auto für ihn.

»Wow, Mr Riley, ich bin schwer beeindruckt! Ist das ein *Cadillac*?«

Der Stolz in seiner Stimme war nicht zu überhören, als er mir antwortete. »Ein *Cadillac DeVille convertible*, Baujahr 1960.« Damit nahm er neben mir Platz. »Kann es losgehen?«

»Und ob!« Beeindruckt strich ich mit meiner Hand über das alte Leder der Sitze und strahlte ihn aufgeregt an. Der Mann war das reinste Abenteuer! Ich war gespannt, was mich noch erwarten würde.

Er drehte den Schlüssel im Zündschloss um, und der Motor sprang mit einem tiefen Schnurren an. Dann legte er lässig seinen Arm auf die Rückenlehne.

»Also ehrlich, Joshua: Mein Wagen ist auch ein älteres Modell, aber mit deinem kann er nicht mithalten. Außerdem ist der hier so richtig stylish, was ich von meinem nicht gerade behaupten kann. Ist das dein Mädchen-Abschlepp-Wagen?«

Sein raues Lachen würde mich bestimmt irgendwann um den Verstand bringen. »Mädchen-Abschlepp-Wagen? Also auf diese Bezeichnung wäre ich noch nie gekommen.«

»Hast du den geliehen oder ist er tatsächlich dein Eigentum?«

»Den hab ich vor Jahren auf einem Schrottplatz entdeckt. Ich konnte meinen Dad überreden, mir mit dem Restaurieren zu helfen. Der Wagen hat somit schon fast einen sentimentalen Wert für mich.«

»Wow. Ich bin beeindruckt.« Bei meinem Lob sah er mich stolz an. »Das klingt, als hättest du ein gutes Verhältnis zu deinem Vater«, stellte ich fest. Ich spürte einen kleinen Stich, begleitet von einem leichten Anflug von Neid. Mich mit meinem Vater gut zu verstehen, das gehörte bei mir zur Vergangenheit und würde mir zukünftig vermutlich für immer verwehrt bleiben. Die Wahrheit war, dass sich jedes Kind eine innige Beziehung zu seinen Eltern wünschte. Da war ich keine Ausnahme.

»Er ist ein toller Typ«, bestätigte mir Joshua. »Und dein Dad? Wie ist der so?«

»Er hatte andere Vorstellungen von meiner Zukunft als ich«, gestand ich leise.

»Und die wären?«

»Zumindest *nicht*, dass ich von zu Hause fortgehe.«

»Tja, Eltern eben. Die können sich irgendwie nie damit abfinden, dass ihre Kinder erwachsen werden. Das kenne ich zu gut.«

Als wir mitten in San Francisco in einer Einfahrt hielten, hob ich überrascht eine Augenbraue.

»Wo sind wir?«

»Bei mir zu Hause. Keine Angst, ich stelle hier nur den Wagen ab, den Rest gehen wir zu Fuß.«

»Wie jetzt? Das ist dein Haus?«, fragte ich nicht ohne Verwunderung.

Entweder er wohnte noch bei seinen Eltern, oder aber er musste mit seiner Firma tatsächlich ziemlich erfolgreich sein. Das Haus war in dem für San Francisco typisch viktorianischen

Stil erbaut worden und bestimmt doppelt so groß wie unseres in Lakeview. Die weißen Holzvertäfelungen wirkten alt, aber gepflegt – genau wie der kleine Vorgarten – und unzählige Verzierungen und Holzschnitzereien schmückten die Fassade.

»Klein, fein und mein.«

»Wow! Ich bin beeindruckt.«

»Sieht auf den ersten Blick spektakulärer aus, als es ist«, winkte er ab. »Das Haus gehörte mal meinen Großeltern. Die beiden sind aber inzwischen im Seniorenheim, deshalb wohne ich jetzt hier. Sie wollten es nicht verkaufen, sondern hatten gehofft, jemand aus der Familie würde ihr Zuhause übernehmen.« Er stieg aus und ging um den Wagen herum, während ich sprachlos und überrascht sitzen blieb und mich umsah.

Joshua beobachtete mich dabei vergnügt und hielt mir die Autotür auf. »Na komm schon, gehen wir ein Stück.« Er bot mir seinen Arm an, und ich hakte mich bei ihm unter. Kaum dass ich die Wärme seines Körpers auf meiner Haut spürte, begann sie zu prickeln.

»Ist dir kalt?«, erkundigte er sich besorgt und rieb über meine nackten Oberarme, auf denen sich eine Gänsehaut gebildet hatte.

»Nein. Alles okay«, hauchte ich und sah ihm dabei in die Augen. In seine wunderschönen graugrünen Augen, die so viel Vertrauen und Geborgenheit versprachen. Die Zeit schien für einen Moment anzuhalten, allein für uns beide. Nur langsam lösten wir unsere Blicke voneinander und schlenderten schweigend nebeneinander her, eingehüllt in eine Blase aus besonderen Emotionen, wie ich sie noch nie zuvor empfunden hatte. Ein unglaubliches Glücksgefühl durchströmte mich von den Haarwurzeln bis zu den Zehen.

Mit diesem anschwellenden Herzen, das mir ein breites Lächeln auf die Lippen zauberte, sah ich mich zum ersten Mal genauer um. Die Straße war gesäumt mit Häusern wie jenes von Joshua. Wir befanden uns in einem ruhigen Wohnviertel, das nach glücklichen Familien und Wohlstand aussah. Ein paar der Nachbarn grüßten Joshua freundlich. Irgendwann einmal würde ich auch in so einer Gegend wohnen wollen, beschloss ich im Stillen.

Immer wieder sah ich verstohlen zu Joshua und genoss seine Anwesenheit. Es tat unglaublich gut, mit ihm in dieser vertrauten Art die Straße entlangzugehen. Dabei war er mir so nah, dass ich unwillkürlich seinen Duft einatmen musste und in Verbindung mit der leichten Berührung unserer Unterarme wurde ich an meine heißen Träume mit ihm erinnert.

Verdammt, was passiert hier nur mit mir?

»Wenn wir Glück haben, schaffen wir es noch in den Zoo, bevor er schließt – hast du Lust?«, fragte Joshua mit rauer Stimme und durchbrach damit meine absolut nicht jugendfreien Gedanken.

»Klar, warum nicht?« Ich versuchte mich an einem unschuldigen Gesichtsausdruck. »Aber ... nur mal so aus Interesse – wieso haben wir nicht gleich dort geparkt?«, hakte ich noch nach, da sich die unanständigen Bilder nicht völlig aus meinem Kopf verscheuchen ließen und ich dringend eine Ablenkung benötigte.

»Wenn ich dir das verrate, muss ich dich umbringen«, scherzte er.

Empört schnaubend stieß ich ihm mit dem Ellenbogen in die Seite, konnte mir aber das Kichern nicht verhalten. »Okay. Das nehme ich in Kauf, um hinter das Geheimnis zu kommen«, antwortete ich dann frech und sah ihn herausfordernd an.

»Bin ich denn so geheimnisvoll?« Überrascht hob er seine Augenbrauen.

»Bis jetzt schon. Also los, Mr Riley, was verschweigen Sie mir?«

»Na gut, ich ...« Er atmete tief aus und warf mir einen Seitenblick zu. »Ich habe den Wagen zu Hause geparkt, weil ich den Tag heute mit dir bis zur letzten Sekunde auskosten möchte.«

In meinem Bauch kribbelte es und mein Herz machte einen Satz. »Das klingt nach einem guten Plan, aber ... was machst du, wenn du plötzlich feststellen musst, dass ich eine totale Langweilerin bin?«

»Bist du das denn?« Er brachte etwas Abstand zwischen uns und sah mich prüfend und ungläubig, aber mit einem Lächeln von der Seite an.

»Ich hoffe nicht, aber ich kann für nichts garantieren. Immerhin komme ich aus Lakeview, und ich bin mir nicht sicher, ob wir dort wissen, wie man richtigen Spaß hat.«

»Na, das werden wir noch herausfinden. Fühle dich nicht unter Druck gesetzt. Wir gehen es langsam an und beginnen für heute mal ganz easy mit dem Zoo.«

5. Kapitel

Joshua

Heilige Scheiße, was macht diese Frau bloß mit mir?

Ich wusste es genau – sie machte mich verrückt. Bereits seit dem ersten Moment, in dem ich sie gesehen hatte, fühlte ich, dass sie etwas Besonderes war. Und ich hatte keine andere Wahl, ich musste Zeit mit ihr verbringen. Es war wie eine neue Art der Anziehungskraft, als hätte der Erdmittelpunkt Konkurrenz bekommen.

Ich hatte keine Ahnung, was das heute werden sollte. Ich wusste nur, dass ich nicht noch länger warten konnte. Viel zu lang hatte ich versucht, mich von ihr fernzuhalten. Doch es hatte nicht funktioniert. Ich erwischte mich dabei, wie ich über das Unigelände fuhr und nach ihr Ausschau hielt. Ich parkte regelmäßig gegenüber dem *R&G*, in der Hoffnung, sie zu sehen. Ich hatte mich sogar dazu herabgelassen, den Chef des Studentencafés auf sie und ihre Dienstzeiten anzusprechen.

Verdammt, ich fühlte mich wie ein irrer Stalker! Dabei war das noch gar nicht alles ... Denn das Verrückte war, ich wollte nicht nur Zeit mit ihr verbringen, nein! Ich hatte plötzlich das Bedürfnis, alles über sie erfahren zu wollen. Ich musste wissen, was ihr Spaß machte und wovor sie Angst hatte. In mir stiegen Gedanken auf, dass ich sie trösten wollte, wenn sie traurig war, nur um sie anschließend zum Lachen zu bringen.

Verdammt, ich malte mir sogar aus, wie sie aussähe, wenn sie schläft, und ich wollte erfahren, was sie am liebsten zum Frühstück isst ... Mit einem Kopfschütteln versuchte ich meine Gedanken zu vertreiben. Das war nicht gut für mich. Ich durfte meine Sicherheitszone nicht verlassen, durfte niemanden sie überschreiten lassen. Es würde nur Chaos bedeuten ...

Ich war heilfroh, als wir endlich unser Ziel erreicht hatten, und ich zum Bezahlen der Eintrittskarten unsere leichte Berührung lösen musste. Nein, eigentlich war ich darüber überhaupt nicht froh, denn ich brauchte ihre Wärme auf der Haut in dem Moment, in dem ich den Kontakt zu ihr verlor. *Fuck!*

»Was wollen wir uns zuerst ansehen?«, fragte ich, um mich wieder in den Griff zu bekommen, und heftete meinen Blick dabei auf ihre Lippen. Auf diese weich geschwungenen Lippen, die sie so süß zu einer Schnute verzog, wenn sie nachdachte. Und ihre Augen ... sie rissen mich hinab in einen Strudel, aus dem ich am liebsten nicht mehr auftauchen wollte.

Ich war so ein Idiot!

»Lass mal den Parkplan sehen«, bat sie mich und ich faltete die Karte auseinander.

Sie beugte sich darüber und machte mich fast verrückt mit ihren dunklen langen Haaren, die so herrlich nach Sommer rochen. Dabei streiften sie meinen Oberarm, als sie ihr über die Schulter rutschten und ich hatte mit mir zu kämpfen, meine Hände nicht in ihnen zu vergraben.

Stopp! Diesem Chaos hatte ich vor langer Zeit abgeschworen. Ich hatte solche Gefühle hinter mir gelassen, um nicht enttäuscht zu werden, aber bei ihr fiel es mir *jetzt* schon so verdammt schwer, mich zurückzuhalten. Ich wusste nicht, ob ich bereit dazu war, geschweige denn, ob ich damit umgehen konnte. Sie hatte keine Enttäuschung verdient und ich war nicht sicher, ob ich ihr etwas anderes bieten können würde.

»Also nachdem es schon so spät ist, haben wir nicht viele Möglichkeiten. Ich würde sagen, wir machen diese Runde.« Dabei fuhr sie mit dem Finger eine der weißen Linien nach, doch ich folgte ihr nur mit halber Aufmerksamkeit. Ich war viel zu sehr damit beschäftigt, meine Selbstbeherrschung nicht aufzugeben.

»Hier haben wir die Gorillas, die Zebras und die Giraffen. Wenn wir uns beeilen, schaffen wir vielleicht auch noch mehr. Das Löwengehege wäre cool«, sagte sie und ich brummte zustimmend.

Dieser Nachmittag würde einer der schönsten und schlimmsten meines Lebens werden, das wurde mir eben bewusst. Was für ein Chaos!

»Nun komm schon, worauf wartest du noch!«, rief sie mir zu und lief voraus. Dabei lachte sie und traf mich dabei mit voller Wucht. Wie sollte ich nur einen Tag länger ohne dieses Lachen sein? Scheiße, ich wurde verrückt! »Also nachdem ich dir nun beweisen sollte, dass ich tatsächlich keine Langweilerin bin, würde ich sagen, wir machen das, was man bei einem Zoobesuch nun mal macht. Nämlich Fotos. Wenn man für dieses Vergnügen um diese Uhrzeit noch bezahlen musste, dann sollte man es auch ausgiebig nutzen, oder was meinst du?«

Ich sah sie kurz an und war mir nicht sicher, ob ich sie richtig verstanden hatte. »Fotos?« Wurde jetzt *ich* verrückt oder *sie*?

»Ja, lass uns so viele Selfies wie möglich mit Tieren darauf machen. Dann sieht es so aus, als ob wir den ganzen Nachmittag hier verbracht hätten. Die Wahrheit brauchen wir niemandem zu verraten.« Sie zwinkerte und ich lachte kurz auf, als sie mir herausfordernd die Hand entgegenstreckte. Dann schlug ich mit einem »Lass uns loslegen« ein.

Das konnte ja heiter werden!

Inzwischen hatten wir das erste Gehege erreicht, in dem sich Kudus, eine Antilopengattung, befanden.

»Bist du bereit?«, fragte sie, als sie sich neben mich stellte und ich meine Handykamera aktivierte.

»Dann zeig mir mal dein süßestes Lächeln«, forderte ich sie heraus, während ich mich knapp hinter sie stellte und nebenbei noch versuchte, eines der gehörnten Tiere aufs Bild zu bekommen.

Wir grinsten beide in die Kamera, und als ich abdrückte, war ich froh, ihr perfektes Strahlen eingefangen zu haben. Vielleicht war die Idee mit den Selfies gar nicht so verrückt – immerhin bekam ich so die Möglichkeit, mich auch an ihrem hübschen Gesicht sattsehen zu können, wenn sie nicht in meiner Nähe war.

»Na bitte. Foto Nummer eins haben wir. Weiter geht es zu den Zebras, los!« Sie griff nach meiner Hand und zog mich mit sich.

Wir rannten weiter zum nächsten Gehege. Und ja, ich fand tatsächlich Gefallen an diesem verrückten Spiel. Die Blicke der anderen Parkbesucher ignorierten wir, als wir von einem Gehege zum nächsten hetzten. Vor dem Löwengehege drehte sich Kristin kurz bevor ich den Auslöser drückte zu mir und fletschte die Zähne, während sie ihre Haare zu einer wilden Mähne zerzauste.

»Muss ich jetzt der Parkleitung melden, dass eine wilde Löwin aus dem Gehege ausgebrochen ist?«, fragte ich sie lachend.

Sie sah mich erst unbeweglich an, dann rannte sie los. »Vielleicht kannst du sie ja allein wieder einfangen?«, rief sie mir über ihre Schulter neckend zu. »Oder hast du Angst vor ihren Krallen?«

Das ließ ich mir nicht zweimal sagen. Ich hechtete ihr hinterher, und noch vor dem Rotluchs hatte ich sie eingeholt. Ich schlang meine Arme um sie und hielt sie fest. Dann hob ich sie hoch und warf sie über meine Schulter, was sie mit einem leisen Kreischen kommentierte.

»Liebe Parkbesucher, der *San Francisco Zoo* schließt in einer halben Stunde. Bitte beenden Sie ihre Tour und begeben sich zum Ausgang. Wir wünschen Ihnen noch einen schönen Tag und hoffen, dass Sie uns bald wieder besuchen«, tönte es diesen Moment durch die Lautsprecher.

»Verdammt«, hörte ich sie leise fluchen, was mich zum Grinsen brachte. Vorsichtig ließ ich sie wieder auf den Boden.

»Dreißig Minuten. Pro Minute ein Foto. Schaffen wir das?«

»Los geht's«, sagte sie und lief bereits vor.

Vor den Nashörnern bremsten wir unseren Sprint, zeigten wie Hollywood-Stars auf dem roten Teppich ein perfektes Zahnpastalächeln in die Kamera und hetzten weiter. Bei den Nilpferden blies ich meine Backen auf und Kristin lachte laut, als sie mein Gesicht im Display erkannte. Ein tolles Foto, vielleicht sogar mein heutiges Lieblingsbild von ihr.

Bei den Grizzlybären kam zum ersten Mal ein Parkwächter auf uns zu und bat uns, den Ausgang aufzusuchen. Wir nickten nur, stellten uns vor das Gehege und Kristin schlang ihre Arme um meinen Oberkörper, als ich den Auslöser drückte.

Das war definitiv zu viel des Guten. Ich spürte, wie mein Widerstand brach. Neckend sah sie zu mir auf, während ich ihr langsam eine Strähne aus dem Gesicht strich.

»Deine Augen sind ... wow«, hauchte sie und kam plötzlich immer näher. Oder war ich es, der sich auf sie zubewegte? Ich senkte meinen Blick auf ihren Mund und, Mann, ich war so ein Idiot, aber ich wollte sie unbedingt küssen. Jetzt, sofort.

»Bitte, verlassen Sie den Park, wir schließen!« Die barsche Stimme des Wächters drang in meinen Kopf. Ich wollte dagegen ankämpfen, wollte ihn ausblenden. Zumindest kurz, so lang, bis sich unsere Lippen berührt hatten.

Doch Kristin nahm mich am Arm und führte mich mit einem leisen »Komm« weg von diesem Mann, den ich am liebsten den Bären zum Fraß vorgeworfen hätte.

***

»Mann, so ein Esel«, sagte Kristin, als sie wenig später in ihr Sandwich biss. Wir hatten es uns in einem Café gemütlich gemacht und sahen auf die geschlossenen Tore des Zoos auf der anderen Straßenseite.

»Macht ja nichts. Wir können ein anderes Mal wiederkommen und die restlichen Fotos machen. Immerhin haben wir nur einen Bruchteil der Tiere gesehen. Vermutlich können wir noch einen vollen Nachmittag darin verbringen und haben nicht alle gesehen.« Ich klang wie ein Erwachsener, der ein Kind beruhigen wollte. Vielleicht wollte ich auch das Kind *in mir* besänftigen, doch ich wusste genau, was sie meinte. Dieser Kerl hatte uns um unseren Kuss gebracht!

Es wäre bestimmt einfach, ihn jetzt noch nachzuholen, aber es schien mir nicht mehr passend. Nicht dass es seitdem unangenehm zwischen uns war. Ich genoss ihre Anwesenheit genauso, wenn nicht noch mehr als zuvor, aber dieser besondere Moment war verflogen und es schien irgendwie nicht mehr zu passen. Ich wollte sie nicht einfach überrumpeln.

»Hast du Geschwister?«, fragte ich deshalb, um endlich meinen Kopf von ihrer Anziehungskraft abzulenken.

Kauend nickte sie. »Meine Schwester Helen ist verheiratet und hat gemeinsam mit Robert einen Sohn, Jefferson. Und du?«

»Drei ältere Brüder.« Ich grinste, als sie mich staunend ansah.

»Da musstest du dich wohl oft behaupten.«

»Sagen wir so, man lernt zu kämpfen, um die Dinge, die einem wichtig sind.« Dabei sah ich ihr tief in die Augen. Ich musste kämpfen. Mit meinen inneren Dämonen. Ich wusste, dass ich sie nicht ewig von mir fernhalten konnte. Dafür ging Kristin mir viel zu nah Sie hatte sich bereits in meinem Kopf eingenistet, fest verankert mit meiner Brust. Doch ich wusste auch, dass ich noch nicht bereit war, das, was sich in mir anbahnte, zuzulassen ...

»Und um was lohnt es sich deiner Meinung nach zu kämpfen?«, fragte sie dann, und ich verschluckte mich fast an meiner *Cola.*

»Um Freiheit, Liebe, Freundschaft und das Leben«, sagte ich überzeugt.

»Das klingt gut«, meinte sie. »Freiheit gefällt mir«, murmelte sie mehr zu sich selbst. Doch dann sah sie mich wieder an und ihr Lächeln raubte mir nicht zum ersten Mal an diesem Tag den Atem.

***

»Wie bitte? Ihr seid im Zoo gewesen?« Daniel sah mich an und nippte an seiner *Cola.*

Wir saßen in unserem Büro und wollten eigentlich ein Projekt besprechen, doch er konnte es nicht lassen, mich über den gestrigen Nachmittag auszuquetschen.

»Es war eine Spontanentscheidung von mir. Ursprünglich wollte ich mit ihr zur Golden Gate Bridge, hatte mich aber umentschieden und den Wagen zu Hause geparkt. Dann sind wir zu Fuß weiter.«

»Du wolltest sie sofort flachlegen, du Hengst?«

»Nein, ich wollte mit ihr zum Zoo.«

»Klar.« Der Sarkasmus in Daniels Stimme war nicht zu überhören.

»Was ist jetzt, können wir mit dem Arbeiten beginnen?«

Mein ehemaliger Studienkollege, Geschäftspartner und seit Jahren bester Freund ignorierte meine Frage und runzelte die Stirn. »Und was ist jetzt mit euch beiden? Seht ihr euch wieder?«

»Was geht dich das an?« Irritiert stand ich auf, um mir Kaffee nachzuschenken.

»Seit wann machst du ein Geheimnis aus deinen Frauengeschichten? Warte! Sie hat dich doch nicht abblitzen lassen?!«

»Nein. Es war kein offizielles Date und ... sie ist nicht wie die anderen Frauen. Sie ist keine schnelle Nummer. Du müsstest sie sehen, Kristin hat etwas Besonderes an sich.«

»Was habt ihr denn im Zoo gemacht?«, wechselte Daniel aufs eigentliche Thema zurück.

Ich setzte mich mit einer Tasse Kaffee wieder an meinen Platz und hoffte, nach meiner Antwort wieder zum Tagesthema übergehen zu können. »Wir haben uns die Tiere angesehen, was sonst?«

»Und danach? Seid ihr dann noch auf den Spielplatz?«, zog Dan mich auf.

»Du bist ein Idiot.« Belustigt breitete ich die Unterlagen mit den Anforderungen des Kunden vor uns aus, doch für Dan war das Thema offensichtlich noch nicht erledigt. »Hast du ein Foto von ihr?«

Ich zögerte einen Augenblick zu lang. Er kannte mich zu gut, ich konnte ihn nicht anlügen.

Auffordernd hielt er mir seine ausgestreckte Hand entgegen. »Komm schon, gib mir dein Telefon!«

»Wozu? Nimm dein eigenes, wenn du telefonieren musst.« Langsam, aber sicher ging er mir auf die Nerven. Ich wusste, wie viel Arbeit uns bevorstand, und ich wollte nicht, dass wir den Vormittag verplemperten und stattdessen eine Nachtschicht einlegen mussten.

»Ich will das Foto sehen, du Waffel!«

»Wozu?«

»Na, wenn dir eine Frau dermaßen den Kopf verdreht, will ich zumindest wissen, wie sie aussieht.«

»Sei nicht so neugierig. Wir haben hier einen Job zu machen. Los, klapp endlich den Laptop auf, damit wir anfangen können!«

Daniel war sichtlich nicht begeistert darüber, dass ich ihn ausschloss. Doch solang ich nicht wusste, was das mit Kristin und mir war, wollte ich keine Entscheidungen treffen, deren Ausgang ich bereuen könnte.

Der Besuch im *San Francisco Zoo* war in der Tat ein Abenteuer für sich gewesen. Genauso wie diese Frau, die mir seit dem ersten Moment nicht mehr aus dem Kopf ging. Ich wollte damals, als ich sie zufällig in der Cafeteria entdeckte, nicht einmal etwas essen; ich war nicht hungrig gewesen. Doch ich musste sie unentwegt ansehen, musste in ihrer Nähe bleiben. Also kaufte ich eines der Menüs und setzte mich zu ihr, nur um mit ihr ins Gespräch zu kommen. Und ich hatte jede Minute mit ihr genossen. Ärgerlich, dass ich anschließend einen Kundentermin hatte, sonst wäre ich noch länger geblieben.

Danach hatte ich versucht, nicht mehr an sie zu denken. Ich war mir nicht sicher, ob das mit uns funktionieren könnte. Ich war noch nicht bereit für eine Beziehung, ich wollte nur Spaß. Doch gestern hatte ich aufgegeben, mich gegen das Chaos in meinem Kopf zu wehren, und bin ins *R&G*, um sie dort abzufangen. Ich hatte mich an einen Tisch gesetzt und gehofft, dass sie mich sehen, wiedererkennen und an meinen Platz kommen würde. Offensichtlich hatte ich Glück gehabt ...

Sie sah unglaublich aus mit ihren hochroten Wangen, dem verunsicherten Blick und dem Leuchten in ihren Augen. Dazu das Lächeln auf ihren Lippen, das mich viele schlaflose Nächte gekostet hatte ...

»Josh? Hey, Josh!« Daniel wedelte mit seiner Hand vor meinem Gesicht. »Willst du nicht auch zu dem Thema beitragen? Immerhin musst du ebenfalls deine Rechnungen mit dem Geld bezahlen, das uns dieser Job einbringt.« Er sah mich mit süffisantem Grinsen an und wusste genau, wobei er mich ertappt hatte. »Also los, Kumpel. Schau dir das Foto von ihr noch ein letztes Mal an und konzentrier dich dann wieder auf den Auftrag. Und lass mich bei der Gelegenheit auch mal diese Kristin ansehen ...«

Dieser Kerl wusste genau, wie er es anstellen musste, um zu erreichen, was er wollte.

Genervt kapitulierte ich. »Gib mir meinen Laptop rüber.« Ich nickte in Richtung des Tisches, der hinter Daniel stand. Das ließ er sich nicht zweimal sagen. Ich klappte den Computer auf, klickte auf den Ordner, in den ich gestern Nacht unsere Schnappschüsse gespeichert hatte und öffnete die Bilder.

»Wow, das sind ja viele Fotos.« Dan hob verwundert seine Augenbrauen. Dann klickte ich auf mein Lieblingsbild mit ihr vor dem Nilpferdgehege. Daniel pfiff überrascht durch die Zähne. »Nicht übel, die Kleine.«

Da erzählt er mir nichts Neues.

»Weißt du, woran ich denke, Josh?« Sein teuflisches Grinsen bedeutete nichts Gutes.

»Verdammt, Dan! Egal, was es ist, schlag dir das sofort wieder aus dem Kopf und lass uns jetzt endlich weiterarbeiten! Ich will den Kunden nicht unnötig warten lassen.«

Er antwortete mit einem lauten Lachen, das ich zu ignorieren versuchte. Ich ahnte schon, was er im Schilde führte, doch ob mir seine Idee gefiel, wusste ich nicht. Nicht solang sich dieses Chaos in mir nicht legen würde; wenn sich klammheimlich Gefühle für sie in mir entwickeln würden. Und schon gar nicht, wenn ich nicht wusste, wie Kristin nach diesem verrückten Nachmittag im Zoo zu uns stand. Ihr Blick war manchmal sehr intensiv, und wenn mich nicht alles täuschte, hatte sie den Ausflug mindestens so sehr wie ich genossen.

Seufzend widmete ich mich wieder der Arbeit. Am liebsten hätte ich jetzt einen Schuss Whiskey getrunken, aber ich brauchte noch einen klaren Kopf. Heute Abend jedoch würde ich mir garantiert ein Glas gönnen. Oder zwei.

6. Kapitel

Kristin

Im Grunde tat mir Lynn leid. Ich wollte nicht meine Laune an ihr auslassen, aber da mich das Lernen diesmal überhaupt nicht ablenken konnte, und mich meine Gedanken nicht in Ruhe ließen, hatte ich sie bereits das ganze Wochenende vollgejammert, und an diesem Montagabend ging es gleich damit weiter.

»Verdammt, was soll ich denn tun, wenn ich ihn nie wiedersehe?« Langsam drehte ich mich auf meinem Schreibtischsessel im Kreis und beobachtete Lynn, die auf ihrem Bett saß, ein dickes Buch auf ihrem Schoß.

Genervt rollte sie mit den Augen. »Wieso solltet ihr euch denn nicht mehr wiedersehen?«

»Ich weiß auch nicht. Wir hätten den Wärter einfach ignorieren sollen. Dann hätten wir uns geküsst und ... dann wäre alles einfacher, oder nicht?«

Lynn zuckte erst mitfühlend die Schultern, warf mir dann aber einen Blick zwischen *verzweifelt* und *entnervt* zu und kurbelte damit mein schlechtes Gewissen an. Wir führten diese Unterhaltung immerhin nicht zum ersten Mal.

Nach einem langen Seufzer quälte ich mich und Lynn weiter mit meinen Gedanken. »Es muss doch einen Grund geben, weshalb er sich nicht mehr bei mir meldet, oder? Ich meine, wir hatten einen traumhaften Tag miteinander. Wäre es ein erstes Date gewesen, wäre es perfekt gewesen. Ehrlich!«

Lynn sah mich verträumt an.

»Gut. Bis auf den fehlenden Kuss. Aber sonst ...« Ich spürte, wie sich nun auch bei mir dieses Lächeln auf meine Lippen schlich.

»Weißt du, er ist so anders als die Jungs zu Hause in Lakeview. Er ist älter, reifer irgendwie. Und doch ein Scherzkeks, mit dem Lachen noch Spaß macht und sich richtig gut anfühlt.«

»Und wo genau lagen jetzt noch einmal deine Bedenken?«

»Ich weiß auch nicht.« Schwungvoll stand ich vom Stuhl auf und ließ mich ans Fußende von Lynns Bett fallen. »Denkst du, ich sollte ihn anrufen? Aber ich will ihm nicht nachlaufen.«

»Was ist denn mit Liam?«, unterbrach sie meine Gedanken.

Ich zögerte kurz. »Liam ist in Lakeview. Er gehört zu meiner Vergangenheit und es gibt kein Zurück. Was soll ich denn machen, wenn ich nichts mehr für ihn empfinde?«

»Du hast dich in Joshua verliebt«, fiel mir Lynn erneut ins Wort und es war keine Frage, sondern eine Feststellung.

»Nein! Ich weiß nicht. Dafür kenne ich ihn einfach noch viel zu wenig.« Ich war ein Feigling. Wieso konnte ich mir nicht eingestehen, dass ich sehr wohl Schmetterlinge im Bauch hatte? Aber meine Zweifel ließen sich nicht beruhigen. »Außerdem ... weiß ich nicht, wie ich bei ihm dran bin. Immerhin hat er mich nach der eigenartigen Unterhaltung im Café nach dem Zoobesuch ...«

»... einfach zurück auf den Campus gefahren und weder gefragt, ob er dich wiedersehen darf, geschweige denn, dass er dich vor der Tür zum Studentenheim geküsst hat. Ich weiß, du hast mir das bereits zehnmal oder öfter erklärt. Du siehst also, ich bin bestens im Bilde und habe die verzwickte Situation verstanden.«

»Und was schlägst du jetzt vor, Miss Psychologiestudentin?«

»Keine Ahnung. Problemlösung im Zwischenmenschlichen hatten wir bisher noch nicht durchgenommen. Außerdem bin ich noch unerfahren, was Jungs betrifft.«

»Dann steck mal deinen Kopf wieder in deine Bücher. Du bist immerhin meine einzige Hoffnung.«

Lynn lachte kurz auf, nickte dann und packte ihre Lernunterlagen in ihre Umhängetasche. »Weißt du was? Ich muss mich sowieso aufs Lernen konzentrieren, und das klappt neben deinem Geseufze nicht. Ich verzieh mich mal in die Bibliothek und komme später wieder. Vielleicht weißt du ja bis dahin, was du bezüglich Joshua machen wirst.«

Sie packte ihre Tasche auf die Schulter und ging mit einer Wasserflasche in der Hand zur Tür. »Also dann, bis später ...«

»Lynn! Du kannst mich doch jetzt nicht einfach so allein lassen!«, rief ich ihr noch in den Flur nach, doch sie winkte nur mehr, ohne sich dabei umzudrehen.

Gut, ich konnte sie verstehen, immerhin jammerte ich seit zwei Tagen über dasselbe Thema. Und trotzdem musste ich mit jemandem darüber reden, jemandem, der mir einen Rat geben konnte, was das mit Joshua und mir betraf. Wie gern würde ich jetzt mit Helen darüber sprechen. Oder mit Grandma. Doch meine Schwester hob nicht ab, als ich sie anrief, und bei Granny war besetzt.

Prima.

Dann würde ich es wohl doch mit Lernen versuchen müssen. Widerwillig klappte ich meinen Laptop auf und checkte noch kurz meine Nachrichten. Morgen Vormittag hatte sich etwas im Stundenplan geändert, was bedeutete, dass ich Zeit hätte, mich noch einmal mit dem Stoff der letzten Physikstunden zu beschäftigen.

Gerade als ich mein Mailprogramm schließen wollte, war der Bildschirm plötzlich schwarz. Leicht nervös tippte ich auf der Tastatur und wischte über das Trackpad, in der Hoffnung, dass der Monitor einfach nur unabsichtlich in den Schlafmodus geraten war.

»Was soll der Mist?«, fragte ich den Laptop, der mir eine Antwort schuldig blieb. Um mich zu beruhigen, beschloss ich, mir erst mal etwas zu trinken zu holen. Vielleicht würde sich mein Computer bis dahin entschieden haben, doch weiterzuarbeiten.

Aber meine Hoffnung wurde zunichtegemacht, als mich bei meiner Rückkehr immer noch der schwarze Bildschirm erwartete.

»Ach Scheiße.« Ich stellte meinen Kaffeebecher ab und drückte den Einschaltknopf. Kurz dachte ich, es wäre wieder alles in Ordnung, denn er schien neu zu starten, doch bevor der Startbildschirm angezeigt wurde, war der Monitor wieder schwarz.

»Nein, nein! Bitte nicht!« Was sollte ich ohne Laptop machen? Hier auf der Uni war ich ohne aufgeschmissen. Doch ich konnte unmöglich mein weniges Erspartes in einen neuen Computer investieren.

Wollte ich mich eben noch mit Lernen von Joshua ablenken, so hatte nun der Computer das Kommando übernommen und lenkte auf seine Art meine Gedanken.

»Moment ... Joshua!« Ohne zu zögern eilte ich zu meiner Tasche, die ich neben der Zimmertür aufgehängt hatte. Hektisch wühlte ich in ihr, bis ich das Buch herauszog, in dem Joshuas Visitenkarte als Lesezeichen steckte! Er hatte mir doch angeboten, ihn kontaktieren zu dürfen, wenn ich Hilfe bei meinem Computer bräuchte.

Oh, du Schicksal ... hast wohl einen ganz speziellen Plan mit Joshua und mir, wie?

Mit zitternden Fingern tippte ich seine Nummer in mein Telefon. Bisher hatte ich Feigling mich nicht getraut, seine Nummer zu speichern, da ich Angst hatte, es im Falle einer Enttäuschung nicht übers Herz zu bringen, sie zu löschen. Gerade nach unserem Wiedersehen am Freitag hatte sich meine Unsicherheit bestätigt. Aber jetzt, wo er doch mein zukünftiger Computermensch war, war das natürlich etwas anderes.

Als ich die Wahltaste drückte, fühlte es sich an, als würde mein Herz über den Kehlkopf abhauen wollen. Nach dem zweiten Läuten ging er bereits ran. Als ich seine tiefe Stimme am anderen Ende erkannte, biss ich mir mit geschlossenen Augen auf die Lippen.

»Hi Joshua, hier ist Kristin. Wie geht es dir?«

»Hey, Kleines! Mir geht es gut. Und dir?«

»Danke, ebenfalls.«

»Sorry, ich hatte noch keine Zeit, dir unsere Fotos zu schicken. Ich befürchte ja, dass es über das Telefon etwas zu mühsam ist, da es sehr viele Aufnahmen sind. Willst du mir nicht deine E-Mail-Adresse geben? Dann schicke ich dir einen Link zu meinem FTP, von dem du sie dir laden kannst.«

»Äh, ja ... das wäre nett. Aber ich kann leider momentan nichts laden. Mein Computer hat sich vor wenigen Minuten ins Jenseits befördert, und da du mir mal angeboten hattest, dass ich dich kontaktieren darf, wenn ich Hilfe brauche ...«

»Aber klar doch. Was macht er denn? Oder was macht er nicht?«, erkundigte er sich geduldig.

»Nichts macht er. Also der Monitor ist schwarz, aber irgendwas in ihm scheint zu arbeiten.« Ich erklärte ihm genau, was ich bereits alles probiert hatte, um ihn wieder zum Laufen zu bekommen.

»Das klingt übel. Was hast du denn zuvor getan? Also bevor er dichtmachte?«

»Nur meine E-Mails gecheckt.« Langsam dämmerte mir etwas ...

»Denkst du, ich hab mir einen Virus eingefangen?«

»Kann ich jetzt nicht mit Sicherheit sagen, aber es klingt zumindest nicht abwegig. Kannst du ihn mal vorbeibringen? Ich bin erst am Donnerstag wieder auf dem Campus, das wird dir vermutlich zu spät sein, nehme ich an, oder?«

»Definitiv, ja. Also. Ich hätte morgen früh Zeit.«

»Klingt gut. Findest du noch zu mir?«

»Ich denke schon.« Im Notfall würde ich die Navigations-App auf meinem Smartphone starten.

»Gut. Dann bis morgen um neun! Ciao.«

Schon hatte er aufgelegt. Ich starrte auf mein Telefon, das in meiner vor Aufregung zitternden Hand lag. Und doch war ich enttäuscht. Wieder war ich mir nicht sicher, ob es ihm genauso ging wie mir. Er wirkte so souverän am Telefon, während meine Körperfunktionen auf Hochtouren liefen. Dabei wäre es so schön gewesen, zu wissen, ob auch er dieses Knistern und Kribbeln spürte, das jedes Mal meinen Körper beherrschte, sobald ich nur an ihn dachte.

7. Kapitel

Kristin

Regen prasselte in dicken Tropfen auf die Windschutzscheibe, als ich den Motor vor Joshuas Haus abstellte. Die aufwendigen Verzierungen aus Holz verschwammen in meinem Sichtfeld, kaum dass der Scheibenwischer seine Arbeit eingestellt hatte. Ich wollte nach meinem Laptop greifen, der auf dem Beifahrersitz lag, doch Joshua hatte schon die Wagentür geöffnet und lächelte mich an, sodass ich beinah vergaß, weshalb ich hergekommen war.

»Hi.«

»Selber hi.«

Einladend hielt er mir seine Hand entgegen. Er war bereits völlig durchnässt. Sein weißes T-Shirt klebte an ihm wie eine zweite Haut und zeigte mehr von seinem durchtrainierten Oberkörper, als es verbarg. Seine nassen Haare hingen ihm strähnig ins Gesicht und er sah einfach ... unglaublich heiß aus.

Mein Herz pochte heftig, als ich mir von ihm aus dem Wagen helfen ließ. Der Regen fühlte sich überraschend warm an und roch noch ein wenig nach Sommer und Kornblumen, was mich kurz stutzig machte. Doch bevor ich mir darüber Gedanken machen konnte, schlang er seine kräftigen Arme um meine Taille und hielt mich fest. Innerhalb weniger Sekunden war ich genau wie er klitschnass vom Regen. Doch das störte mich nicht. Seine Nähe löste ein angenehmes Ziehen in meiner Leistengegend aus und ich konnte mich unmöglich von ihm wegbewegen. Im Gegenteil, ich wagte nicht einmal, mich zu rühren. Mein Atem ging schnell und stoßweise und die Zeit um uns hatte eine andere Geschwindigkeit angenommen. Sein silbriger *Goose Lake* hielt mich gefangen, während seine Hände plötzlich fest und bestimmt die meinen berührten. Die Luft zwischen uns schien elektrisiert.

Und dann küsste er mich ohne Vorwarnung und mit solcher Leidenschaft, dass ich beinah den Boden unter den Füßen verlor. Seine Zunge teilte meine Lippen, während uns Wasser aus den Haaren über das Gesicht floss. Wir küssten uns immer drängender, als wäre es nicht nur unser erster, sondern auch unser letzter Kuss.

Meine Finger verschränkte ich in seinem Nacken. Ich wollte nicht, dass er sich wieder von mir löste, so sehr sehnte ich mich nach diesem Kuss. Begierig zog ich ihn zu mir, drückte mich an ihn und krallte mich an seinen Haaren fest, während seine Hände unter mein Shirt glitten, um meine heiße nackte Haut zu spüren. Die Gänsehaut, die seine streichelnden Finger an meinen Seiten auslösten, entlockte mir ein leises Seufzen.

Er drängte mich zurück, bis ich das kühle Blech des Wagens an meinem Rücken spürte. Joshua presste sich mit seinem ganzen Körper gegen mich und alles, was ich in dem Moment wollte, war, ihn auf mir, in mir zu spüren.

Ein flehendes Stöhnen brach aus mir hervor, was er mit einem animalischen Knurren kommentierte. Mein rechtes Bein legte er sich um die Hüfte, und das, was sich anschließend unter seinen Jeans an meinem Bauch rieb, war äußerst vielversprechend.

»Verdammt, Kristin ...«, keuchte er auf, als ich impulsiv in seinen Hals biss.

Diese zwei Worte wären so erotisch gewesen, wie sie es noch nie zuvor für mich gewesen waren ... hätte er nicht Lynns Stimme!

Ein leichter Stoß gegen meine Schulter drängte mich aus seinen Armen, und um mich begann sich alles zu drehen.

»Kristin, nun wach endlich auf! Du kommst zu spät zu deiner Vorlesung!«

»Was ...?« Verschlafen blinzelte ich dem grellen Licht entgegen, das die Morgensonne auf mein Gesicht warf.

Verdammt, es war nur ein Traum! Und was für einer noch dazu! Ich hätte heulen können vor Wut, weil meine Mitbewohnerin mich aus dem wahrscheinlich besten Traum *ever* gerissen hatte.

»Geh weg, Lynn!« Ich warf mein Kissen nach ihr, das sie natürlich total verfehlte. »Ich habe heute keine Vorlesung, sondern ... Verflixt! Wie spät ist es?«

»Kurz nach sieben Uhr, wieso?«

»Mist, ich hab verschlafen!«

»Sag ich ja«, murmelte sie sichtlich verwirrt.

Wie von der Tarantel gestochen sprang ich aus dem Bett und versuchte, in kürzester Zeit eine halbwegs ansehnliche Erscheinung aus mir zu machen.

Als wäre der heutige Start in den Tag nicht schon gemein genug gewesen, wollte mein Wagen nicht sofort anspringen und ich hatte schon Angst, er würde mir einen Strich durch meinen Plan machen. Endlich hörte ich sein stotterndes Schnurren, das meine Laune nur so lang hob, bis ich das erste Mal in meinem Leben Teil der Rushhour wurde.

Mit meinen Nerven war ich so gut wie am Ende, da ich fast einen LKW beim Spurwechsel übersehen und mich ein etwas zu hektischer Autofahrer beinah mit seinem Wagen gestreift hätte. Dennoch schaffte ich es schließlich heil, wenn auch etwas verspätet, bis vor Joshuas Haus.

Kaum dass ich ausstieg, hatte mich das Adrenalin erneut voll im Griff. Sofort musste ich wieder an meinen Traum denken, auch wenn die Situation diesmal anders war, da es weder regnete noch Joshua mich auf dem Parkplatz empfing. Trotzdem wollte sich mein Herz durch heftiges Klopfen aus meinem Brustkorb befreien, als ich, den Laptop dagegengepresst, die wenigen Stufen bis zu seinem Eingang hochging. Als ich die Klingel drückte, tat sich die Tür wie von selbst auf. Unsicher trat ich ein.

Zwei Türen führten vom Eingangsbereich weg. Auf der Tür rechts stand *Privat*, daneben befanden sich zwei Stühle. Dazwischen ein Tisch, auf dem Computerzeitschriften lagen. Links erkannte ich auf einer Milchglas-Schiebetür das Firmenlogo, das sich auch auf Joshuas Visitenkarte befand.

Da niemand kam, nahm ich auf einem der Stühle Platz und wartete. Gleich darauf öffnete sich die Schiebetür und ein fremder Mann stand vor mir. Er musste ungefähr Joshuas Alter haben und sah ... aber so was von heiß aus! Seine blonden Haare fielen ihm lässig ins Gesicht und in seinem weißen Rippshirt und dem karierten Hemd, seinen Jeans mit der großen Gürtelschnalle und den Cowboystiefeln wirkte er, als wäre er eben aus der Vergangenheit in die Gegenwart gesprungen. Noch einer, dachte ich. Fehlte nur noch das passende Pferd.

»Hi, ich bin mit Joshua verabredet.« Sein muskulöser Oberkörper zeichnete sich eindeutig durch sein Hemd ab, was mich verwirrte und zum Stottern brachte.

Der Fremde konterte mit einem sympathischen Lächeln und kam auf mich zu, seine Hand zum Gruß entgegengestreckt. »Du musst Kristin sein. Joshua hat mir schon viel von dir erzählt.«

Ach ja?

»Und du bist ...?«

»Oh, entschuldige bitte meine Unhöflichkeit. Ich bin Daniel, Joshs Geschäftspartner.«

Noch immer hielt er meine Rechte fest und ich zögerte, sie loszulassen. Etwas an ihm zog mich magisch an. Dabei war ich mir nicht sicher, ob es seine blauen Augen waren, sein unvergleichliches Parfum, das inzwischen den ganzen Raum eingenommen hatte, oder seine warme tiefe Stimme.

»Und wo ist Joshua?«, fragte ich nach, als ich doch langsam meine Hand aus seiner zog.

»Er musste kurz weg, müsste aber bald wieder hier sein. Josh sagte mir, ich solle mich um dich kümmern, falls du in seiner Abwesenheit auftauchst. Also ... möchtest du Kaffee und Kekse?«

»Bitte, sehr gern.« Mein Magen mochte Daniel nun auch, denn der ging heute Morgen in meiner Hektik natürlich leer aus. Voller Begeisterung kribbelte es in ihm und ich war mir nicht sicher, ob es ausschließlich am Hunger lag.

»Ich nehme dir erst mal deinen Computer ab«, bot er an und griff nach dem Teil, das ich immer noch an mich gepresst festhielt.

Als seine Finger dabei meinen Busen streiften, verlagerte sich dieses Kribbeln im Bauch noch einen Stock tiefer. Ob diese Berührung von ihm geplant war oder nicht – Daniel tat jedenfalls so, als wäre es ihm nicht aufgefallen, während mir die Knie weich wurden.

Großer Gott! Was war denn bloß mit mir los?

Kurze Zeit später saß ich in einem gemütlichen Lounge-Sessel, essend und trinkend, und beobachtete Daniel verstohlen über den Becherrand. Vielleicht konnte ich auf diese Weise herausfinden, warum meine Hormone in letzter Zeit dermaßen aus dem Takt gerieten.

»Dann sehen wir uns mal an, was das Baby hat. Was war sein letztes Lebenszeichen?«

In wenigen Worten setzte ich ihn darüber in Kenntnis. Ohne mich zu unterbrechen, hörte er mir zu, nickte ab und an, runzelte die Stirn und beugte sich anschließend wieder über den Monitor. Ich nutzte den Augenblick, um ihn ungestört bei der Arbeit zu beobachten. Er hatte feine, lange Finger und sinnliche Lippen. Auf seinem Kinn war ein leichter Bartschatten zu erkennen, im Gegensatz zu Joshuas', und er wirkte eine kleine Spur größer als sein Geschäftspartner.

»Sag mal, was genau macht ihr beiden denn nun eigentlich?« Wenn ich schon warten musste, dann wollte ich die Zeit nutzen, um mehr über die beiden zu erfahren.

»Was meinst du? Hier? Beruflich?«

Ich nickte.

»Wir verkaufen selbst programmierte Retro-Spiele für Handys und Tablets in App-Stores, programmieren aber auch Apps aller Art auf Kundenwunsch. Das wundert mich jetzt aber, dass Josh noch gar nicht damit geprahlt hat. Normalerweise zählt das zu seinen Anmachsprüchen ...«

»Nein, aber dafür hat er mir seinen Wagen gezeigt.«

»Was definitiv für dich spricht«, zwinkerte er mir zu.

Ich wollte nachfragen, was genau er denn damit sagen wollte, als die Tür geöffnet wurde. Joshua kam herein und sofort erhellte sich etwas in mir, als ich ihn sah. Seine Jeans saßen tief auf den Hüften und sein Hemd hing lose darüber, was an ihm überraschend gut aussah. Er zwinkerte mir zu und brachte damit mein Herz zum Tanzen. Als er mich zur Begrüßung umarmte und sein Duft meine Sinne verwirrte, katapultierte es mich für Sekunden zurück in meinen Traum. Ich musste ein Seufzen unterdrücken, als er sich auf den Sessel neben mir fallen ließ.

»Sorry, dass ich wegmusste, aber Dan war ja hier und hat sich hoffentlich gut um dich gekümmert.«

Ich nickte und deutete grinsend auf meinen Kaffee und die leckeren Schokokekse auf dem Tisch vor mir. »Kein Problem, Daniel hat bereits angefangen, nach dem Problem zu suchen.«

Joshua nickte und warf seinem Kumpel einen flüchtigen Blick zu. »Ich hab dir die Fotos auf einen Stick gespeichert. Ich dachte, das wäre die einfachste Variante, jetzt, wo du da bist.«

Er hielt mir einen kleinen silbernen Gegenstand entgegen, den ich annahm. Kurz berührten sich dabei unsere Finger und sofort war da wieder dieses Prickeln und Sehnen in mir. Himmel, ich wollte diesen Kerl. Wenn selbst diese kleine Berührung von ihm solche Gefühle in mir auslöste, was würde erst passieren, wenn er mich küsste? Was, wenn er mich berührte, meine nackte Haut streichelte? Oder noch mehr?

»Danke, das ist nett von dir. Den Stick gebe ich dir natürlich wieder zurück.« Meine Stimme klang seltsam fremd und meine Wangen wurden heiß.

Doch er schien es nicht zu bemerken, sondern winkte nur ab. »Den darfst du als Erinnerungsstück behalten.«

Um mich an dich zu erinnern, würde ich den Stick nicht brauchen.

»Hast du kommendes Wochenende schon etwas vor, Kristin?«, fragte Daniel und überraschte damit nicht nur mich.

»Bis jetzt nur lernen, wieso fragst du?« Unsicher nagte ich an meiner Unterlippe.

»Nun, Josh hat mir erzählt, dass du noch nicht viel von der Gegend gesehen hast und ich dachte mir, vielleicht hast du ja Lust, mit uns einen Ausflug zu machen. Wir fahren am Samstag in einen Freizeitpark in Vallejo, knappe dreißig Meilen von San

Francisco entfernt.«

»Also, ich weiß nicht ...«

»Etwas Abwechslung zum Unialltag ist immer gut für den Kopf und ein Abenteuer hat noch nie geschadet«, versuchte Daniel, mich weiter zu überzeugen.

Joshua sah ihn grimmig an, was mich stutzig machte. Wollte er nicht, dass Daniel mich einlud? Wollte er mich nicht dabeihaben? Oder wollte er mich nicht mit seinem Geschäftspartner teilen müssen?

Deshalb fiel meine Antwort weniger begeistert aus. »Ich weiß auch nicht ...«

»Du musst natürlich nicht, wenn du nicht willst. Aber es würde mich sehr freuen«, fügte Joshua leise hinzu.

Genau das musste ich hören. Seine Worte brachten die kleinen Schmetterlinge in meinem Bauch wieder zum Flattern.

»Natürlich kannst du auch eine Freundin mitnehmen.« Daniel wackelte mit den Augenbrauen, woraufhin Joshua ihn noch grimmiger ansah als zuvor.

»Wir könnten dich auf dem Weg nach Vallejo mitnehmen, wenn du willst. Es liegt auf der Strecke. Überlege es dir einfach und sag in den nächsten Tagen Bescheid.« Dann wandte er sich an Daniel. »Weißt du schon, was mit dem Laptop ist?«

»Ja, sieht wohl so aus, als hätte sich Kristin einen Virus eingefangen.«

»Okay, das kriegen wir wieder hin«, beruhigte mich Joshua. »Dan sichert die Daten von deiner Festplatte ...«

»Natürlich ohne den Virus«, zwinkerte Daniel mir zu.

»... und dann setzen wir ihn neu auf. Das Ganze wird zwar eine Weile dauern, aber bis heute Abend müsste er wieder einsatzbereit sein. Das heißt, du kannst ohne Weiteres zurück an die Uni zu deinen Vorlesungen.«

Ich nickte nur. Schon wieder hatte ich das Gefühl, Joshua würde mich loswerden wollen. Vielleicht bildete ich es mir auch nur ein und mein Wunsch, in seiner Nähe zu bleiben, war so drängend, dass ich jedes Wort von ihm auf die Waagschale legte und mit meinen Gefühlen verglich.

»Josh, hast du den Schraubenzieher noch bei dir liegen?«

»Nein, der ist wieder an seinem Platz.« Joshua deutete mit dem Kopf zu einer Tür, die mir bis eben noch nicht aufgefallen war. Daniel stand auf und verschwand in dem Raum nebenan.

Ich nutzte die Gelegenheit, um reinen Tisch zu machen. Wenn die beiden wollten, dass ich mit ihnen in den Freizeitpark fuhr, wollte ich zuerst wissen, wieso mich Joshua ständig auf Abstand hielt und mir das Gefühl gab, als würde ich ihn nerven.

»Würdest du mir sagen, was hier eben vor sich ging?« Ich deutete mit ausgestrecktem Zeigefinger zwischen Daniels leerem Stuhl und Joshua hin und her.

»Was meinst du?«, fragte er verständnislos.

»Ach komm schon, du weißt genau, wovon ich spreche. Ich meine diese Blicke, die du Daniel zugeworfen hast. Wenn du nicht möchtest, dass ich mitfahre, dann sag es mir einfach. Ich bin dir deshalb nicht böse. Im Gegenteil, es verletzt mich, wenn man mit mir Zeit verbringt, obwohl man mich eigentlich nicht dabeihaben möchte!«

Meine Arme hielt ich vor der Brust verschränkt und sah Joshua mit zusammengekniffenen Augen an. Ich war ehrlich sauer. Doch er schüttelte nur den Kopf, stand auf und ging vor mir in die Knie, um mit mir gleichauf zu sein. Dann griff er nach meinen Armen, die ich nur zögernd löste, und nahm meine Hände in seine. Sofort schien von den Berührungsflächen wieder diese prickelnde Elektrizität auszugehen, die mein Herz einen Gang schneller schlagen und die Spannung in mir verfliegen ließ.

»Kristin, du süße Verrückte, seit ich dich das erste Mal gesehen habe, gehst du mir nicht mehr aus dem Kopf.«

Ungläubig sah ich in seinen graugrünen *Goose Lake*, in dem sich ein warmes Lächeln spiegelte, während er, meine Finger streichelnd, weitersprach. »Ich muss ständig an dich denken, was mich völlig verrückt macht. Also bitte, glaube ...«

»Hier ist er ja.« Daniel rauschte wieder herein, den Schraubenzieher zwischen seinen Fingerspitzen zwirbelnd, und Joshua nahm wie von der Tarantel gestochen sofort wieder seine Sitzposition ein.

Wie schade ...!

»Bist du heute Abend zu Hause? Dann bringe ich dir deinen Laptop vorbei«, fragte Daniel an mich gewandt.

Mit einem Seitenblick zu seinem Freund nickte ich nur. Joshuas Kiefer mahlten aufeinander, als Daniel mir einen kleinen Block und einen Kugelschreiber gab. »Gut. Schreib mir bitte deine Adresse auf, dann sehen wir uns später.«

»Was wird mich die Reparatur denn ungefähr kosten?«, fragte ich vorsichtig nach.

»Da mach dir mal keine Gedanken. Der Service geht auf uns.« Diesmal kam Joshua Daniel mit seiner Antwort zuvor und konnte sich ein siegessicheres Grinsen nicht verbergen.

Was das mit den beiden Männern war, war mir echt ein Rätsel. Aber wenigstens war es zu meinem Vorteil, denn ich hatte bereits gedanklich damit gerechnet, meinen ersten Lohn wieder los zu sein. Erleichtert atmete ich auf. »Ich danke euch. Ich habe dir auch meine Telefonnummer dazugeschrieben. Kann sein, dass ich nicht auf dem Zimmer bin, dann kannst du mich zumindest anrufen.« Ich reichte Daniel den Block zurück und erhob mich. Auch Joshua stand auf. »Danke für den Kaffee und die Kekse, Daniel. Und für deine Mühen.« Damit wandte ich mich an Joshua. »Und dir vielen Dank für den Stick. Ich bin schon gespannt auf die Fotos.«

»Ich begleite dich nach draußen.« Joshua legte seine Hand an meinen Rücken und nahm Daniel so die Gelegenheit, noch einmal in meine Nähe zu kommen. Also blieb mir nur, ihm einmal kurz über die Schulter zum Abschied zu winken, ehe mich Mr Undurchschaubar vor die Tür schob.

»Also das ist ja echt kindisch von euch beiden«, bemerkte ich, als wir vor meinem Wagen zum Stehen kamen. Ich konnte mir ein sarkastisches Schnauben nicht verkneifen.

»Veranstaltet ihr bei allen weiblichen Kunden diesen Machtkampf?«

»Ich weiß schon wieder nicht, wovon du sprichst.« Diesmal war ihm anzumerken, dass er *ganz genau* wusste, was ich meinte.

»Außerdem wurdest du vorhin unterbrochen. Also was wolltest du mir noch sagen?« Herausfordernd sah ich ihm in die Augen und war mehr als gespannt auf seine Antwort.

Ich hatte mit allem gerechnet, mit Ausreden, mit einer Liebeserklärung, mit einem lauten Lachen, das mir klarmachen sollte, dass er mich nur verarscht hatte. Doch was dann geschah, nahm mir sprichwörtlich den Atem.

Mit einem Schritt war er plötzlich bei mir, verringerte den kleinen Abstand zwischen mir und meinem Wagen auf null und presste sein Becken gegen meines. Seine Arme hatte er an das Wagendach gestützt und seine Lippen waren nun so nah, dass sie meine fast berührten.

»Ist das jetzt dein Plan B?«, fragte ich heiser.

»Nein, das ist etwas, das ich schon am ersten Tag hätte tun sollen.«

Und dann berührte sein Mund endlich den meinen, mit einem so zarten und vorsichtigen Kuss, dass ich die Spannung fast nicht ertragen konnte, die er dabei erzeugte. Sanft und neugierig leckte ich über seine Unterlippe, bis sich unsere Zungen schließlich berührten. Joshua schmeckte süß, ein wenig nach den Keksen und definitiv nach mehr.

In einer zärtlichen Bewegung legte er seine Finger an meinen Nacken, vergrub sie in meinen Haaren und hielt mich fest, als wäre ich das Kostbarste auf der Welt. Ich konnte nicht anders und presste meinen Körper noch enger an ihn; sog gierig seinen Duft ein.

Unsere Zungen bewegten sich im Einklang miteinander, zärtlich und doch so leidenschaftlich, dass ich beinah vergaß, wo ich war. Unsere Hände suchten nackte Haut, und als seine Finger meine Taille berührten und sanft unter dem Shirt nach oben glitten, schnappte ich nach Atem. Ich musste ihn fühlen, wollten ihn streicheln, ihn schmecken ... Es war, als wäre mein Traum nun Wirklichkeit geworden, nur ohne Regen. Und ohne Fast-Sex auf der Straße.

Denn bevor wir uns völlig vergaßen, holte uns die Vernunft wieder ein und wir brachten heftig atmend etwas Abstand zwischen unsere erhitzten Körper.

»Wow.«

»Ja, wow«, wiederholte ich berauscht.

Joshua fuhr mit seinem Daumen meine Lippen nach und beobachtete dabei seine Bewegung mit verklärtem Blick.

»Wie bereits gesagt, ich würde mich wahnsinnig freuen, wenn du am Wochenende mitfährst.«

»Ich ... denk drüber nach«, antwortete ich mit einem Beben in der Stimme.

So gern ich sofort zusagen wollte, konnte ich es nicht. Lynn würde vermutlich die Hände über dem Kopf zusammenschlagen, wenn ich ihr von meiner Unentschlossenheit erzählen würde, aber ich wollte nicht gleich nach dem Kuss euphorisch Ja sagen. Das hatte er nach seiner Tour, bei der er mich so zappeln ließ, wirklich nicht verdient.

Mit wackeligen Knien stieg ich in den Wagen und startete den Motor. Joshua blieb noch vor dem Haus stehen und sah mir hinterher – mit diesem verflucht sexy Lächeln, das jedem sofort verraten musste, was eben geschehen war.

Kaum hatte ich seine Straße verlassen, musste ich den Wagen am Straßenrand anhalten. Mein Puls hatte sich immer noch nicht beruhigt und dieses verlangende Ziehen in meinem Unterleib war für die heißen Bilder vor meinem inneren Auge verantwortlich.

Heilige Scheiße! Klar fahre ich mit nach Vallejo!

8. Kapitel

Joshua

»Verdammt, Mann! Was sollte diese Show?« Energisch donnerte ich die Tür hinter mir zu und starrte Dan an.

»Das fragst du mich? Du hast sie geküsst!«

»Sie ist auch *mein* Mädchen!«

»Ach? Weiß sie davon? Hat sie sich schon für dich entschieden? Den Eindruck hatte ich nicht. Außerdem dachte ich, du willst keine fixe Beziehung.«

Er wusste genau, womit er mich bei den Eiern packen konnte. »Lass die Finger von ihr, hörst du?« Wut brodelte in mir, als ich ihm mit ausgestrecktem Zeigefinger drohte.

»Selbstverständlich, Mr Riley.« Er verbeugte sich mit einem falschen Grinsen, griff nach den Autoschlüsseln und verschwand mit den Worten »Ich brauche etwas zum Essen« aus dem Büro.

Wütend kickte ich gegen den Mülleimer. Daniel provozierte mich bewusst, aber was wollte er damit bezwecken? Wollte er mich aus der Reserve locken? Oder war es seine Art der Rache, da sich letztes Wochenende ein Mädchen in der Bar nicht von ihm abschleppen ließ, sondern sich lieber eine Weile mit mir unterhalten hatte? Oder aber war er eifersüchtig, weil *ich* Kristin kennengelernt hatte – und nicht er. Immerhin bedeutete das Vorrecht für mich, solang sie sich nicht für einen von uns entschieden hatte – ein ungeschriebenes Gesetz eben.

Ich sah kurz aus dem Fenster und vergewisserte mich, dass er gefahren war, ehe ich mich an meinen Schreibtisch setzte und den Bildschirm entsperrte.

Gedankenverloren warf ich einen Blick auf ihren Laptop auf Dans Platz und leckte über meine Lippen, die nach Kristin zu schmecken schienen. Der Kuss war der helle Wahnsinn und ich fragte mich, weshalb ich Idiot sie nicht schon viel früher gekküsst hatte. Bei unserer ersten Begegnung auf dem Campus, zum Beispiel. Als ich sie bei der Arbeit abgepasst hatte oder als wir im Zoo waren. Gelegenheiten hatte es genug gegeben, doch ich Schisser hatte Angst vor meinen eigenen Gefühlen. Und vor Entscheidungen, die mit Gefühlen zu tun hatten. Inzwischen war ich allerdings sicher, dass sie nicht so war wie all die anderen.

Neben dem Computer entdeckte ich den Block, auf dem sie ihre Nummer und Adresse notiert hatte. *Die sollte ich in mein Telefon zu ihrer Nummer speichern!* Zur Sicherheit, falls der Zettel verloren gehen sollte. Und wo ich schon dabei war, legte ich sie in der Kundendatei ebenfalls an. Immerhin zählte sie seit heute zu unseren Auftraggebern, auch wenn sie keine App bei uns beauftragt hatte.

Als ich mit meinem als Ausreden getarnten Unterfangen fertig war, klickte ich ein weiteres Mal die Fotos durch, die wir im Zoo gemacht hatten. Sie war einfach unglaublich. Ich konnte mich nicht erinnern, wann ich zuletzt so viel Spaß hatte. Ihre ausgelassene Art hatte mich vom ersten Moment an mitgerissen – mir war es egal, dass mich völlig fremde Menschen beim Grimassenschneiden beobachten konnten. Etwas, das ich vor wenigen Tagen noch für völlig ausgeschlossen gehalten hätte.

Als mein Lieblingsfoto mit ihr auf dem Bildschirm erschien, hielt ich inne. Ihr Lächeln war so unbekümmert und ihre Augen strahlten dabei so lebendig, wie ich es selten gesehen hatte. Mein Finger glitt über das süße Grübchen auf ihrer Wange, weiter zu ihren Lippen. Fast konnte ich sie schmecken, und ihr leises Schnappen nach Atem, als ich ihre nackte Haut berührt hatte, würde mich wohl bis in meine Träume verfolgen, in denen sie seit Tagen die Hauptrolle spielte.

Vielleicht sollte ich endlich meine Vorbehalte begraben und zulassen, was sowieso unausweichlich war. Kristin war dem Kuss nicht abgeneigt gewesen, im Gegenteil. Es wirkte fast so, als hätte sie die ganze Zeit darauf gehofft. Ihr zarter Körper fühlte sich unglaublich gut an meinem an und sie roch noch besser, als ich es in Erinnerung hatte. Verdammt, allein bei dem

Gedanken daran, wie sie sich in meinen Armen anfühlte, bekam ich Herzrasen. Ich stieß schwer den Atem aus. Diese Frau würde mir noch viele schlaflose Nächte bescheren.

Dass Dan ihr hinterherstieg, gefiel mir jedoch kein bisschen. Ich hatte keine Ahnung, welchen Plan er damit verfolgte, aber ich wollte auf der Hut sein. Auch wenn ich mir im Moment nichts Fixes vorstellen konnte, sträubte sich etwas in mir, wenn ich daran dachte, dass Dan und Kristin etwas miteinander anfingen.

***

»Der Computer ist fertig und funktioniert wieder.« Dan sah an seinem Monitor vorbei in meine Richtung.

»Super«, antwortete ich trocken.

Seit heute Morgen war ich nicht gut auf ihn zu sprechen. Den ganzen Tag hatten wir nur das Notwendigste geredet, was aber bestimmt auch daran lag, dass ich mit den Gedanken ständig zurück zu Kristin wanderte. Nur während des Kundentermins, kamen wir nicht umher, professionell zusammenzuarbeiten und Privates außen vor zu lassen.

»Gut, also ich bin fertig für heute. Das heißt, ich fahre kurz nach Hause, werde mich duschen, in Schale werfen und Kristin besuchen. Sie wartet bestimmt schon auf mich.«

Ich stand auf und kam drohend auf ihn zu. »Lass bloß die Finger von ihr!«

Doch Dan hielt lachend Kristins Laptop als Schutzschild zwischen uns. »Sei kein Spielverderber, Josh. Komm doch mit und wir teilen sie uns. Das letzte Mal hat es dir doch auch Spaß gemacht. Und es ist immerhin viel zu lang her.«

»Das werde ich nicht tun«, sagte ich zwischen zusammengebissenen Zähnen. Ich hatte geahnt, dass er bereits mit dem Gedanken gespielt hatte. Immerhin hatte er bereits Andeutungen in diese Richtung gemacht. Dass er es nun tatsächlich vorschlug, warf mich dennoch aus der Bahn.

»Sei doch nicht so verspannt, Josh. Ich werde ihr schon nicht gleich an die Wäsche gehen. Außer sie bietet es mir an.«

»Du verdammter ...« Zornig lief ich ihm bis zu seinem Wagen nach, bereit, ihn aufzuhalten, wenn es sein musste. Lässig rutschte er über die Motorhaube, stieg ein und knallte die Tür zu. Ehe ich sie öffnen konnte, um ihm die Meinung zu geigen, hatte er feixend die Türen verriegelt und den Motor gestartet. Ich konnte nur noch auf das Blech des wegfahrenden Wagens schlagen. Scheiße, ich konnte nur hoffen, dass er seine Hände bei sich ließ. Und dass Kristin so schlau war, sich von ihm fernzuhalten ...

9. Kapitel

Kristin

Als es an der Tür klopfte, zuckte ich zusammen und sah von meinen Büchern auf, die ich die letzten zwei Stunden angestarrt hatte. Sosehr ich mich auch aufs Lernen konzentrieren wollte, ich brachte den Gedanken einfach nicht aus dem Kopf, dass Daniel heute hierherkommen würde.

Lynn hatte vor zehn Minuten das Zimmer mit ihren Lernunterlagen verlassen. Vermutlich gingen ihr mein Seufzen und mein nervöses Trommeln mit den Fingern auf den Tisch auf den Geist und es störte ihre Konzentration. Ich war ihr nicht mal böse wegen ihrer Flucht – ich hätte es vermutlich genauso gemacht.

Als ich die Tür öffnete, pochte mein Herz immer fester gegen meinen Kehlkopf. Ich hatte keine Ahnung, was mich gleich erwarten würde und wie ich reagieren sollte.

Daniel sah so gut aus, wie heute Morgen. Wenn nicht sogar besser. »Hallo. Ich hoffe, es ist in Ordnung, dass ich mich bis zu deinem Zimmer durchgefragt habe. Die Mädels waren sehr hilfsbereit.« Daniel deutete über seine Schulter und ich warf einen Blick in den Flur, auf dem nicht nur eine Zimmertüre offen stand.

»Äh ja. Kein Problem.« Ich ließ ihn herein und schloss die Tür hinter ihm.

»Oh, du hast meinen Laptop mit«, sagte ich und deute auf Daniels Mitbringsel. »Funktioniert er wieder?«

»Läuft wie neu.« Mit einem Zwinkern hielt er mir das gute Stück entgegen, klappte ihn auf und drückte den Einschaltknopf. Sofort ertönte das altbekannte Surren und der Monitor zeigte erste Farben.

Innerhalb weniger Sekunden war der Startbildschirm zu sehen und ich atmete auf. »Vielen Dank! Du hast ja keine

Ahnung, wie froh ich bin, dass ich mir keinen neuen anschaffen muss.« Meine Erleichterung war mir anzuhören und am liebsten wäre ich ihm dankbar um den Hals gefallen.

Und nicht nur deshalb, wenn ich ehrlich war.

Er hatte sich umgezogen, trug zwar wie heute Morgen tief sitzende Jeans mit breitem Gürtel und großer Gürtelschnalle, jedoch hatte er sein Rippshirt gegen ein tailliertes weißes Hemd getauscht, was ihm verdammt gut stand. Dass er stark definierte Bauchmuskeln hatte, konnte ich bereits heute Morgen feststellen, doch jetzt kamen auch noch seine muskulösen Oberarme zum Vorschein.

»Ich bin froh, wenn ich helfen konnte.« Er lächelte mich an, so unverschämt sexy, dass meine Knie weich wurden. Verdammt, was war das heute für ein verrückter Tag?

»Also ... was bekommst du dafür?« *Verdammt, Kristin, kannst du dir nichts Besseres einfallen lassen? Streng dich an!*

Daniel stellte den Computer auf den Schreibtisch, der neben ihm stand, dann kam er auf mich zu.

»Wie Josh bereits sagte, der Service ist für dich kostenlos. Jeder andere übrigens auch.« Er zwinkerte mir zu, was mich nur noch mehr verunsicherte.

»Okay. Und was heißt das genau?«, fragte ich und versuchte, dieses Prickeln in meinem Unterleib zu ignorieren.

Daniel kam noch einen weiteren Schritt näher. Nun stand er so knapp vor mir, wie Joshua heute Morgen, als er mich zu meinem Auto begleitet hatte. Viel zu knapp für vernünftiges Handeln. Geschweige denn für anständige Gedanken. Sein Duft schien inzwischen den ganzen Raum zu füllen und ich musste mich beherrschen, nicht sofort meine Arme um ihn zu schlingen und ihn zu küssen.

Er betrachtete mein Gesicht, ließ seinen Blick über meine Augen, meine Lippen schweifen – an denen er etwas länger verweilte –, weiter meinen Hals hinunter bis zu meinem Ausschnitt.

»Du bist unglaublich anziehend. Weißt du das, Kristin? Unter normalen Umständen würde ich das nicht machen, aber unter diesen ... sorry, ich kann einfach nicht anders.«

Langsam strich er mir mit den Fingern über meine heiße Wange, während ich seine andere Hand an meiner Hüfte spürte. Sanft drückte er sie und löste wilde Fantasien in meinem Kopf aus, in dem meine Gedanken und Gefühle Karussell fuhren.

Was passierte nur mit mir?

Dann zog er mich ganz an sich heran, sodass sich meine Brüste an seinen Oberkörper drückten. Allein diese Berührung reichte aus, um beinah den Verstand zu verlieren.

Ein Keuchen konnte ich nur mühsam unterdrücken. Gequält biss ich mir auf die Unterlippe. Doch diese Geste schien Daniel nur noch als Ansporn zu nehmen. Er beobachtete diese kleine Regung von mir, schüttelte kurz mit leicht gesenkten Lidern den Kopf, als würde er versuchen, sich zu beherrschen ... verlor aber seinen inneren Kampf.

Die nächste Berührung war die unserer Lippen. Und damit musste auch ich gegen meine Zurückhaltung kapitulieren. Ich stellte mich auf Zehenspitzen, schlang die Arme um seinen Nacken und klammerte mich an ihn, als würde ich ohne ihn den Halt verlieren.

Seine Zunge forderte Einlass und erkundete sanft meinen Mund. Ganz anders, als Joshua mich geküsst hatte, aber mindestens genauso aufregend. Und auf keinen Fall zu vergleichen mit allem, was ich zuvor erlebt hatte.

Unser Kuss wurde verlangender, leidenschaftlicher. Und ich wollte mehr. Hier und jetzt. Ich vergaß alles um mich herum. Wo ich mich befand. Dass ich vor wenigen Stunden noch einen anderen Mann geküsst hatte, obwohl es sich mit Joshua mindestens genauso heiß angefühlt hatte, wie dieser unbeschreibliche Kuss von Daniel.

Meine Augen hatte ich geschlossen, gab mich nur dem Flirren und Knistern hin, das er in mir auslöste und das sämtliche Vorbehalte einfach verdrängte. Diese innere Spannung zentrierte sich zwischen meinen Beinen und mit diesem Sehnen presste ich mich an ihn. Ich wollte hier und jetzt seine nackte Haut auf meiner spüren.

Als hätte er meinen Gedanken gelauscht, fuhr er unter mein Shirt und strich mit seinen Handflächen nach oben bis zum Ansatz meiner Brüste. Dort hielt er neckend inne und ich rang nach Atem.

»Das ist gemein ...«, flüsterte ich grinsend an seinen Lippen, als er seine Finger wieder abwärts bewegte.

»Finde ich überhaupt nicht«, hauchte Daniel und zog mein Shirt hoch bis über die Brüste. Überrascht von seiner Handlung keuchte ich auf und sah ihm abwartend in die Augen. Daniel schien ebenfalls meine Reaktion zu taxieren, ehe er meine Arme nach oben streckte. Erst dann hob er mein Shirt weiter an und streifte es ganz langsam über meinen Kopf, ohne dabei den Blickkontakt zu mir zu unterbrechen. Mein Brustkorb hob und senkte sich viel zu heftig, und das Sehnen nach Berührung raubte mir beinah den Verstand.

Mein Oberteil ließ er achtlos zu Boden gleiten, dann begann er, sein Hemd aufzuknöpfen. Fasziniert beobachtete ich ihn dabei, starrte auf seine nackte glatte Haut, die darunter zum Vorschein kam, und konnte es mir nicht verkneifen, das Spiel seiner Muskeln zu verfolgen. Ich schluckte hart und hatte die Kontrolle über meine Hände verloren, die plötzlich wie von selbst über seinen Oberkörper strichen. Seine Haut war heiß, und als meine Finger tiefer glitten und ich die Kante des Gürtels nachzeichnete, bemerkte ich aus dem Augenwinkel seine Ausbuchtung in den Jeans.

Zaghaft tastete ich mich weiter vor, magisch angezogen von der Wölbung. Als ich seine Härte berührte, sanft drückte, legte er den Kopf in den Nacken und stöhnte kehlig auf.

Was für ein erotisches Geräusch! Es jagte mir Stromstöße die Wirbelsäule hinab und heizte mir nur noch mehr ein. Ich begann, seinen Gürtel zu lösen. Ich wollte Daniel ganz. Wollte ihn berühren, für mich einnehmen, seine Nähe genießen.

Er schien den gleichen Plan zu haben, denn er schob mich küssend in Richtung Bett, während er die Knöpfe meiner Jeans öffnete. Seufzend ließen wir uns fallen, Daniel halb auf mir. Er stützte sich neben meinem Kopf ab, und sah mir in die Augen.

Die Jeans hatte er bereits etwas unterhalb meines Hinterns geschoben. Plötzlich konnte ich es nicht mehr erwarten, ihn zu spüren. Sein Körper auf meinem fühlte sich noch besser an, als in meiner Vorstellung und ich war dabei, mich völlig zu vergessen, als sich die Tür öffnete ...

»Ich habe meine Mitschrift verg... Huch! Tut mir leid, ich hab nichts gesehen!« Lynn stand in der Tür, eine Hand vor den Augen, den Kopf von uns abgewendet. Nach der ersten Schockstarre schob Lynn dankenswerterweise die Tür hinter sich zu, blinzelte zwischen den Fingern hindurch und tastete sich an ihrem Schreibtisch vor zu ihren Unterlagen.

»Ich hab sie! Bin schon wieder weg!« Die Tür fiel krachend ins Schloss und im ersten Moment herrschte Stille im Zimmer.

Daniel und ich starrten uns an, ehe wir gleichzeitig losprusteten und der Zauber von eben verflog.

»Die haben wir jetzt aber gehörig aus dem Konzept gebracht«, meinte Daniel verschmitzt.

Darauf konnte ich nur grinsend die Schultern zucken. Wenn der wüsste, wie Lynn wirklich war ... Ich konnte nur hoffen, dass sie nach diesem Vorfall noch mit mir sprach, ohne dabei rot zu werden.

Obwohl ich in dieser Hinsicht anders war als meine Zimmerkollegin, fühlte ich mich plötzlich irgendwie unwohl – jetzt, wo der Moment der Erregung gemeinsam mit der Tür ins Schloss gefallen war. Daniel schien mein Unbehagen zu spüren, denn er strich mir besänftigend durch die Haare.

»Sorry. Das ist jetzt irgendwie ...« Verlegen stammelte ich und suchte nach den richtigen Worten, während ich meine Kleidung wieder zurechtrückte und mir mein T-Shirt überzog. Immerhin war es wirklich schön, was eben passiert war, aber nun hatte mich die Wirklichkeit wieder eingeholt und hinterließ einen leicht üblen Nachgeschmack. Denn ich musste wieder an Joshua denken. Keine Ahnung, wie ich ihm unter die Augen treten sollte ...

»Das braucht dir nicht unangenehm zu sein. Ich hätte dich nicht überfallen dürfen.« Daniel schlüpfte in sein Hemd und fuhr sich mit gespreizten Fingern durch seine Haare. Er sah immer noch total sexy aus, vermutlich im Gegensatz zu mir.

Mit erhitzten Wangen versuchte ich, Ordnung in meine zerzauste Frisur zu bringen. »Tut mir leid, dass das jetzt so geendet hat ...«

»Du bist verdammt süß, Kris.« Er küsste mich noch einmal und ich senkte für einen Moment genießerisch die Lider. Verdammt, was war nur mit mir los? Ich war wirklich verrückt geworden!

»Also dann sehen wir uns am Wochenende, oder? Du kommst doch mit?«, fragte er, als er sich sein Hemd zuknöpfte.

»Ich weiß noch nicht ...«, sagte ich und schob meine Bedenken hin und her. Denn eigentlich war ich mir bis vor einer halben Stunde sicher, mitfahren zu wollen. Doch wie Joshua auf dieses kleine Liebesspiel reagieren würde, sollte er davon erfahren, wollte ich mir ehrlich gesagt nicht ausmalen.

Jetzt war ich zu genau so einer Frau geworden, über die ich mich während der Highschool immer fürchterlich aufgeregt hatte. Morgens den einen küssen, abends den nächsten. Grauenvoll! Und doch mochte ich beide Männer, fühlte mich zu beiden hingezogen ... Ob ich mich entscheiden könnte? Ich wusste es nicht und hoffte, im Moment auch nicht vor eine Wahl gestellt zu werden.

Daniel schien meine innere Zerrissenheit zu spüren. »Mach dir keinen Kopf, Kristin. Genieße es einfach.« Damit hauchte er mir einen letzten Kuss auf die Lippen, legte mir seine Visitenkarte auf den Tisch und verließ mein Zimmer, während meine Gedanken eine erneute Runde Karussell fuhren.

Verdammt. Als wäre mein Leben nicht schon kompliziert genug.

10. Kapitel

Kristin

Joshua und Daniel warteten bereits im dunkelblauen *Cadillac*-Cabrio auf mich. Meine Nervosität kämpfte ich tapfer mit einem Lächeln hinunter.

Als ich auf die beiden zuging, stieg Daniel aus. Er sah wie immer umwerfend aus in seinen engen Jeans, dem Rippshirt und den Cowboystiefeln. Unsicher streckte ich ihm die Hand entgegen, doch er ignorierte sie und begrüßte mich stattdessen mit einer freundschaftlichen Umarmung und einem Kuss auf die Stirn. Dann bot er mir den Beifahrersitz an und nahm selbst auf der Rückbank Platz.

Ich stieg ein und Joshuas Begrüßung war nicht minder herzlich – zum Glück. Ich hätte nicht gewusst, was ich getan hätte, wenn er sich reserviert verhalten hätte.

»Du hast deine Freundin also nicht überreden können, mitzufahren«, fragte Daniel, kaum dass sich der Wagen in Bewegung gesetzt hatte.

Sofort wurde mir heiß und ich schielte unsicher zu Joshua, der jedoch keine Regung zeigte. »Nein, sie muss arbeiten«, log ich.

Lynn saß in unserem Zimmer und sah fern. Sie hatte sich standhaft geweigert, mich zu begleiten – was vermutlich nicht zuletzt darauf zurückzuführen war, dass sie Daniel und mich in einer äußerst eindeutigen Situation überrascht hatte.

»Das ist schade, aber dafür freue ich mich umso mehr, dass du trotzdem mitkommst.« Joshua griff nach meiner Hand und verschränkte seine Finger mit meinen. Dann sah er mich strahlend an, was mich dahinschmelzen ließ.

Als ich bereits dachte, dass Daniel die Revierabsteckung seines Freundes hinnehmen würde, begann er, meinen Nacken zu streicheln.

Die beiden machten mich fertig, und dabei hatte der Tag erst angefangen!

Joshua hob unsere ineinander verflochtenen Finger zum Radio, um lauter zu drehen, ohne dabei meine Hand loszulassen. Irgendwie süß und gleichzeitig hatte ich keinen blassen Schimmer, was hier vor sich ging.

»Die Musik gefällt mir«, stellte ich nach kurzer Zeit an ihn gewandt fest.

Erst sah er mich erstaunt an, dann blitzten seine Augen kurz auf, gefolgt von einem strahlenden Lächeln. »Das ist Rockabilly. *Meine* Musik, mit der ich Daniel regelmäßig in den Wahnsinn treibe«, meinte er mit einem schiefen Grinsen nach hinten.

»Man gewöhnt sich an alles«, lachte dieser und begann doch glatt, lautstark beim Refrain mitzusingen.

Überrascht drehte ich mich um und lachte, als auch Joshua mit in den Gesang einstieg. Beschwingt nickte ich im Takt mit und konnte meine Füße kaum mehr still halten, während der Fahrtwind meine Haare zerzauste und die Herbstsonne meine Haut wärmte.

Auch im Vergnügungspark behielten wir die Ausgelassenheit bei. Es deutete nichts darauf hin, dass Joshua von dem Kuss zwischen Daniel und mir wusste. Oder aber es störte ihn nicht. Egal was der Grund für seine gute Laune war, ich war jedenfalls froh darüber. Ich hätte nicht gewusst, wie ich reagiert hätte, wenn die beiden sich deswegen zerstritten hätten.

»Also, womit fangen wir an? Achterbahn oder Zoo? Gehen wir mit unserer Selfie-Karriere in die zweite Runde, Kristin?« Joshua hatte lässig seinen Arm auf meine Schultern gelegt und sah erwartungsvoll auf mich herab, als wir unser Ticket gelöst hatten und uns von dem Eingangsbereich weg und auf das bunte Treiben zubewegten.

»Oder willst du zuerst etwas essen? Hast du schon gefrühstückt?« Daniel schlenderte neben uns her und deutete auf ein kleines Bistro, aus dem es lecker nach gebackenen Omeletts und Kaffee duftete.

»Wir könnten ja einen Kaffee mit auf den Weg nehmen und

uns dann umsehen. Das Achterbahnfahren überlasse ich aber lieber euch beiden.«

»Das ist jetzt nicht dein Ernst!«, hielt mich Joshua an. »Wir sind doch genau deswegen hier – wegen der vielen Loopings.«

Ich runzelte die Stirn, als ich ihm antwortete. »Das wusste ich nicht. Aber ich muss euch da leider enttäuschen, ich steige in so was nicht ein.«

»Wieso nicht?«, schaltete sich nun auch Daniel dazwischen.

»Weil ... sie dort oben keine Kotztüten verteilen.« Ich zog eine Grimasse.

Die beiden lachten. Mir war gar nicht danach zumute, wenn ich an das hohe Stahlgerüst dachte, das ich bereits vom Parkplatz aus erkennen konnte.

»Bist du denn schon einmal Achterbahn gefahren?« Joshua hatte sich nun vor mir aufgebaut. Daniel bezog neben ihm Stellung und ich versuchte, ihren Blicken nicht auszuweichen, sondern ihnen abwechselnd fest in die Augen zu sehen.

»Nein, ich bin noch nie aus Lakeview rausgekommen und dort gibt es so was wie einen Vergnügungspark nicht. Geschweige denn Achterbahnen.« Aber ich hatte eine lebhafte Vorstellung davon, wie so etwas ablaufen würde. Nicht mit mir!

»Es ist nicht so schlimm, wie du denkst. Im Gegenteil, es macht richtig Spaß und kann süchtig nach mehr machen.« Joshua zwinkerte mir zu, doch so wirklich Glauben schenken konnte ich ihm nicht.

»Du wirst sehen, es ist ein Abenteuer, das du nicht bereuen wirst«, versicherte mir nun auch Daniel und schenkte mir dabei ein Lächeln, das mir unter normalen Umständen die Knie weich werden ließ. Doch die waren bereits wabbelig, wenn ich nur daran dachte, in einem kleinen Wagen kopfüber mit womöglich knappen fünfzig Meilen pro Stunde dem möglichen Tod entgegenzurasen.

»Oh nein, ohne mich. Keine zehn Pferde bringen mich in so ein Gefährt.« Energisch schüttelte ich den Kopf.

Joshua ließ sich aber nicht beirren, kam auf mich zu und legte seine Arme beruhigend auf meine Schultern.

»Kristin, Liebes, du brauchst keine Angst zu haben. Dir kann dort oben nichts passieren.« Dann kam er noch näher, legte seinen Zeigefinger unter mein Kinn und sah mich eindringlich an. Sein *Goose Lake* glänzte silbern in der Sonne und sofort hatte ich meine Angst beinah vergessen.

Seine Lippen kamen den meinen näher und ich senkte die Lider. Ein angenehmes Prickeln übernahm die Kontrolle über meinen Körper und ich spürte seinen heißen Atem auf meinem Gesicht.

»Und wenn du bereit bist für das große Abenteuer, dann nehme ich dich an der Hand und bin für dich da.« Daniels tiefe Stimme drang von der anderen Seite in mein Ohr.

Die Nähe zu diesen beiden Männern raubte mir augenblicklich den Verstand. Wären wir nicht in der Öffentlichkeit gewesen, hätte ich mein Seufzen nicht zu unterdrücken versucht. Mein ganzer Körper stand unter Strom, als ich nicht nur Joshuas Zärtlichkeiten an meinen Armen spürte, sondern auch Daniels Oberkörper, der sich an meinen Rücken drückte.

Keuchend brachte ich Abstand zwischen mich und die beiden. Verdammt, wieso fühlte ich mich zu Josh und Dan gleichermaßen hingezogen? Das durfte so nicht sein ...

»Alles in Ordnung?«, fragte Joshua besorgt.

Ich suchte in ihren Augen eine Erklärung für mein Verhalten, und genau dort war sie versteckt.

»Ich ... weiß auch nicht. Ich bin völlig verrückt nach euch beiden.« Ich spürte, wie meine Wangen heiß wurden und hätte am liebsten den letzten Satz zurückgenommen. Irritiert sahen sie sich an und Daniel runzelte die Stirn, während Joshua die Fäuste in seine Gesäßtaschen schob.

»Aber?«, hakten beide gleichzeitig nach, Daniel belustigt, Joshua reserviert.

Ich seufzte erst tief, ehe ich antwortete. »Ich mag euch einfach beide total gern, fühle mich wohl in eurer Gegenwart. Es ist ... ich weiß auch nicht. Es tut mir leid, aber ich könnte mich im Moment nicht zwischen euch beiden entscheiden, wenn ich müsste ...«

Mir wurde nur noch heißer und am liebsten wäre ich im Boden versunken. Was zur Hölle sprudelte denn da aus mir heraus? Verdammt, ich musste weg von hier, ehe ich mich völlig zur Idiotin machte und uns den Ausflug noch mehr verdarb.

Langsam entfernte ich mich mit ein paar Schritten rückwärts von den beiden Männern. »Wisst ihr was? Ich ziehe allein durch den Park. Wir vereinbaren eine Zeit und einen Treffpunkt und dann fahren wir wieder nach Hause. Und ich sitze diesmal auf der Rückbank ...«

»Kristin, das ist doch vollkommener Blödsinn«, meldete sich nun Daniel zu Wort, was mich zum Stehenbleiben brachte. »Du gehst nirgendwo allein hin. Und ... du musst dich auch nicht entscheiden«, fügte er mit einem Seitenblick zu Joshua hinzu.

»Was meinst du damit?«, fragte ich unsicher nach.

»Ja, genau. Was meinst du damit?« Gut, dass auch Joshua augenscheinlich keine Ahnung hatte, wovon sein Kumpel eben sprach.

Zähneknirschend wartete er auf eine Antwort und ich war mir nicht sicher, ob dieser Groll nun mir oder Daniel galt. Oder uns beiden.

»Es ist doch kein Problem, wenn wir so weitermachen wie bisher, oder?«

»Ich weiß nicht. Das geht doch nicht, oder? Außerdem wäre es ... keinem von euch beiden fair gegenüber ...« Hatte ich nun zu viel verraten? Oder war das Abenteuer mit Daniel in meinem Zimmer bereits ein offenes Geheimnis zwischen den Freunden?

Verwirrt sah ich zwischen beiden hin und her und hoffte darauf, dass Joshua auch endlich etwas sagen würde. Doch Dan war wieder schneller.

»Wieso nicht? Was spricht dagegen?« Er war einen Schritt auf mich zugekommen, hatte meine Hände in seine genommen und sprach mit ruhiger Stimme. Irritiert schüttelte ich den Kopf. Hatte nun er etwas verpasst oder war mir eine Szene entgangen?

»Was zum Teufel redest du da, Dan?« Joshua hatte neben mir Stellung bezogen und sah seinen Kumpel mit verschränkten

Armen an.

»Ich rede von ... dieser Sache mit Miranda. Du weißt schon, die Kleine während der Ferien nach dem ersten Semester ...«

Joshua kniff seine Augen zusammen und schien völlig angespannt zu sein. »Wir werden mit Kristin nicht das Gleiche machen«, knurrte er.

Daniel zuckte mit den Schultern. »Wieso nicht? Es wäre die Lösung unseres Problems, würde ich meinen.«

Ein eiskalter Schauer erfasste mich. »Wow, Moment mal. Was habt ihr mit dieser Miranda angestellt und inwiefern würde es das aktuelle *Problem* lösen?« Plötzlich war ich mir nicht mehr so sicher, ob die beiden wirklich die netten Jungs von nebenan waren, als die sie sich ausgaben. Zumindest klang es gerade danach, als hätten die beiden Dreck am Stecken.

»Oh mein Gott, ihr habt dieser Miranda doch nichts angetan?« Ein unbehagliches Gefühl überkam mich und ich überlegte bereits, wie ich mich am schnellsten und sichersten aus dem Staub machen könnte.

Doch die beiden sahen sich kurz überrascht an und begannen dann lautstark zu lachen. »Nein, keine Angst. Im Gegenteil, wir haben Miranda einige sehr schöne Stunden geschenkt.« Daniel zwinkerte mir zu, während Joshua mit undurchschaubarem Gesichtsausdruck nickte.

»Das heißt, ihr hattet mit ihr einen ... Dreier?« Ich wurde immer leiser, bis ich das letzte Wort flüsterte, um nicht irgendwelche Passanten zu schockieren. Es war schon genug, wenn *ich* völlig überrascht von dieser Neuigkeit war.

»Ja, aber lass uns jetzt nicht über Vergangenes reden«, brummte Joshua und schob seine Augenbrauen zusammen, als er zwar mir antwortete, dabei aber Daniel ansah.

»Hey, kein Problem. Wir können das ja auch ein anderes Mal besprechen.« Daniel hob beschwichtigend seine Hände. Dann trat er ganz nah vor mich und hob mein Kinn sanft an. »Also, um wieder auf die Achterbahn zurückzukommen: Du musst dich vor nichts fürchten.« Dann beugte er sich zu meinem Ohr herab und flüsterte: »Denk daran, wie es war, als ich dich im

Studentenwohnheim besucht habe. Dann weißt du, dass du gut bei mir aufgehoben bist und mir vertrauen kannst. Bei mir geht es dir gut.«

»Keine Sorge, Liebes. Du musst nichts tun, was du nicht möchtest, aber du sollst wissen, dass es ein ganz besonders Abenteuer wird, das du so schnell nicht vergisst. Wir würden nicht zulassen, dass du dich dabei unwohl fühlst«, hauchte mir nun Joshua in mein anderes Ohr und wieder spürte ich dieses prickelnde Ziehen in meinem Unterleib, als sie mir beide so nah waren.

Verwirrt lauschte ich ihren Worten und war mir nicht sicher, ob sie mich damit zur Achterbahnfahrt oder zu einem Dreier überreden wollten.

»Okay, gehen wir«, murmelte ich mehr zu mir selbst. Dann brachte ich etwas Abstand zwischen mich und die Männer und wusste im selben Moment, dass ich erstens die Nähe zu beiden vermissen würde – und zweitens, dass ich völlig verrückt war, so unüberlegt meine Meinung zu ändern.

Dan und Josh sahen mich so überrascht an, wie ich mich fühlte, doch ich winkte nur ab. Ich musste aus dieser Situation aus Nähe und elektrisierendem Rausch raus, sonst würde ich noch weitere unüberlegte Dinge tun. »Was ist jetzt? Steigen wir in dieses Höllengefährt oder seid *ihr* jetzt die Angsthasen?«

Das ließen sich die beiden nicht zweimal sagen.

Daniel fischte den Parkplan aus seiner Gesäßtasche und schlug ihn auf. »Wir nehmen diesen Weg«, beschloss er und deutete nach rechts.

Joshua und ich folgten ihm, wobei ich mich fühlte wie der Verurteilte auf dem Weg zum Henkersplatz. Was hatte ich mir nur dabei gedacht? Hatte ich überhaupt gedacht? Ich musste völlig verrückt geworden sein, in so ein Gefährt auf Schienen zu steigen. Aber jetzt hatte ich mich so weit aus dem Fenster gelehnt, nun konnte ich keinen Rückzieher mehr machen.

Daniel führte uns zu einem himmelhohen Stahlgerüst, auf dem kurz darauf mehrere Waggons an uns vorbeirasten, in dem kreischende Passagiere saßen. Mir wurde übel und am liebsten hätte ich mich umgedreht und wäre davongelaufen. Aber das würde ich vor den beiden nie zugeben. Jetzt nicht mehr, nachdem ich meine Klappe so weit aufgerissen hatte.

»Alles klar bei dir? Du siehst etwas blass aus«, meinte Daniel besorgt, während wir in der Schlange anstanden und darauf warteten, bis auch wir an der Reihe waren.

»Klar, mach dir keine Sorgen. Alles bestens«, log ich mit einem gespielten Lächeln.

»Dan, das ist eine bescheuerte Idee. Wir sollten weg hier. Komm, Kristin, du musst das nicht machen. Du musst uns nichts beweisen.« Joshua packte mich am Arm und wollte mich aus der Schlange ziehen, doch ich entzog mich seiner Berührung.

»Nein. Ich wollte weg aus dem langweiligen Lakeview, weil ich ein Leben voll Abenteuer gesucht hatte. Also ... lasst uns damit anfangen.« Ich deutete mit dem Kopf auf den einfahrenden Waggon, bei dem wir die nächsten Passagiere waren, und sprach mir innerlich Mut zu.

Kurz warf er Daniel und mir noch einen misstrauischen Blick zu, doch als sich vor uns die Schranken öffneten und ich keinen Rückzieher machte, nickte Joshua. »Also dann ... los geht's.«

Trotz meines kurzen Anflugs von Mut begannen schwarze Punkte vor meinen Augen zu tanzen und ich musste blinzeln, um den Boden unter meinen Füßen auch tatsächlich zu sehen. Mein Herz klopfte viel zu hektisch und ich spürte, wie sich die Aufregung wie ein schwerer Stein auf meine Lunge zu drücken schien – aber jetzt war es zu spät für Flucht. Was war ich für eine Idiotin!

Daniel schien meine Angst zu spüren und streichelte mir sanft über den Oberarm, was mich wieder ein wenig beruhigte. Dann hielt er mir die Hand zum Einsteigen, während Joshua hinter uns Platz nahm.

Als ich in der harten Plastikschale saß und sich die Sicherheitsbügel herabsenkten, bekam ich endgültig Panik. Ich hielt mich verkrampft an den Griffen fest, murmelte ein »Mist, Mist,

Mist« und atmete viel zu schnell ein und aus. Schweißtropfen bildeten sich auf meiner Stirn und alles rund um mich klang, als würde es sich von mir fortbewegen.

Da spürte ich Daniels warme Hand an meiner. Sanft streichelte er über meine Finger und als er sich vorbeugte und »Keine Angst, ich bin da, ich passe auf dich auf, Süße« sagte, nahm es mir – so verrückt es klingen mochte – plötzlich einen großen Teil der Angst. Wir verschränkten unsere Finger ineinander und er erwiderte sanft meinen Druck, was mir Halt gab. Sofort beruhigte ich mich noch mehr. Mein Anflug von Panik war verschwunden und ich blickte gespannt nach vorn, als sich der Wagen in Bewegung setzte.

Beinah im Zeitlupentempo wurden wir in schwindelerregende Höhen gezogen. Uns trennten unzählige Meter vom sicheren Boden, doch ich dachte nur mehr an Daniel und seine Hand. Mit einem Mal erinnerte ich mich an seine Berührungen von vor wenigen Tagen und welch unglaublich berauschende Gefühle er ausgelöst hatte.

Als wir den höchsten Punkt erreichten, hielt ich die Spannung fast nicht mehr aus. Die Zeit schien schlagartig in Slow Motion abzulaufen. Und dann kam der Fall ...

Meine Lider hatte ich fest zusammengekniffen, um mich war es schwarz. Ich hörte mich selbst, wie ich einen schrillen Schrei ausstieß, spürte, wie der Fahrtwind durch meine Haare wirbelte. Ich konnte nur ungefähr erahnen, wie schnell wir in die Tiefe rasten.

»Achtung, Looping!«, hörte ich Daniels Stimme neben mir, die der Wind nach hinten wegtrug.

Vor Schreck riss ich die Augen auf und starrte bereits auf die Schienen, die vor uns in den Himmel ragten. Wir rasten unaufhaltsam darauf zu, mein Magen wollte geradeaus weiterfahren und vor dem Unausweichlichen flüchten, doch der Looping wusste es zu verhindern. Wir wurden in den Sitz gepresst und mit Schwung wieder Richtung Erdboden befördert.

Alles, was ich konnte, war schreien. Aber nicht mehr aus Angst. Es war ein unglaubliches Gefühl! Verdammt, diese Achterbahnfahrt machte tatsächlich Spaß! Sosehr mein Herz noch raste, aber ich fühlte mich plötzlich wie ein Vogel in den Lüften und hob gleichzeitig mit den kleinen Flattertierchen in meinem Bauch ab. Ich wollte lachen und weinen zugleich und doch verließ nur dieser spitze, lang anhaltende Schrei meine Lunge.

Die Fahrt war wie ein Rausch und ich war bereits jetzt süchtig danach! Ich wurde mir wieder Daniels Hand in meiner bewusst und bemerkte, dass ich sie viel zu fest drückte.

Wir bewegten uns auf eine Schraube zu und erneut standen wir für Sekundenbruchteile Kopf. Nun hörte ich auch das erste Mal die Begeisterung der andern Passagiere. Mehr und mehr entspannte ich mich, genoss den Wind auf der Haut und die Sonne, die mal von oben und mal von der Seite auf mein Gesicht schien.

Viel zu schnell drosselte der Waggon wieder seine Geschwindigkeit und wir fuhren in die Anlegestelle ein, in der neue Passagiere auf unsere Plätze warteten. Zu meiner Euphorie mischte sich nun die große Enttäuschung. Ich wollte noch sitzen bleiben, wollte den ganzen Tag bis zum Abend dieses berauschende Gefühl erleben. Ununterbrochen!

»Na? Alles okay bei dir?« Daniel lehnte sich zu mir, als sich die Bügel gehoben hatten. Ich brachte nicht ein einziges Wort heraus, konnte nur breit grinsen und nicken.

Joshua war bereits ausgestiegen und ging neben mir in die Hocke. »Wie geht es dir?« Er streckte mir seine Hand entgegen, um mir den Ausstieg zu erleichtern.

Meine Antwort war ein nach oben gestreckter Daumen, und sofort legte Joshua seinen Arm um meine Mitte und führte mich hinaus an die frische Luft.

»Oh mein Gott!« Die Emotionen brachen nun endgültig über mir zusammen. Ich lachte mit Tränen in den Augen und hüpfte aufgeregt vor den beiden Männern auf und ab. »Das war der absolute Wahnsinn! Ich sollte echt öfter über meinen Schatten springen und etwas wagen, vor dem ich Angst habe.« Mit ausgestreckten Armen drehte ich mich im Kreis, während mich die beiden Männer lachend beobachteten. »Wer weiß, was ich schon alles in meinem Leben verpasst habe!«

»Gab es denn schon öfter so Situationen wie jetzt? Ich dachte, Lakeview wäre ein langweiliges Dorf?«, hakte Joshua zwinkernd nach.

»Ach, sei still«, prustete ich. Eigentlich wollte ich ihm einen Finger auf die Lippen legen oder Ähnliches. Doch irgendwie landete ich in seinen Armen, mein Mund auf dem seinen und ... ich konnte nicht anders, ich musste ihn einfach küssen.

»Und wieso bekommt er jetzt den Kuss? Ich hatte dir doch während der Fahrt beigestanden«, beschwerte sich Daniel neben uns.

»Das stimmt.« Ich trennte mich mit einem entschuldigenden Lächeln und einem stummen »Sorry«, von Joshua, berührte seine Lippen noch kurz mit meinen Fingern, ehe ich Daniel küsste.

Ich vergaß die Welt um mich, vergaß, wo ich war, was eben passierte. Jeder konnte uns beobachten. Jeder konnte sehen, dass ich zuerst Joshua und dann Daniel geküsst hatte. Ich! Doch ich wollte meinen Höhenrausch bis zur letzten Sekunde auskosten, und dazu gehörten definitiv *beide* Männer.

Mit einem unbeschreiblichen Glücksgefühl in meiner Brust löste ich mich wieder von Daniel und schlang meine Arme um die Hüften beider Männer. Sie ließen es geschehen, schienen sich an meinem Rausch zu freuen und so schlenderten wir langsam weiter.

»Was genau war das damals mit dieser Miranda? Was habt ihr mit ihr angestellt?«, fragte ich dann, als ich mich ein bisschen beruhigt hatte.

Die Vorstellung, dass die beiden gemeinsam eine Frau verführt hatten, ließ mich nicht in Ruhe und ich musste unbedingt mehr darüber erfahren.

»Ach, so einiges«, antwortete diesmal Josh, was mich verwunderte, da er sich vor der Fahrt noch ziemlich reserviert verhalten hatte. Daniel zwinkerte Joshua zu und diesmal lachten sie wie Jungs, die ein großes Geheimnis hüteten.

»Und das bedeutet?« Nervös nagte ich an meiner Unterlippe.

»Sollen wir es dir zeigen?« Daniel blieb stehen und drehte sich zu mir.

»Könnt ihr es mir nicht einfach sagen?«

»Könnten wir. Aber eindrucksvoller ist es, wenn wir es dir zeigen«, versuchte nun auch Joshua mich zu überzeugen.

Wieder war ich nervös, fast wie vor der Fahrt. Und wieder senkte ich meine Lider, hatte keine Ahnung, was mich erwarten würde.

Meinen Herzschlag konnte ich nicht nur spüren, sondern auch hören. Außerdem fühlte ich, dass Daniel inzwischen direkt vor mir stand. Es konnten uns nur wenige Zentimeter trennen, denn ich roch sein Parfum und spürte den etwas kühleren Schatten, den er auf mein Gesicht warf, als er sich zu mir herabbeugte.

Heftig atmete ich ein und aus und spürte, wie meine Hände feucht wurden. Und mein Slip. Diese Situation, beide so nah zu wissen und zu ahnen, was gleich geschehen würde, hatte unvermutet etwas unglaublich Erotisches an sich. Sanft strich der Wind über meine Haut, als würde er mich streicheln. Eine Gänsehaut küsste mich im Nacken und schickte vibrierende Wellen auf direktem Weg in meinen Unterleib.

Ich spürte Daniels Griff auf meinen Hüften. Er zog mich an sich heran, sodass ich seinen Körper an meinem spüren konnte. Gleich darauf berührten seine Lippen zärtlich meinen Mund. Seine Zunge streichelte meine, und sofort hatte ich wieder die Welt um mich vergessen. Seine Küsse waren zärtlich und fordernd zugleich und wie von selbst legte ich meine Arme um seinen Nacken und zog mich an ihm hoch. Er schmeckte so verheißungsvoll und Bilder von jenem gemeinsamen Abend schoben sich erneut vor mein inneres Auge.

Mühsam sammelte ich meinen Verstand zusammen, um mich nicht völlig zu vergessen, als ich plötzlich zwei zärtlich streichelnde Hände an meinen Oberarmen spürte. Gleich darauf fühlte ich Joshuas Körper an meinem Rücken, während er sanft meinen Hals küsste und seine Zunge Muster auf meiner heißen Haut zeichnete.

Von zwei so attraktiven Männern im Arm gehalten zu werden, ihre heißen Küsse zu spüren und zu schmecken und dabei ihre Zärtlichkeiten an meinem Körper zu fühlen war wie die Fahrt mit der Achterbahn. Definitiv. Damit hatte ich nicht gerechnet. Und schon gar nicht mit meiner Reaktion auf die beiden. Erhitzt stöhnte ich in Daniels Mund, während meine Knie weich wurden. Halt suchend lehnte ich mich an Joshua und gab mich den Zärtlichkeiten der beiden Männer hin.

»Wir sollten von hier verschwinden«, hörte ich Joshua leise in mein Ohr flüstern. Daniel hatte sich ebenfalls von meinen Lippen gelöst, hielt mich allerdings immer noch fest. Zum Glück, denn meine Beine wollten mein Gewicht nicht tragen, und nur mühsam blinzelte ich mich wieder ins Hier und Jetzt zurück.

»Wenn uns hier jemand erwischt, bekommen wir womöglich lebenslanges Parkverbot, und *das* will ich definitiv nicht riskieren.« Daniel lächelte, und wenn ich an die Achterbahnfahrt dachte, wusste ich genau, wovon er sprach. Auf diesen Adrenalinkick würde ich als frisch Infizierte auch nicht mehr verzichten wollen.

»Kommt, Leute. Wir sollten uns wieder wie normale Besucher verhalten.« Mit diesen Worten bot mir Joshua seinen Arm an und zog mich in den belebteren Teil des Parks; zurück zur Achterbahn, die für den ersten meiner zwei Höhenflüge an diesem Tag verantwortlich war.

Aber klar doch, wie soll ich mich jetzt wie ein normaler Parkbesucher verhalten? Ich konnte unmöglich ausblenden, was eben passiert war! Immer noch spürte ich ihre Körper an meinen gepresst. Meine Haut glühte, als hätte ich Fieber und zwischen meinen Beinen pochte es heiß und drängend. Ich hatte vom Zucker genascht und wollte nun den ganzen Kuchen probieren ...

»Was haltet ihr davon, wenn wir die Selfie-Session zu dritt wiederholen? Eure Fotos sahen ja sehr nach Spaß aus.« Daniel hielt fragend seine Kamera hoch und grinste verwegen.

Vergnügt schüttelte ich den Kopf. Wie konnte er nur so tun, als wäre das alles nicht passiert? Unmöglich vorstellbar, dass ihn der Kuss völlig kaltgelassen hatte! Ich schielte auf seinen Schritt, wo ich vom Gegenteil überzeugt wurde. Daniel schien sich nur besser unter Kontrolle zu haben als ich. Auch Joshua ging es offensichtlich nicht anders, was mich beruhigte.

***

Wenig später schnitten wir wilde Grimassen in Warteschlangen, vor Tiergehegen und unter Loopings, in denen sich Mädchen die Seele aus dem Leib kreischten.

»Also ihr in Lakeview wisst auf jeden Fall, wie man Spaß hat! Ich habe selten so viel in so kurzer Zeit gelacht«, stellte Joshua fest, und Daniel nickte bestätigend.

»Sogar unser Video aus der Achterbahn in der ersten Reihe ist echt gut geworden.« Daniel blätterte die Fotos und Videos durch und ich konnte nur hoffen, diese wieder auf einem Stick zu bekommen.

»Wie jetzt? Achterbahn fahren, mich dabei auslachen, wie ich schreie, und filmen gleichzeitig hat geklappt? Ich dachte immer, Männer sind nicht multitaskingfähig.«

Lässig fuhr sich Daniel mit gespreizten Fingern durch die Haare. »Du ahnst nicht, welche Fähigkeiten ich noch besitze.«

Aber ich hatte bereits eine Vorstellung davon. Immerhin war ich schon einmal in den Genuss gekommen. Sein Blick löste einen wohligen Schauer in mir aus, und bevor ich etwas Unüberlegtes hätte sagen können, nahm ich ihm seine Kamera aus der Hand, um durch die Aufnahmen zu blättern. Irgendwie musste ich mich immerhin am Riemen reißen und die Kontrolle über meine Hormone bewahren.

Joshua beugte sich über meine Schulter und kommentierte belustigt unsere Gesichter. Seine Nähe machte mich erneut verrückt und jagte prickelnde Stromstöße über meine Haut.
Auch wenn ich noch immer auf das Display der Kamera sah, war ich mit den Gedanken erneut bei den Küssen von Dan und Josh gelandet und ich ahnte, dass es einer der längsten Tage des Jahres für mich werden würde.

11. Kapitel

Joshua

Als ich hinter Kristin stand und über ihre Schulter gebeugt vorgab, mir mit ihr die Aufnahmen anzusehen, nutzte ich den Moment der Ruhe, um meine Gedanken zu sortieren. Vielleicht hatte Dan recht und es war eine gute Idee. Wir sollten wiederholen, was wir mit Miranda erlebt hatten, auch wenn ich mit dieser Entscheidung nicht hundertprozentig glücklich war. Aber Kristin schien, als wäre sie perfekt dafür. Immerhin sah es nicht so aus, als würde sie nach etwas Festem suchen. Ihre letzte Trennung hatte sie erst hinter sich, und wenn sie ähnlich gestrickt war wie ich, brauchte sie jetzt ihre Freiheit. Genauso wirkte sie auf mich. Außerdem wusste ich, dass sie auch Dan nicht abgeneigt war und so hatte ich zumindest eine Chance, im Rennen zu bleiben. Mein Kumpel war schon immer der mit dem größeren Charme und der besseren Flirttaktik gewesen. Ich konnte mich nur an wenige Frauen erinnern, die nicht seiner Anziehungskraft verfallen waren.

Kristin war bereit für das Abenteuer, das hatte mir unser kleines Experiment gezeigt. Ich war es auch ... denke ich. Zwar war ich kurz gehemmt, als Dan sie geküsst hatte, konnte nicht sofort auf sie zugehen und sie berühren. Aber das lag wohl daran, dass wir mitten im Freizeitpark standen. Seit der Zeit auf der Uni war ich reifer geworden und hatte zuerst überlegt, ob es schlau wäre, sie ebenfalls zur selben Zeit in der Öffentlichkeit zu küssen. Doch ihre zarte Haut am Nacken und ihr Duft zogen mich an, und ich konnte nicht länger widerstehen.

Kristin roch süß, nach Blumen und ... Pfirsich? Und genauso schmeckte sie. Am liebsten hätte ich ihren Körper liebkost, bis sie unter mir zu beben begonnen hätte.

Zum Glück waren wir so schlau, rechtzeitig Abstand zwischen uns zu bringen – und trotzdem ertappte ich mich nun erneut dabei, so knapp hinter ihr zu stehen wie bei meinen Zärtlichkeiten. Immer noch waren wir an einem öffentlichen Ort und ich hoffte, ich würde Kontrolle über meine Erektion bekommen, bevor sich unser Abstand wieder vergrößern würde. Allerdings standen die Chancen schlecht.

Als Kristin alle Bilder durchgeblättert hatte, gab sie die Kamera an Dan zurück und drehte sich zu mir um – viel zu früh für mich und meinen derzeitigen Zustand. Mein Kumpel grinste mich an, doch ich tat so, als wäre alles völlig normal und vergrub die Fäuste in den Hosentaschen.

»Spielst du mir denn die Aufnahmen wieder auf einen Stick?«, fragte sie, und sah mir dabei mit ihren grünen Augen in meine.

»Selbstverständlich.« Ich lächelte sie an, was sie sofort erwiderte.

***

Wenn es nach mir gegangen wäre, hätte ich die Zeit angehalten. Oder sie zumindest viel langsamer verstreichen lassen. Viel zu früh schloss der Vergnügungspark seine Pforten und wir machten uns auf den Weg zurück nach Berkeley, um Kristin nach Hause zu bringen.

Wäre es nach mir gegangen, hätte ich sie mit zu mir nach San Francisco genommen. Ich wollte erneut das süße Salz von ihrer Haut lecken, sie streicheln und ihre Nähe genießen. Andererseits sollten wir ihr Zeit lassen. Sie sollte sich nicht überfordert oder gezwungen fühlen.

Dan saß wieder auf der Rückbank, was mir ganz recht war, denn so konnte ich während der Fahrt ihre Finger mit meinen verschränkt halten. Sie waren zart und feingliedrig und ihre Haut war weich. Ihre Hände auf mir zu spüren war ein Erlebnis für sich und ich konnte es kaum erwarten, eine Wiederholung zu erleben.

Langsam fuhr ich auf den Parkplatz vor ihrem Studentenwohnheim und stellte den Motor ab. Ich stieg aus und ging um den Wagen herum. Als ich ihr die Tür öffnete, zögerte sie. Wollte sie genauso wenig wie ich, dass wir uns schon trennen mussten?

Doch dann setzte sie einen Fuß auf die Straße und ließ sich von mir aufhelfen. Sie sah mich von unten an, und einen Augenblick war da diese knisternde Spannung, wie sie vor unserem ersten Kuss zwischen uns herrschte – bis sich Dan zu uns gesellte.

»Wenn du möchtest, könnten wir noch kurz mit hoch die Fotos und Videos auf deinen Computer laden. Das Kabel hab ich mit.« Wie zum Beweis hielt er es hoch und ich wartete gebannt auf Kristins Reaktion.

Sosehr ich mir auch wünschte, noch mehr Zeit mit ihr zu verbringen, aber Daniel war mir ein Dorn im Auge. Ich wollte sie nicht mit ihm teilen müssen. Aber ich hatte gesehen, wie sehr sie auf ihn ansprach. Außerdem wusste ich, dass die beiden etwas miteinander gehabt hatten, als er ihr den Computer zurückgebracht hatte. Zwar hatte Dan keine Details verraten, aber ich kannte ihn zu gut, dass es mehr als nur ein flüchtiger Kuss gewesen war. Und wenn ich darüber nachdachte, *wollte* ich mir die Situation gar nicht zu detailliert ausmalen ...

Nach einem kurzen Zögern willigte Kristin ein. »Klar, das ist eine gute Idee. Dann kann ich dir ja auch meine Zimmerkollegin vorstellen«, meinte sie an mich gewandt und ich nickte kurz.

Doch als wir das Zimmer betraten, war es leer.

»Hm. Lynn ist vermutlich noch unterwegs. Wir hatten für heute Abend nichts vereinbart.« Kristin sah sich um und es war ihr anzusehen, dass es sie verunsicherte, mit uns allein zu sein.

»Du kannst dich hierhin setzen.« Kristin räumte einige Kleidungsstücke von dem Schreibtischstuhl und warf sie auf das Bett daneben.

Dan nahm Platz, öffnete ihren Laptop und steckte das Kabel an den Fotoapparat.

Ich sah mich in ihrem Zimmer um und fühlte mich in meine eigene Studienzeit zurückversetzt. Schmunzelnd betrachtete ich den Wandschrank, die alten Schreibtische und die ungemütlichen Betten in den Ecken des Raumes. Doch mein Blick blieb an mehreren Fotokopien hängen, die sie an die Wand über ihrem Bett gepinnt hatte. Sie zeigten uns beide im Zoo. Ich war nicht nur überrascht, dass sie sie aufgehängt hatte, sondern ich war sprachlos. Ich konnte nicht anders und musste breit grinsen, als ich sie näher betrachtete. Sie hatte eine gute Auswahl getroffen. Kristin beobachtete mich mit rosigen Wangen und sah immer wieder unruhig zur Tür, zu Dan und zu mir.

»Ich habe meine Lieblingsbilder aufgehängt«, gestand sie leise und mein Lächeln wurde nur noch breiter.

Sie räusperte sich, als sich auch Daniel kurz umsah. »Das Zimmer ist nicht besonders schön, aber günstig«, versuchte sie sich für die spärliche Einrichtung zu entschuldigen.

Ich konnte nicht anders, ich legte meine Arme um ihre Hüften und zog sie an mich. »Es ist überall schön, wo du bist«, raunte ich ihr ins Ohr.

Verdammt, ihre Nähe war wie eine einzige Droge für mich! Kaum dass ich sie umarmte und ihr Duft meine Sinne benebelte, wollte ich sie küssen, schmecken. Ich wollte, dass sie stöhnend meinen Namen rief, und wollte ihr anschließend beim Einschlafen zusehen.

Ich sah sie an und kämpfte mit aller Kraft gegen meine Wünsche an. Auf keinen Fall wollte ich sie zu etwas drängen, was sie vielleicht nicht wollte oder wobei sie sich unwohl fühlen könnte. Und dass sie nervös war, weil wir mit ihr allein auf dem Zimmer waren, konnte sie nicht abstreiten. Außerdem hatte sie das Thema mit Miranda heute ziemlich beschäftigt. Schon deshalb wollte ich ihr den ersten Schritt überlassen.

»So. Daten werden kopiert. In wenigen Minuten ist er fertig«, verkündete Dan und lenkte kurz meine Aufmerksamkeit von Kristin ab.

All die Dinge, über die ich mir Gedanken zu machen schien, waren anscheinend für ihn kein Thema. Denn er stellte sich hinter Kristin und sofort fuhr er ihr unter das Shirt.

Kristin schloss die Augen und seufzte leise. Ihre Reaktion

auf ihn überraschte mich, obwohl ich eigentlich damit hätte rechnen müssen. Klar, sie hatte bereits im Freizeitpark so wunderbar auf unsere Berührungen reagiert ...

Als sie über ihre Lippen leckte und ihre Hände auf meinen Oberarmen nach oben zu meinem Nacken gleiten ließ, war es jedoch so weit: Ich schmiss sämtliche Bedenken über Bord. Fuck, ich wollte sie so sehr – und sie wollte mich! Worauf also warten?

Ich beugte mich zu ihr hinab und küsste sie, legte all mein Begehren in diesen Kuss. Meine Zunge forderte deutlich, was mein Schwanz nicht verheimlichen konnte. Ihr zarter Körper fühlte sich so gut an, ihre Brüste rieben sich an meinem Oberkörper und nur zu gern hätte ich ihr das Shirt über den Kopf gezogen, um an ihnen zu saugen.

Immer wieder verlor ihr Kuss an Intensität. Daniel hatte seine Hand in ihrem Slip – ich spürte seine kreisenden Bewegungen an meiner Leiste. Kristin wimmerte unter seinen Berührungen. Die Geräusche, die ihren Mund verließen, heizten mir zusätzlich ein. Sie atmete stoßweise und ihre Augenlider flatterten.

»Komm für uns«, raunte ihr Dan ins Ohr und sie blinzelte.

»Nein ... wartet ...« Keuchend wand sie sich aus unserer Umarmung. Ihre Wangen waren gerötet, ihre Haare zerzaust – und sie sah einfach unglaublich sexy aus.

»Tut mir leid, wir wollten dich zu nichts drängen«, warf Daniel sofort ein und kam mir überraschenderweise mit der Entschuldigung zuvor.

»Wir können warten, Kristin. Du bestimmst das Tempo.« Sie sah mich dankbar an, dann strich sie sich ihre Haare glatt.

»Ich kann das nicht ... nicht hier.« Sie schielte zur Tür, dann sprach sie weiter. »Man hört in diesem Haus *alles* und ...« Sie senkte die Stimme. »... Lynn kann jeden Moment ins Zimmer kommen.« Dabei sah sie mahnend zu Daniel, der grinste. Ein weiterer Beweis, dass zwischen den beiden nicht nur der Austausch des Computers stattgefunden hat.

Ein leises *Pling* ertönte, das Zeichen dafür, dass alle Dateien fertig kopiert waren. Daniel zwinkerte Kristin noch einmal zu, dann beugte er sich über den PC, um die Kamera abzuhängen.

Ich nutzte die Gelegenheit und zog sie noch ein letztes Mal in meine Arme. »Du siehst unglaublich heiß aus, wenn du erregt bist, Liebes.« Sie errötete schüchtern lächelnd.

»Danke. Und vielen Dank euch beiden für diesen unglaublichen Tag.« Sie strahlte und sah glücklich aus – nicht so, als ob sie irgendwas von dem heute Erlebten bereuen würde.

Ich hauchte ihr einen Kuss auf die Lippen und leckte mit der Zunge über ihre Unterlippe. Wir verharrten einen Moment länger in unserer Umarmung und sahen uns dabei bedeutungsvoll an. Wieder wurden wir von dieser ganz besonderen Stimmung gepackt, die nur zwischen uns beiden zu herrschen schien, aus der uns Dan mit einem Räuspern riss.

Kristin lächelte kurz und glitt dann langsam aus meinen Armen. Sie wirkte verlegen, als sie sich Daniel zuwandte, fast so, als ob sie ihn vor die Tür schicken wollte, damit wir noch ein paar Minuten allein waren. Oder war das eben mein Wunschdenken?

Er vergrub seine Hände in ihren Haaren und sah sie dabei durchdringend an. Am liebsten hätte ich ihn von ihr weggestoßen ...

»Ich hoffe, wir sehen uns bald wieder«, raunte er in ihr Ohr. Dann umarmte er sie und gab ihr einen intensiven Kuss. Genervt verschränkte ich die Arme vor der Brust.

Als wir nach draußen gingen, murmelte ich ihr ein »Pass auf dich auf, Kristin« zu und küsste sie ein letztes Mal auf den Mundwinkel. Freundschaftlich genug, um die Leute im Wohnheim nicht zum Reden zu bringen, und trotzdem so nah an ihrem Mund, dass ich ihre zarten Lippen noch einmal spüren durfte.

Meine Augen hielt ich geschlossen, um sie ein letztes Mal für heute intensiv zu erleben und diese Berührung fest in mir abzuspeichern. Wer wusste schon, wann es wieder dazu kommen würde? Womöglich machte sie doch noch einen Rückzieher, da es ihr mit uns beiden zu heftig wurde. Abgesehen davon forderte ein Dreier eine Menge Mut.

»Das mache ich. Bis bald, Jungs!«

Kristin hielt meine Hand einen Augenblick länger als notwendig und drückte sie fest, bevor sie einen Schritt zurück machte und die Tür schloss.

12. Kapitel

Kristin

Da war ich ja in eine spannende Situation geraten. Tagelang dachte ich in jeder freien Sekunde an nichts anderes als an die Berührungen von Joshua und Daniel. Am liebsten wäre ich sofort nach San Francisco gefahren und hätte um eine Wiederholung gebettelt. Denn allein der Moment der Nähe zu den beiden in Kombination mit ihren Küssen war ... der helle Wahnsinn!

Noch immer spürte ich die Hände der beiden auf meinem Körper, ihren Atem auf meiner Haut. Der Gedanke, von zwei Männern verwöhnt und gestreichelt zu werden, war aufregend. Einmalig. Jedes Mal, wenn ich darüber nachdachte, spürte ich ein Kribbeln in meinem Schoß, das sich ausbreitete, bis ich ein Aufstöhnen unterdrücken musste.

Noch nie hatte mich etwas dermaßen angemacht. Dermaßen heißgemacht – und noch nie hatte ich etwas dermaßen gewollt. Aus egoistischen Gründen, einfach, weil es guttat. Weil es mich glücklich machte und mir Momente schenken würde, die ich bestimmt niemals vergessen könnte.

Man war nur einmal jung, nicht wahr? Nur einmal hatte ich die Gelegenheit, Dinge zu tun, die vielleicht nicht bis ins Detail gut überlegt waren. Andererseits. Was konnte schon geschehen? Die beiden waren nett, zuvorkommend und liebevoll. Ich konnte mir nicht vorstellen, dass ich mich dabei auch nur eine Sekunde lang schlecht oder unwohl fühlen würde. Bestimmt nicht.

Ja, ich wollte dieses Abenteuer. Wollte die Welt, meine Vergangenheit in Lakeview, meine Verpflichtungen einfach vergessen und mich nur diesen Gefühlen hingeben, die diese beiden Männer in mir auslösten.

Obwohl meine Entscheidung vom ersten Moment an feststand, hatte ich doch eines von Granny gelernt: Egal, was es war, man sollte eine Nacht über seine Entscheidung schlafen, ehe man sie tatsächlich traf.

Inzwischen waren fünf Nächte daraus geworden. Nächte, in denen ich unruhig schlief, da ich mich ständig wieder in den Armen der beiden Jungs wiederfand, ihre Küsse schmeckte, ihre Berührungen fühlte.

Joshua war wirklich ein schwieriger Fall ... Immer dann, wenn ich dachte, ich wüsste, wie er zu mir stand, verhielt er sich plötzlich absolut eigenartig. Im Vergnügungspark hatte er mir noch das Gefühl gegeben, dass ich ihm sehr viel bedeuten würde. Auch beim Verabschieden hatte ich den Eindruck, als würde er sich nur schwer von mir trennen können. Fast so, als hätte er es bereut, Dan auch mitgenommen zu haben; als sehnte er sich nach Stunden allein mit mir.

Doch wenn es so wäre, dann hätte er sich doch gleich am nächsten Tag bei mir gemeldet, oder? Wieso musste er *fünf* zähe lange Tage verstreichen lassen und hatte mich dann immer noch nicht angerufen?

Klar, ich hätte ihn ebenfalls anrufen können. Oder Dan. Ich hätte auch zu den beiden ins Büro fahren können. Aber ehrlich gesagt traute ich mich nicht. Ich wollte nicht aufdringlich wirken und hatte noch nicht mal einen Vorwand, denn mein Computer funktionierte seit dem letzten Zwischenfall einwandfrei.

An diesem Donnerstag arbeitete ich wieder im *R&G* und erwischte mich ständig dabei, wie ich zur Tür schielte, in der Hoffnung, Joshua würde hier auftauchen. Natürlich wurde mein Wunsch nicht erfüllt, während ich Sues mitleidige Blicke ignorierte und mein Bestes gab, nicht jede zweite Tasse Kaffee zu verschütten, weil ich zu sehr in Gedanken war.

Ich war froh, als ich die Cafeteria verlassen konnte und mich auf den Heimweg machte. Zwar warteten dort ausschließlich meine Kursunterlagen auf mich, da Lynn noch bis spätabends in einer Lerngruppe war, aber besser, ich lenkte mich auf diese Art von Josh und Dan ab, als meine Gedanken weiter ausufern zu lassen.

Bevor ich jedoch meine Nase in die Bücher steckte, wollte ich etwas erledigen, vor dem ich mich viel zu oft drückte: meine Mom anrufen. Jedes Mal, wenn ich mit ihr sprach, hörte ich unterschwellig Vorwürfe heraus, weil ich nicht mehr in Lakeview war – und das belastete mich. Mein Vater war seit meiner Abreise noch mieser gelaunt als sonst und Helen vermied Besuche zu Zeiten, wo er zu Hause war. Ich konnte verstehen, dass meine Mom jemanden zum Reden brauchte, aber ich hatte diese Diskussionen mein ganzes Leben lang geführt. Ich konnte mir nicht hier auch noch Moms Sorgen aufladen. Nein, ich wollte nicht, denn ich hatte meine eigenen Sorgen und Probleme, mit denen ich klarkommen musste.

Ich ließ mich auf mein Bett fallen, streifte meine Schuhe ab und legte meine Beine hoch, die vom vielen Stehen und Laufen müde waren. Dann angelte ich aus meiner Tasche mein Telefon und drückte die Kurzwahltaste. Die Augen hielt ich geschlossen und wappnete mich innerlich für das Unvermeidliche.

Als mein Vater abhob, zuckte ich kurz zusammen. »Hey Dad ... hier ist Kristin. Ist Mom da?«

Seit ich in Berkeley war, hatte ich kein einziges Mal mit ihm gesprochen. Zwar hatte ich mehrere Male den Finger über seinem Namen auf dem Display kreisen lassen, war dann aber doch zu feig. Außerdem, was hätte ich mit ihm reden sollen? Wir hatten schon lang nicht mehr ein solch gutes Verhältnis, um ungezwungen zu plaudern.

»Nein. Sie hat ihr Telefon zu Hause vergessen.«

Schweigen.

»Okay. Würdest du ihr sagen, dass ich ...«

»Du bittest mich ernsthaft um einen Gefallen? Nach der Enttäuschung, die du mir angetan hast?«

»Also, das ist doch lächerlich, Dad. Du tust ja gerade so, als wäre das Studium etwas Schlechtes. Ich mache hier gerade etwas für meine Zukunft! Bei dir hört sich das an, als würde ich hier auf den Strich gehen!«

»Ich will von deinen schmutzigen Sexgeschichten gar nichts wissen, Kristin. Du enttäuscht mich maßlos, weißt du das? Ich dachte, ich hätte zwei ordentliche Töchter großgezogen, aber dass meine Jüngste sich quer durch ganz Berkeley vögelt, dass du dich so unreif und unverantwortlich verhältst, damit hätte ich nicht gerechnet.«

Nun war es mit meiner Geduld endgültig vorbei.

»Wie kannst du es wagen, mir so etwas zu unterstellen? Nur weil du eine so absolut ... kranke ... Vorstellung vom Studentenalltag hast, brauchst du mir solch ein Verhalten nicht anzudichten. Ich hab keine Ahnung, wer dir diesen Floh ins Ohr gesetzt hat, aber du bist definitiv auf dem Holzweg damit. Wenn du herkommen würdest, könntest du dich vom Geg...«

»Diese Diskussion brauchen wir nicht zu führen. Für mich ist das Thema gestorben. *Du* bist für mich gestorben.«

Mit tränenverschleierter Sicht starrte ich auf mein Telefon, nachdem mich mein Vater so eiskalt abserviert hatte und mich aus der Leitung und gleichzeitig aus seinem Leben gestoßen hatte.

Was war er nur für ein absolut grausamer Mensch geworden? Er war immer schon streng und hatte seine Prinzipien, aber dass er mich wie den letzten Dreck behandelte, hatte ich nicht verdient.

Schluchzend rollte ich mich auf meinem Bett zusammen. Der Druck in meinem Brustkorb war einfach zu groß geworden, als dass ich noch länger aufrecht hätte sitzen können. Mein Smartphone in meiner Hand verschwamm und machte es mir unmöglich, Granny anzurufen. So gern hätte ich jetzt ihre Stimme hören wollen. Sie hätte mir Trost spenden können, mir sagen können, dass ich das Ganze nicht so ernst nehmen sollte.

Ich wusste ja auch selbst, dass mein Vater ein Idiot war, wenn er so mit mir sprach. Vielleicht würde er es sogar in zwei, drei Jahren bereuen und ganz stolz sein, wenn seine Tochter ihren Abschluss machte. Immerhin hatte er auch mit stolzgeschwellter Brust gestrahlt, als ich den Highschoolabschluss gefeiert hatte.

Aber trotzdem nahm ich mir seine Worte viel zu sehr zu Herzen. Blöd von mir, ich weiß. Aber ich war keine Nutte –

und dass er mich als solche sah, dass er tatsächlich davon ausging, ich würde wilden Sex am Campus haben ...

Verdammt, wenn er davon ausging, dass es so war, dann konnte er das auch haben! In seinen Augen war mein Ruf sowieso verloren, also sprach ja dann nichts mehr dagegen, mich auf das Abenteuer mit den beiden Männern einzulassen.

13. Kapitel

Kristin

Später am Abend hatte mich Helen angerufen, als ich eben ins Bett gehen wollte. »Sag mal, was hast du mit Daddy gemacht? Als Mom nach Hause kam, war die Hölle los und sie ist daraufhin zu mir geflüchtet.«

»Oh Gott. Er macht mich echt fertig. Wieso tut er uns allen das an? Sieht er denn gar nicht, dass er die Familie völlig auseinandertreibt mit seinem Verhalten?«

Helen schnaubte ins Telefon. »Genau das hatte er auch über dich erzählt. Also ... was war denn los?«

Kurz erzählte ich ihr von unserem Gespräch und machte es mir einstweilen auf meinem Bett bequem. Als ich fertig war, lauschte ich erst mal Helens schockiertem Schweigen, ehe sie mir antwortete. »Das ist nicht dein Ernst, oder? Du Arme. Soll ich mal mit ihm reden?«

»Nein, lass mal. Nicht dass er auch noch von seiner zweiten Tochter enttäuscht ist. Du bist sein Schätzchen, also sei froh, dass er so viel auf dich hält, und halte wenigstens du ihn bei Laune.«

Meine Schwester seufzte hörbar ins Telefon. »Ich würde aber so gern etwas für dich tun. Ich bewundere deinen Ehrgeiz und dein Durchsetzungsvermögen, aber Daddy macht dir das Leben echt zur Hölle.«

»Tja ... was soll ich machen, er lässt sich nicht umstimmen und inzwischen ist es mir sogar egal. Ich bin nur froh, dass uns so viele Kilometer trennen, denn sonst wäre ich schon weggezogen. Aber lass uns über etwas anderes reden. Wie geht es denn meinem Lieblingsneffen? Und dir und Robert?«

»Uns geht es gut. Sehr gut sogar. Ich bin wieder schwanger.« Stolz schwang in ihrer Stimme mit und ich konnte ihr glückliches Strahlen förmlich vor mir sehen.

»Wie schön, ich freue mich für euch! Hoffentlich wird es ein Mädchen, dann hast du ein süßes Pärchen. Ich wollte immer einen großen Bruder haben, das stelle ich mir echt schön vor.«

»Ach Kristin ... Du ahnst wohl nicht, wie schön es ist, eine kleine Schwester zu haben, wie?«

Vielleicht lag es daran, dass es schon spät war, oder daran, dass der heutige Tag einfach zu emotional war ... Aber ich konnte die Träne nicht zurückhalten, die sich aus meinem Augenwinkel stahl.

»Ich hab dich lieb, Helen.«

»Ich dich auch, Kristin. Erzähl mal, wie geht es dir in der großen Studentenstadt?«

»Sehr gut.« Und das war nicht gelogen. Ich fühlte mich frei und alles war so ungezwungen. Als läge mir plötzlich die Welt zu Füßen – auch wenn es in meinem Fall vorerst nur Berkeley war. Aber dieses Gefühl, endlich tun und lassen zu können, was *ich* wollte, ohne jemandem Rechenschaft schuldig zu sein und ohne in Sorge zu sein, es könnte sich jemand an meinen Entscheidungen stören, war ein unglaubliches Erlebnis. Fast wünschte ich, ich hätte schon viel früher einen Weg gesucht, für meine eigenen Entscheidungen verantwortlich zu sein.

»Sind die Studenten wirklich so heiß, wie man sich erzählt?«

»Helen! Ich bin schockiert!«

Sie kicherte verhalten.

»Was denn? Robert ist nicht zu Hause, und wenn ich schwanger bin, bin ich ständig scharf. Also los, versorge mich mit schmutzigen Storys!«

Das neue Bild von meiner Schwester brachte mich zum Lachen. »Du bist verrückt. Wirklich!«

»Jetzt zier dich doch nicht so. Ich kann mir nicht vorstellen, dass du keine schnuckeligen Kommilitonen um dich hast.«

Einen Moment zögerte ich. Sollte ich ihr wirklich von Josh und Dan und ihrem Angebot erzählen? »Meine Studienkollegen sind ganz in Ordnung, aber ... Also, was ich dir jetzt sagen werde, behältst du für dich, hast du mich verstanden? Wehe, ich erfahre, dass auch nur eine einzige Menschenseele in Lakeview davon weiß.« Das wäre eine Tragödie sondergleichen. Man stelle sich vor, das brave Landmädchen hatte eine Affäre mit zwei Männern! Innerlich musste ich kichern. Die Gesichter der Leute zu sehen wäre den Spaß wert.

»Jetzt mach es nicht so spannend, Kristin. Klar halte ich dicht, du kennst mich. Warte ...«, meinte sie dann völlig schockiert. »Hast du einen neuen Freund, und Liam soll nichts davon erfahren? Das wäre nämlich wirklich *böse* von dir.« Erneut kicherte sie und steckte mich mit ihrer Aufregung an.

»Nein, das nicht. Aber ... Ich habe jemanden kennengelernt.«

»Ich wusste es! Wie heißt er, wie sieht er aus? Was studiert er?«

»Hm. Also das kann man so nicht beantworten.«

»Es ist einer deiner Professoren? Oh Gott, Dad würde dich an den Haaren zurückschleifen!«

»Ach, Helen, du bist verrückt.« Ich schlüpfte unter die Decke, da mir kalt wurde, und richtete mir das Kissen, ehe ich erzählte. »Also seine Augen sind grau und blau. Seine Haare blond und braun.«

»Ah ja. Klingt spannend.«

»Er hat einen Dreitagebart und sein Gesicht ist glatt rasiert ...«

»Bist du nun vollkommen übergeschnappt?«

Ich hatte meinen Spaß daran, meine Schwester an der Nase herumzuführen. »Nein, keine Sorge. Er heißt Joshua. Und Daniel.«

»Hast du getrunken? Drogen genommen?«

»Helen. Es sind zwei Männer!«

»Du redest wirres Zeug. Also sag mir jetzt, was es mit deinem neuen Schwarm auf sich hat oder ich leg auf. Weil so verdirbst du mir meine gute Laune wieder.«

Seufzend drehte ich mich auf den Bauch.

»Ich hab zwei Männer kennengelernt. Und alle beide sind heiß. Und alle beide wollen etwas von mir.«

»Klingt aufregend. Dann nichts wie ran an den Mann – solang sie nichts voneinander wissen, bist du auf der sicheren

Seite.«

Okay, ich musste wohl noch deutlicher werden. »Die wissen voneinander. Und die wollen mich ganz bewusst – beide. Gleichzeitig. Einen Dreier.«

Gott, jetzt hatte ich es ausgesprochen. Zum ersten Mal. Ich fühlte mich ein klein wenig verrucht, aber auch sexy. Meine Wangen glühten und gespannt wartete ich auf Helens Reaktion. Insgeheim hoffte ich so sehr, sie würde nicht den Moralapostel spielen, aber ich war auf alles gefasst. Immerhin hatte es so was in Lakeview noch nicht gegeben, und die Tratsch- und Gerüchteküche funktionierte dort hervorragend.

»Mensch, Kristin! Das klingt verdammt heiß! Erzähl, wie ist das so mit zwei Männern im Bett?«

»Weiß ich noch nicht, bisher hatten wir drei uns nur geküsst und gestreichelt. Angezogen. Aber das allein war schon ...« Ich sog scharf die Luft zwischen den Zähnen ein und spürte sofort wieder dieses Prickeln am ganzen Körper. Wie würde ich mich erst fühlen, wenn ich mit den beiden zusammen war. Intim. Nackt. In einem Bett. Zu dritt. Oh. Mein. Gott.

»Du musst mich unbedingt auf dem Laufenden halten, hörst du?«

Erleichtert kicherte ich ins Telefon. Mir war ein klein wenig schwindelig geworden vom Luftanhalten während des Wartens auf ihre Antwort von meinen Gedanken. »Das mache ich. Himmel, bin ich froh, dass du das so locker siehst. Ich hatte mich auf eine Standpauke gefasst gemacht.«

»Na ja, ich weiß nicht, ob es hier in Lakeview jemand so locker sehen würde, aber hey, du bist nicht mehr hier, also genieße dein Leben. Irgendwann kommst du wieder zurück und dann ...«

»Also wenn ich eines weiß, dann, dass ich nicht mehr zurückkomme.«

»Kristin, du Revoluzzerin. Ich muss jetzt ins Bett. Wir hören uns bald wieder, ja?«

»Gute Nacht, Schwesterherz.«

Ich legte auf und presste das Telefon mit einem Lächeln an

meine Brust. Gott, ich liebte Helen für ihren Zuspruch. Vielleicht wusste sie es nicht, aber in dieser Situation waren ihre Worte Balsam für meine Seele.

***

Die Freitage waren lang und anstrengend. Mathematik war zwar eines meiner Lieblingsfächer auf der Highschool gewesen, aber was hier verlangt wurde, war mit dem Stoff von früher nicht zu vergleichen. Geschweige denn mit dem Tempo, mit dem uns ein Thema nach dem anderen eingetrichtert wurde. Ich hatte echt zu kämpfen, nicht den Anschluss zu verlieren.

Dementsprechend gerädert schlurfte ich an diesem späten Nachmittag aus dem Gebäude, in dem wir die Vorlesungen hatten. Ich wollte nur mehr aufs Zimmer, um die Beine hochzulegen und zu schlafen. Leider war mir das nicht vergönnt, denn ich musste den Stoff der letzten Stunden noch verinnerlichen.

»Na, hattest du einen anstrengenden Tag?«

Ich erkannte seine Stimme sofort wieder, während mein Herz einen kleinen Satz machte. Joshua lehnte an seinem Wagen, wie immer mit lässigem Hemd im Fünfzigerjahre-Stil und passender Hose.

Sofort stieg meine Laune in ungeahnte Höhen an und begrub gleichzeitig die Motivation unter sich. Lernen war das Letzte, was mir bei seinem Anblick in den Sinn kam.

»Spionierst du mir nach?«, fragte ich zwinkernd und lehnte mich neben ihn an die Heckklappe seines *Cadillacs.* Ich konnte nicht beschreiben, wie sehr ich mich freute, ihn wiederzusehen. Sein verschmitztes Lächeln fuhr mir unter die Haut und sorgte wie immer für ein wahnsinnig gutes Gefühl. Man konnte mich für verrückt halten, aber ich mochte diese Männer. Alle beide. Ich mochte ihre Art, wie sie mich ansahen und berührten. Als wäre ich ein kostbarer Schatz. Welches Mädchen möchte sich nicht so besonders fühlen?

»Nur wenn du es willst. Lust auf einen Milchshake?«

»Und wie!«

»Na, dann steig mal ein. Bist du fertig für heute, oder musst du noch etwas für die Uni erledigen?«

Ich verzog mein Gesicht und klopfte auf meine Umhängetasche. »Mathematik sollte ich mir noch mal ansehen. So ganz blicke ich noch nicht durch.«

Joshua hielt mir die Beifahrertür seines Wagens auf und ich stieg ein. »Was genau nehmt ihr denn eben durch?«

»Die Differenzialrechnung.« Er schloss die Tür und ging rüber zur Fahrerseite.

»Also dabei könnte ich dir helfen, wenn du möchtest.« Lässig sprang er über die geschlossene Fahrertür ins Innere und startete den Wagen.

»Ja? Ich will dich wirklich nicht mit meinem Unikram langweilen.« Zwar war ich froh über seine angebotene Hilfe, doch andererseits fühlte ich mich ein wenig ... unbeholfen.

»Keine Angst, du langweilst mich überhaupt nicht damit. Immerhin ist Mathe meine Passion.«

Schon lenkte er seinen Wagen vom Unigelände, auf dem Weg Richtung San Francisco. »Wohin fahren wir?«

»Zur *Ice Cream Bar.* Dort gibt es die wahrscheinlich besten Milchshakes in ganz San Francisco. Was sage ich? Die besten der gesamten Westküste.«

Als wüsste er ganz genau, dass es tatsächlich so war, zwinkerte Joshua mir zu. In diese unbeschwerte Art und dieses Lächeln könnte ich mich verlieben. Der Gedanke erschreckte mich. Verlieben? Wollte ich nicht zuerst meine neu gewonnene Freiheit genießen? Mich ausleben? Spaß haben? Das war ja eigentlich mein Plan, oder? Für das Verlieben hatte ich immerhin noch Zeit genug. Und trotzdem ...

»Na, da bin ich ja mal gespannt ...«, murmelte ich, nicht ohne dieses aufregende Kribbeln im Bauch. »Und du denkst, wir können dort ungestört meine Mathe-Sachen diskutieren?«

»Dazu können wir ja später noch wo anders hinfahren. Aber mach dir mal keinen Kopf, ich bin nicht hier, um dich vom Lernen abzuhalten. Das Studium geht vor und ich biete dir mit dem Milchshake nur eine kleine Verschnaufphase, dann können wir gern loslegen.«

Wieso klang es so verdorben, wenn er das sagte? Hitze stieg mir in die Wangen und ich war froh, mein Gesicht in den sanften Fahrtwind halten zu können.

Irgendwie wollte ich Joshua von meiner Entscheidung erzählen, denn ich war sehr gespannt auf seine Reaktion – besonders deshalb, weil Daniel nicht in der Nähe war. So gern ich den Mann mit seiner offenen und direkten Art auch mochte, aber irgendwie genoss ich die Zeit allein mit Joshua noch mehr. Da lag dieses Knistern in der Luft, dieses besondere Vertrauen zwischen uns, das ich nicht fühlen konnte, als Dan dabei war. Andererseits wäre es Dan gegenüber unfair, wenn er erst später davon erfahren würde. So schwieg ich und malte mir unzählige Reaktionen von den beiden aus. Zu meinem Pech – oder war es mein Glück? – war ich danach nur noch kribbeliger.

Wir hielten vor einem Laden, der im Stil der 1930er-Jahre designt war. Schmunzelnd stieg ich aus, denn ich fühlte mich mit Joshua wieder einmal in die Vergangenheit versetzt.

Wir nahmen an einem der Tische Platz, und während ich mich in dem Lokal umsah, spürte ich, wie Joshua mich musterte. Verlegen griff ich nach der Karte und versteckte mich mit einem breiten Lächeln dahinter. Immer wieder schielte ich über den Rand und ab und an streiften sich unsere Blicke. Wir verhielten uns kindisch, doch keiner von uns beiden störte sich daran.

Josh hatte tatsächlich nicht zu viel versprochen: Die Vielfalt der Eissorten war unglaublich, und es fiel mir nicht leicht, eine Wahl zu treffen. Als ich mich endlich entschieden hatte und wir unsere Bestellung aufgegeben hatten, nutzte ich die Gelegenheit, um endlich mehr über ihn zu erfahren.

»Dann erzähl mal, Joshua Riley ... wie bist du aufgewachsen?«

»Oh, jetzt geht es ans Eingemachte.« Er lachte kurz und seine Augen blitzten belustigt auf. Dann räusperte er sich, bekam einen ernsten Gesichtsausdruck und begann zu erzählen. »Also ... ich muss gestehen, ich hatte keine einfache Kindheit.« Die Art, wie er es sagte, verunsicherte mich und im ersten

Moment wusste ich nicht, wie ich darauf reagieren sollte. Die schlimmsten Szenarien liefen vor meinem inneren Auge ab, als Joshua leise zu lachen begann und meine Hände in seine nahm. »Tut mir leid, ich wollte dich nicht schockieren.«

Unsicher sah ich ihn an, immer noch unfähig, etwas darauf zu erwidern.

»Ich bin ›nur‹ in einem Haus mit drei älteren Brüdern aufgewachsen. Vielleicht ist das der Grund, weshalb es mir relativ leicht fiel, meine eigene Firma zu gründen. Ich hatte bereits früh lernen müssen, mich gegen Konkurrenz zu behaupten.« Er zwinkerte mir zu und ich merkte, wie ich mich wieder entspannte.

»Das war *nicht* lustig, Joshua!«, schalt ich ihn.

»Du hast recht, tut mir leid«, erwiderte er. Als Entschuldigung schenkte er mir ein süßes Grinsen, sodass ich ihm nicht mehr länger böse sein konnte. Einzig, dass er seine Hände wieder zurückzog, fand ich schade. Doch das lag wohl eher daran, da wir unsere Milchshakes serviert bekamen. Sie waren riesig, und als ich den ersten Schluck probierte, dachte ich kurz, ich wäre im Himmel angekommen. Mein genüssliches Seufzen kommentierte Josh mit einem Schmunzeln. »Verdammt gut, oder?«

Ich nickte. »Du hast mit keinem Wort übertrieben.«

»Willst du mal bei meinem probieren?« Er deutete mit dem Löffel auf seinen großen Haselnussbecher, auf dem dicke Schokoflocken auf der Sahnehaube lagen.

»Dann musst du aber auch von meinem Erdbeershake kosten.« Ich hielt ihm den Becher mit dem Strohhalm entgegen. Einen Moment musterte er starr den Strohhalm. Plötzlich war mir meine impulsive Handlung unangenehm und ich war mir nicht sicher, ob er nicht vielleicht doch mit seinem eigenen Strohhalm probieren würde. Doch dann sah er mich an, nahm den Strohhalm in den Mund und sog daran. Ich spürte, wie mir heiß wurde, als er schluckte, sich zurücklehnte und genüsslich die Augen schloss. Als er sich dann noch über seine Lippen leckte, war ich völlig durch den Wind. Ich *musste* ihn ansehen und fand nur langsam in die Realität zurück, als er sich wieder zu mir beugte und mich mit verschmitztem Blick ansah.

»Jetzt du«, bat er und schob mir seinen Milchshake über den Tisch.

Diesmal war ich es, die den Strohhalm ansah. Denn mir wurde plötzlich bewusst, dass vor nicht einmal einer Minute noch seine Lippen dieses kleine Stück Kunststoff berührt hatten und nun ich es in den Mund nehmen würde. War das nicht eine indirekte Art von Kuss? Ich sah auf seine Lippen und hätte mich nur zu gern über den Tisch gebeugt, um ihn wirklich zu küssen. Aber stattdessen beugte ich mich vor und trank. Genüsslich seufzte ich auf.

»Und?« Joshua sah mich fragend an.

»Der Himmel auf Erden«, antwortete ich. Und dort musste ich wohl wirklich sein, denn ich fühlte mich, als würde ich schweben, seit ich mit Joshua unterwegs war.

»Du hast da etwas Milchshake.« Er wischte mir mit dem Daumen über das Kinn. Unbeweglich genoss ich das Kribbeln, das er in mir auslöste, als er seinen Finger sauber leckte.

Um meine peinliche Starre zu vertuschen, lenkte ich auf unser eigentliches Thema zurück. »Ältere Geschwister können manchmal gemein sein, da hast du recht. Mit meiner Schwester war es auch nicht immer leicht, aber heute haben wir ein sehr gutes Verhältnis.«

Joshua hing förmlich an meinen Worten, als ob er jede neue Erkenntnis über mich genauso in sich aufsaugen würde, wie ich es bei ihm tat. »Aber sie hat sich bestimmt nicht mit dir geprügelt, oder?«, fragte er dann mit schief gelegtem Kopf.

Ich gluckste kurz bei der Erinnerung an diesen einen Sommerabend. »Oh doch, das hat sie. Und zwar damals, als ich ihr mit dreizehn von meinem Schwarm erzählt habe.«

»Das ist ein Grund zum Prügeln? Dann bin ich aber froh, nur Brüder und keine Schwestern zu haben«, meinte er belustigt.

»Nun, es hat sich herausgestellt, dass sie ebenfalls in ihn verliebt war. Viel länger schon als ich.« Mir wurde warm ums Herz bei der Erinnerung an unser langes Gespräch. Von heute betrachtet war es wohl jene Unterhaltung, die uns beide noch näher zusammenbrachte und aus Schwestern Freundinnen machte.

»Und was ist aus diesem Schwarm geworden?«, fragte Joshua, der meine Gesichtsregungen interessiert beobachtet hatte.

»Mein Schwager.«

Ich genoss sein lautes Lachen. Er sah dabei so ausgelassen und sorgenfrei aus. Und es wirkte ansteckend.

»Hast du auch deinen Brüdern ihre Mädchen ausgespannt?«

»Nein, das nicht. Aber es gab genügend andere Gründe, um zu streiten. Wir waren keine Engel und unsere Eltern hatten ihre liebe Not mit uns.« Er leckte Sahne von seinem Strohhalm und ich konnte nicht anders, als ihn fasziniert dabei zu beobachten.

»Du scheinst ein sehr gutes Verhältnis zu ihnen zu haben?« Ich dachte daran, wie seine Augen strahlten, als er mir von seinem Vater erzählte – und wie sie gemeinsam seinen Wagen restaurierten.

»Als ich noch zu Hause wohnte, war es nicht immer leicht. Aber das lag vermutlich an meiner rebellischen Zeit. Ich wurde ruhiger und vernünftiger, als ich nach der Highschool auszog. Ich wollte endlich ungebunden sein und meine eigenen Entscheidungen treffen.«

Ich verkniff mir ein Schnauben und lenkte mich selbst von aufkommender schlechter Laune ab, indem ich weiterfragte. »Und wie bist du auf die Idee gekommen, ein Auto zu restaurieren? Ich meine ... so was ist doch ziemlich zeit- und kostenintensiv, oder nicht?«

Joshua rührte nachdenklich in seinem Milchshake, ehe er antwortete. »Ich habe damals diesen Wagen zufällig auf einem Schrottplatz entdeckt. Eigentlich hab ich einen Kumpel dorthin begleitet, der Ersatzteile für seinen *Mustang* gesucht hatte. Aber als ich den *Cadillac* dort stehen sah, tat mir das Herz weh. Ich meine, wie kann man so einen schönen Wagen einfach weggeben? Ich konnte förmlich seine Seele sehen und noch am selben

Tag fuhr ich mit meinem Vater zu dem Schrottplatz zurück, um ihn zu überzeugen, dass er die Arbeit wert wäre.«

»Und er stimmte sofort zu?« Beim besten Willen konnte ich mir so etwas nicht vorstellen. Für meinen Vater haben Oldtimer keinen immateriellen Wert und abgesehen davon würde er sich nie bei der Arbeit schmutzig machen wollen.

»Er sah das Gleiche wie ich in dem Auto. Wir kauften die Karosserie und holten sie am nächsten Tag zu uns nach Hause.«

Als er so von seinem Wagen sprach, wirkte es beinah, als ob er über sein eigenes Kind sprechen würde. Wobei ihm der *Cadillac* vermutlich mindestens so viel bedeutete.

»Und wieso genau ein *Cadillac*? Wieso nicht ein *Mustang* oder ein *Chrysler*?«

»Keine Ahnung. Es hätte vor diesem Tag vermutlich jedes andere Auto sein können. Aber zwischen mir und dem *Cadillac* herrschte ... eine Spannung. Eine besondere Anziehungskraft, als ob er mir etwas sagen wollte.« Er löffelte Schlagsahne in seinen Mund, um sein Grinsen zu verbergen. »Das klingt vermutlich völlig verrückt, oder?«

»Ja, aber das verraten wir einfach niemandem«, antwortete ich keck.

Kurz sah er mich sprachlos an und blinzelte. »Du bist ganz schön frech, weißt du das?«, meinte er dann schmunzelnd, als er sich wieder gefangen hatte.

»Ich gebe mein Bestes.«

Nun lachte er.

»Wieso hast du eigentlich keine Freundin?«, platzte es plötzlich aus mir heraus. Eigentlich wollte ich ihn nicht so direkt danach fragen, aber die Frage schwirrte mir bereits seit einiger Zeit im Kopf herum. Er war gut aussehend, hatte Humor und war ein wirklich lieber Kerl. Eigentlich müsste er in einer Beziehung sein, wenn nicht bereits verheiratet sein. Oder er war schwul. Doch Letzteres schloss ich definitiv aus.

»Das frage ich mich auch.« Bei seiner Antwort zeichnete sich ein verschmitztes Grinsen auf seinem Gesicht ab. Doch dann wurde er wieder ernst. »Nein, ehrlich jetzt. Es ist einfach so, dass ich im Moment eigentlich gar nicht suche. Denn wenn es passiert, dann ... passiert es einfach.« Dabei sah er mich eindringlich an und mein Herz machte einen Sprung.

»Und woran scheiterte deine letzte Beziehung?« Ich wagte mich auf wackeliges Terrain vor. Mit dieser einen Frage konnte ich den wunderbaren Moment zerstören, doch ich *musste* es einfach wissen.

»Untreue« war seine knappe Antwort und sein Gesicht blieb ausdruckslos.

Ich hob fragend die Augenbrauen. »Du oder sie?«

Joshua trank seinen Milchshake leer, lehnte sich zurück und legte seinen Arm auf die rotbraunen Lederlehnen. »Sie. Ich würde niemals meine Freundin hintergehen. So etwas hat meiner Meinung nach niemand verdient.« Er ballte seine Hände zu Fäusten und sah an mir vorbei, als schien er zurück bei diesem schlechten Erlebnis sein.

»Tut mir leid«, flüsterte ich, senkte den Blick und trank meinen Shake aus. Dabei war ich mir selbst nicht einmal im Klaren, ob ich damit sagen wollte, dass es mir für ihn leidtat, diese Erfahrungen gemacht zu haben, oder dass ich es nun tatsächlich bereute, dieses Thema angeschnitten zu haben.

Ich spürte seine Hand an meiner Wange, noch ehe ich im Augenwinkel seine Bewegung bemerkte. »Das braucht es nicht. Es ist vergangen und du bist nun hier. Das ist es, was zählt.«

Seine Worte drangen tief in mein Inneres ein und schwappten dort wie eine warme Welle über mir zusammen. Die Stelle an meinem Gesicht prickelte sanft nach, als er seine Berührung löste.

»Komm, lass uns fahren. Mathe sollte man nicht allzu lang aufschieben.« Mit diesen Worten verschränkte er seine Finger mit meinen und verließ mit mir den Laden. Ich freute mich über diese vertraute Berührung, auch wenn ich nicht damit gerechnet hätte. Mein Herz klopfte aufgeregt und eine Nervosität überkam mich, wie ich sie vermutlich zuletzt bei meinem ersten Kuss empfunden hatte.

Wieso musste er auch meine Hand nehmen, als seien wir ein

Paar? Als wäre es das Natürlichste auf der ganzen Welt, mit jemandem Händchen haltend ein Lokal zu verlassen, nur weil wir uns geküsst hatten ...

Okay, das war eine schlechte Idee, jetzt an seine Küsse zu denken. Meine Lippen fühlten sich plötzlich viel zu trocken an und prickelten, als sehnten sie sich nach Berührung.

Zum Glück hatten wir seinen Wagen erreicht und Joshua öffnete mir wieder die Beifahrertür.

»Darf ich die denn nicht selbst aufmachen?«, fragte ich mit leichtem Beben in der Stimme und hoffte, mich selbst von meinen Kussgedanken abzulenken. Blöderweise blieb ich dabei viel zu knapp vor ihm stehen und sah in seinen *Goose Lake*.

»Steig ein, Süße, bevor ich mich vergesse«, hauchte er mir entgegen, den Blick auf meine Lippen gerichtet. Ihm ging es also nicht anders als mir.

Mit wackeligen Knien ließ ich mich auf den ledernen Bezug fallen und schloss meine Augen. Wie sollte ich mich bloß auf Mathematik konzentrieren können, wenn ich wusste, dass Joshua nur wenige Zentimeter von mir entfernt saß?

14. Kapitel

Joshua

»Bin ich auf dem richtigen Lösungsweg?« Kristin sah mich unsicher an und ich nickte ermunternd.

Sie saß mit mir an meinem Tisch, in meinem Haus. Fuck, ich habe ehrlich keine Ahnung, was ich mir dabei gedacht hatte. Ihr Duft hatte sich wie eine Wolke über dem Tisch gesammelt und benebelte meine Sinne. Ihren Kopf hatte sie in die Hand gestützt und ihre Haare fielen ihr wie ein seidener Schleier auf den Tisch. Zu gern würde ich ihr die Strähnen zurück über die Schulter streichen, aber ich wollte sie nicht ablenken.

Konzentriert tippte sie mit dem Bleistift an ihre leicht geöffneten Lippen. An diese unglaublich zarten, sanften Lippen, die so verdammt gut küssen konnten. Nur zu gern hätte ich sie an mich gezogen und an ihnen geknabbert. Ich hätte sie schon vor dem Auto küssen sollen. Es kostete mich all meine Selbstbeherrschung, es nicht zu tun. Aber ich hatte ihr meine Hilfe in Mathe angeboten, und ich wollte zu meinem Wort stehen. Immerhin hatte sie meinetwegen ihre Lernpläne geändert. Hätte ich sie geküsst, hätten wir das Lernen vermutlich ausfallen lassen ... Oder zumindest auf sehr viel später verschoben.

Kristin hob kurz den Kopf und sah mich fragend an. *Verdammt, konzentrier dich, Mann!*

Ich warf einen Blick auf ihren Rechenvorgang. »Sieh dir das noch einmal an.« Ich deutete auf die letzte Zeile und leichte Furchen bildeten sich auf ihrer Stirn. Sie war unglaublich süß, wenn sie sich so konzentrierte.

Ihre Denkfalten glätteten sich und wichen einem Lächeln. Sie radierte und rechnete weiter. Ich hätte ihr ewig zusehen können. Wäre ich noch Student auf der Uni, würde ich mich in all ihre Kurse eintragen, nur, um ihr jeden Tag dabei zuzusehen.

»Ich hab es!«, strahlte sie aufgeregt und ich war nicht zum

ersten Mal an diesem Tag überrascht von ihrer Auffassungsgabe. Wenn ich so darüber nachdachte, kannte ich nur wenige Mädchen, die so ambitioniert waren, was ein technisches Studium betraf. Und das gefiel mir. Es passte zu ihr und unterstrich nur einmal mehr, dass sie anders war als die meisten Frauen, die ich kannte.

Kristin schloss ihre Lernunterlagen und packte alles zurück in die Tasche. »Danke für deine Hilfe«, meinte sie und wirkte dabei leicht erschöpft.

»Jederzeit wieder.«

Sie senkte lächelnd ihren Blick und biss auf ihre Unterlippe.

Fuck, dieser Mund machte mich wahnsinnig ...

»Schön hast du es hier.« Sie sah sich das erste Mal bewusst um, seit wir hergekommen waren. Kristin stand auf und ging ein paar Schritte durch den Raum, jedes Detail in sich aufsaugend. Schmunzelnd folgte ich ihr. »Es sieht so gar nicht nach Großeltern aus. Also ... ich meine ...« Sie drehte sich zu mir um und ihre Wangen wurden rot, was mir gefiel.

»Kein Problem, ich weiß, was du mir sagen willst. Meine Großeltern sind modern und jung geblieben. Auch wenn ihre Körper nicht mehr mitspielten. Kann sein, dass sie im Laufe der Zeit bewusst alles so eingerichtet haben, da sie wussten, ich würde das Haus übernehmen.«

Ich nahm auf einem der Barhocker der offenen Wohnküche Platz und beobachtete Kristin weiter, wie sie sich interessiert umsah.

»Sind das Schallplatten?«, fragte sie, als sie mein Wohnzimmer erreicht hatte und auf meine Vinylsammlung deutete.

»Willst du eine hören?«

Begeistert nickte sie. Ich mochte ihr Funkeln in den Augen. Bisher hatten sich Frauen selten für meine Musik interessiert. Ich fischte eine der Hüllen aus dem Ständer und legte die schwarze Platte auf. Kurz darauf fuhr die Nadel ihre Rillen nach und der Sound erfüllte den Raum.

»Das klingt gut. Wer ist das?«

»Eine britische Band. Kitty, Daisy & Lewis.«

Kristin nickte im Takt mit. »Das passt zu dir.«

»Ja?« Ich musste schmunzeln.

»Jetzt würde nur noch fehlen, dass du eine Tätowierung hast und Kontrabass spielst.« Sie lächelte, als sie verträumt die Schallplatten durchblätterte.

Verdutzt sah ich sie an. War ich so leicht zu durchschauen?

»Was ist?« Sie hielt inne und sah mich von der Seite fragend an.

Wortlos knöpfte ich die Hemdärmel auf, schob sie nach oben und zeigte ihr meine Tattoos. Begeistert musterte sie mein Pin-up-Girl und den großen Engel auf meinen Oberarmen.

»Das ist strange. Und der Kontrabass?«

Ich deutete nach links, und Kristin folgte meinem Blick. Dann lachte sie laut.

»Darf ich vorstellen: meine *Jenny*.«

Kristin beäugte mit hochgezogenen Augenbrauen meinen Kontrabass und sah mich zwischendurch belustigt an.

»Okay, das ist unheimlich.«

Schmunzelnd verschränkte ich meine Finger mit ihren. Ich konnte nicht anders, ich musste sie endlich berühren. Ich sehnte mich so sehr nach dieser Frau, dass es beinah schmerzte.

Kristins Verlegenheit war süß anzusehen. Ihr Duft hatte aufs Neue die Kontrolle übernommen und alles, was ich wollte, war, sie zu küssen, zu schmecken, zu fühlen.

Langsam, fast ein wenig unwillig, löste sie ihre Finger aus meinen und ging zum Kontrabass. Ehrfürchtig griff sie danach, zuckte jedoch kurz davor zurück. »Darf ich?«

»Mach.«

Vorsichtig strich sie mit ihren Fingern über das Holz und die Saiten des Instruments. Ich ging zu ihr, wollte keine ihrer Bewegungen verpassen. Mir gefiel es, wie sie ihn besonnen anfasste, als würde er etwas ganz Besonderes sein. Was er auch war, aber bisher hatte nur ich so empfunden. Keine Frau in meinem bisherigen Leben konnte sich in dem Ausmaß für meine Leidenschaft begeistern. Sie haben wenn dann nur den Musiker in mir gesehen, dem Instrument oder dem Musikstil jedoch keine weitere Bedeutung geschenkt.

»Kannst du denn spielen?«, fragte sie beeindruckt.

»Klar. Soll ich?«

»Na, und ob!« Begeistert strahlte sie mich an und wich einen Schritt zurück.

Doch das war nicht das, was ich im Sinn hatte. Ich wollte nicht nur das Musikinstrument spüren, sondern auch Kristin.

»Bleib da«, hauchte ich in ihr Ohr und schob sie sanft zurück an den Bass.

Dann stellte ich mich hinter sie und das Instrument, schlang meine Arme um Kristin und schloss die Augen. Ihre Nähe nahm mich gefangen, erweckte meine Finger zum Leben und ließ sie wie von selbst über die Saiten wandern.

»Das ist schön«, hauchte sie nach einer Weile.

»Das bist du. So klingst du.«

Kristin drehte sich zu mir um. Ich ließ mich von ihr mit ins Hier und Jetzt nehmen, blinzelte und stellte den Bass an seinen Platz zurück.

»So klinge ich?«

»Ja. Dein Duft, deine Stimme, deine Wärme, dein Körper ... genauso klingst du.«

Verlegen sah sie mich von unten an. Ihre Wangen färbten sich erneut in dem zarten Rosaton, und diesmal war sie es, die sich ihre Lippen leckte, bereit, um geküsst zu werden.

Gott, diese Frau trieb mich in den Wahnsinn. Die Schwingungen zwischen uns musste sie immerhin auch spüren, oder? Mein Herz raste, und auch wenn es komplett unmöglich war, hatte ich das Gefühl, als würden wir uns aufeinander zubewegen, ohne uns vom Fleck zu rühren.

Gebannt starrte ich auf ihren Mund, den ich zu gern küssen würde. Ich sehnte mich mit jeder Faser meines Körpers nach der Frau. Mit aller Kraft der Beherrschung atmete ich aus und schluckte hart. »Kristin ... ich ... am liebsten würde ich dich sofort küssen, aber ...«

»Dann tu es endlich.«

Mehr brauchte ich nicht. Ich legte meine Arme um ihren

Körper, der perfekt an meinen passte. »Du weißt nicht, was du mit mir machst.«

»Das könnte ich auch von dir behaupten«, murmelte sie noch, bevor ich endlich ihre Lippen auf meinen spürte.

Sie waren genauso, wie ich sie in Erinnerung hatte. Ihre Zunge streichelte über meine und ein Knurren löste sich aus meiner Kehle. Gierig sog ich ihre Wärme in mich auf, bereit, mich in ihr zu verlieren. Ich wollte mit ihr verschmelzen, ihre heiße Haut mit meiner Zunge kühlen, an ihren Nippeln saugen, bis sie darum betteln würde, sie endlich zu nehmen.

Nun war es vorbei mit meiner Beherrschung. Fiebrig riss ich ihr das Shirt über den Kopf, warf es achtlos zu Boden und machte mich am Verschluss ihres BHs zu schaffen.

Kristin nestelte hektisch an meinem Hemd herum, doch ich war viel zu ungeduldig. Kaum waren die ersten Knöpfe geöffnet, zog ich mir den Stoff über den Kopf. Kristin warf ihren BH zu Boden, direkt auf mein Hemd. Gott, sie war so verdammt schön! Ich wusste nicht, ob ich mich je an ihr sattsehen können würde. Ihr Atem ging heftig, als sie kurz innehielt und mich fasziniert musterte. Mit zärtlichem Blick schien sie jeden Zentimeter meines Oberkörpers zu inspizieren. Lächelnd ließ ich sie gewähren und genoss die Streicheleinheiten mit ihren Fingerspitzen. Lang sah sie sich meine Tattoos an, drehte meine Arme in alle Richtungen und erkundete alle Details an ihnen. Dann – endlich – kam sie wieder in meine Arme und küsste mich, mit noch mehr Sehnsucht als zuvor.

Sanft streichelte ich an ihrer nackten Haut entlang und entlockte ihr dadurch ein leises Seufzen. Verdammt, diese Frau ahnte vermutlich noch nicht einmal, wie sehr sie mich verrückt machte. Ich vergrub meine Hände in ihren Haaren und bewegte mich mit ihr küssend zum Sofa. Ihre Lider flatterten kurz auf, als sie mit mir gemeinsam auf die Couch sank und ich mich über sie neigte. Sie schlang ihre Beine um meine Hüften und drückte mich fest an sich.

Fuck! Als sie sich auch noch unter mir zu bewegen begann, dachte ich, ich würde den Verstand verlieren. Wie sie ihr Becken an meinem Schwanz rieb, mit diesem katzenartigen Schnurren, das meinen Puls in die Höhe trieb, brachte mich an den Rand meiner Selbstbeherrschung.

»Verdammt, ich will dich so sehr, Kristin.«

»Dann nimm mich.« Dieses Flehen in ihrer Stimme ließ mich kurz innehalten. Ich konnte nicht anders, als verblüfft den Kopf zu schütteln. Sie war einerseits so unglaublich unschuldig, wirkte auf mich, als entdecke sie die Welt eben zum ersten Mal, und andererseits überraschte sie mich mit ihrer ungezügelten Wildheit.

Ich vergrub meine Nase an ihrem Hals und biss sie sanft in die weiche Haut. Sie keuchte unter mir auf und krallte sich in meinen Rücken. Der kurze Schmerz trieb mich nur noch mehr an. Ich küsste mich nach unten, über ihr Schlüsselbein. Die feuchte Linie glitzerte in dem gedimmten Licht und ließ ihre Haut golden wirken.

Mit bedächtiger Langsamkeit umkreiste ich mit der Zunge ihre Brustwarze. Dann nahm ich sie in den Mund, saugte an ihrer weichen warmen Haut und rieb gleichzeitig mit der Zunge über ihre Spitze.

Ein leises Wimmern kam über ihre Lippen und ich sah besorgt zu ihr auf. Hatte ich ihr wehgetan?

»Nicht aufhören«, flüsterte sie mit halb geschlossenen Lidern und drückte meinen Kopf zurück an ihre Brust.

Schmunzelnd rückte ich noch weiter nach unten, küsste mich bis zu ihren Jeans. Knopf für Knopf öffnete ich ihre Hose, jedes Mal begleitet von einem Kuss auf ihre erhitzte Haut und genoss ihren Anblick, wie sie sich vor Ungeduld und Erregung auf ihre Unterlippe biss. Ich schob ihre Jeans nach unten, streichelte zeitgleich mit meiner Nase über ihre Beine bis knapp oberhalb der Knie und atmete ihre Wärme ein.

Sie richtete sich auf. Ihr Blick war verklärt, ihr Haar verstrubbelt, und sie sah dabei so heiß aus.

»Zieh die aus«, bat sie mich heiser, als sie den Gürtel meiner Jeans löste.

Ungeduldig öffnete ich die Hose, schob sie nach unten und

stieg aus den Hosenbeinen.

Kristin zog mich zu sich hinab auf die Couch. Diesmal drückte sie mich in die weichen Kissen zurück und setzte sich rittlings auf meinen Schoß. Sie strich mir durch die Haare, verfolgte ihre Bewegung mit den Augen, ehe sie sich zu mir herabließ und mich küsste. Wieder rieb sie ihr Becken an meinem. Diesen Trockenübungen würde ich nicht mehr allzu lang standhalten können. Noch dazu, da uns diesmal nur mehr zwei dünne Stoffschichten voneinander trennten. Ich stöhnte auf und hob sie sachte von mir runter.

»Warte ... nicht so hastig. Sonst ist es viel zu schnell vorbei.« Ich zwinkerte ihr zu und legte sie von Küssen begleitet wieder auf den Rücken. Sie atmete heftig, genau wie ich. Ihre Wangen waren rosig und ihre Lippen geschwollen, als ich mich neben sie legte.

»Tut mir leid, ich war wohl zu impulsiv«, flüsterte sie lächelnd. Dabei streichelte sie über meinen nackten Oberkörper, immer tiefer, bis sie den Rand meiner Boxershorts erreichte. Langsam verschwanden ihre Fingerspitzen unter dem Bund und ich musste leise lachen. »Wenn du so weitermachst, wird sich nichts daran ändern.«

»Sorry.« Sie schmunzelte neckisch, nahm ihre Hand zurück und bemühte sich um einen ernsten Gesichtsausdruck, was ihr nicht so recht gelang.

Kopfschüttelnd streichelte ich über ihren Haaransatz, küsste ihre Schulter und glitt tiefer. Ich zog mit den Fingern Kreise um ihre Brüste und ihren Bauchnabel, bis ich ihren Slip erreichte.

Gespannt sah sie mich an. Ihr Blick war fest mit meinem verwoben, als ich meine Finger langsam unter den dünnen Stoff schob. Sie war so verdammt weich und warm. Vorsichtig teilte ich ihre Spalte, was ihr einen süßen Laut entlockte. Sie hob mir ihr Becken entgegen, gierig und voller Verlangen.

Als ich mit einem Finger in sie eindrang, zog sie scharf die Luft ein und schloss die Augen. Sie reagierte auf jede einzelne Bewegung, auf jede Zärtlichkeit, die ich ihr schenkte. Ich rieb mit meinen nassen Fingern über ihren Schritt, massierte die kleine Perle über ihrem Eingang, bis Kristin sich unter mir wand.

Ich spürte ihre Hand, wie sie sie erneut unter meine Boxershorts schob. Doch diesmal hielt ich sie nicht zurück. Ich wusste, dass es nicht mehr lang dauern würde – bei ihr und bei mir. Sie umfasste meinen Schwanz, rieb ihn im gleichen Rhythmus, wie ich sie streichelte. Erneut tauchte ich mit meinem Mittelfinger in sie ein, während ich sie mit dem Daumen weiter massierte. Als ihr Atem immer schneller wurde, spürte ich, wie sich ihre Muskeln um mich zusammenzogen. Das gab mir den Rest. Allein die Vorstellung, mein Finger wäre mein Schwanz, ließ mich kommen.

Außer Atem sahen wir uns in die Augen. Wir lächelten uns an und warteten, bis sich unser Puls beruhigte. Ich würde mich wohl nie an ihr sattsehen können und ich wusste bereits jetzt, dass meine Träume eben mit neuen Bildern gefüllt wurden. Ich reichte ihr Taschentücher und nach einem kurzen Aufenthalt im Badezimmer kuschelten wir uns auf der Couch zusammen.

»Seit wann spielst du eigentlich?«, fragte sie mit einem Kopfnicken in Richtung Bass.

»Mein Vater meinte, es sei gut für meine schulische Laufbahn, und hat mich mit fünf in den Unterricht gesetzt. Tja, und zu seinem Glück gefielen mir die Klänge des Instruments.«

»Also trägst du schon länger diesen Kleidungsstil?«

»Wieso fragst du?« Unsicherheit stieg in mir hoch und rief schlechte Erinnerungen an Frauen wach, die mit diesem Ausdruck meiner Persönlichkeit ein Problem hatten.

»Weil er mir gefällt. Sehr sogar. Er passt zu dir und ... ich habe mich gefragt, wie du dazu gekommen bist. Trägst du immer Vintage-Kleidung?«

Sie ahnte vermutlich nicht, wie viel mir ihre Worte bedeuteten. Entspannung machte sich in mir breit und ich drückte sie etwas fester an mich. »Es war noch während der Highschool, da trat diese Rockabilly-Band auf. Mit ein paar Kumpeln schlich ich mich zu dem Konzert und wir fuhren sofort total auf die Musik und deren Stil ab. Es dauerte nicht lang, da gründeten wir eine Band und begannen, Rockabilly zu spielen.« Kristin hing förmlich an meinen Lippen und saugte meine Worte in sich auf, was mich immer noch faszinierte.

»Anfangs machten wir uns einen Jux daraus, nicht nur bei unseren Proben oder bei kleineren Auftritten so gekleidet rumzulaufen. Doch irgendwann gehörte dieser Kleidungsstil einfach zu meinem Leben dazu.«

»Find ich gut. Ich könnte mir nichts anderes an dir vorstellen«, meinte sie dann ehrlich.

»Da bin ich aber erleichtert. Mich gibt es nämlich nur so«, sagte ich verschmitzt. »Und du? Machst du auch Musik?«

»Leider nicht. Ich hätte zwar gern Klavier gelernt – oder Gitarre oder Geige oder Querflöte ... Aber mein Vater war davon überzeugt, dass ich zu sprunghaft wäre – und ich solle mich erst mal entscheiden, was ich will. Weiß gar nicht, wie er auf so was kommt ...«

Sie kicherte und ich stimmte in ihr Lachen ein.

»Und was machst du, wenn du nicht lernst oder arbeitest?«

Verlegen wich sie meinem Blick aus. Hatte ich etwas Falsches gesagt?

»Eigentlich nicht viel. Zu Hause in Lakeview war ich mal eine Weile im Schwimmteam, aber als ich bemerkte, dass meine Schultern breite, männliche Formen annahmen, hatte ich von einem auf den anderen Tag wieder aufgehört.«

»Gut, das finde ich auch unsexy.« Ich zwinkerte.

»Dafür habe ich unzählige Hollywood-Streifen gesehen. Ich bin also quasi ein Film-Profi. Außerdem schlage ich dich garantiert in jedem Autorennen auf der Spielkonsole.« Sie schnalzte herausfordernd mit der Zunge und ich musste lachen.

»Das will ich sehen!«

Auch wenn ich eigentlich noch einmal ihre Nähe genießen wollte, *das* Abenteuer war es mir wert.

Wenig später saßen wir vor dem Fernseher und lieferten uns das heißeste Verfolgungsrennen meines Lebens. Und was soll ich sagen ... diese Frau war verdammt gut – in allem, was sie tat.

15. Kapitel

Kristin

»Hör mal, ich habe am Dienstag Geburtstag. Hast du Lust, morgen vorbeizukommen und ein wenig mit mir zu feiern? Ganz unspektakulär, nur im kleinsten Kreis bei mir zu Hause.«

Inzwischen war es spät in der Nacht, und Joshua hatte mich zurück zum Wohnheim gebracht. Wir saßen im Auto, mit geschlossenem Verdeck, da es zu regnen begonnen hatte und inzwischen richtig kalt geworden war. Der Herbst zeigte sich von seiner besten Seite. Wäre es nach mir gegangen, wäre ich bei Josh geblieben, eingekuschelt unter der Decke auf der Couch, aber ich hatte mich nicht zu fragen getraut.

Auch seine Einladung ließ mich zögern. Immerhin kannte ich niemanden außer ihn und Daniel und ich fühlte mich grundsätzlich unwohl inmitten vieler fremder Menschen. Das war auch auf der Uni so, aber dort war ich zumindest mit meinen eigenen Dingen beschäftigt. Auf einer Party war das etwas anderes. Was, wenn Joshua und Daniel sich gut mit den anderen unterhielten und ich mich langweilte? Ich war nicht der Typ Mensch, der auf andere zuging und schnell Kontakte knüpfte.

»Ich weiß auch nicht. Ich kenne bestimmt niemanden deiner Gäste – außer Dan, falls er eingeladen ist. Und wenn er hier ist ... Ich glaube, dass es etwas zu kompliziert wird, wenn du, Daniel und ich ... Ich meine, denk doch an den Vergnügungspark zurück. Da war es schon kompliziert, und dort kannte uns niemand ...«

»Ist das jetzt eine Zusage?« Joshua schien plötzlich völlig aufgeregt zu sein und strahlte mich erwartungsvoll an.

»Für die Sache mit dir und Daniel, also für einen ... Dreier – ja.« Ich war froh, dass die Dunkelheit meine glühenden Wangen verbarg. Und ich war froh, es doch endlich gesagt zu haben. Ich hätte es nicht länger für mich behalten können. Zu sehr fürchtete ich, mich könnten doch noch einmal Zweifel packen und ich würde mir vielleicht diese einmalige Gelegenheit entgehen lassen. »Für deine Feier – nein, ich denke nicht, dass ich kommen werde. Ich fühle mich bestimmt nicht wohl unter so vielen fremden Menschen. Ich wäre dann nur die Spaßbremse.«

»Und wenn ich dir verrate, dass es nur eine Party mit dir und Dan sein wird?«, versuchte er es erneut.

»Du feierst ohne Familie und Freunde?« Erstaunt hob ich die Augenbrauen. »Das hätte ich nicht erwartet.«

»Nein, die Familie ist dienstags dran. Morgen kommt Dan vorbei und wir wollten ein, zwei Bier trinken. Und du bist natürlich ebenfalls herzlich willkommen. Ich ... würde mich wirklich sehr freuen, dich zu sehen.«

Wärme breitete sich in mir aus. Er wollte mich wiedersehen! Was für ein schönes Gefühl. »Okay ... ich komme zu dir. Wann soll ich da sein?«

Sein Lächeln wärmte mein Herz. »Daniel wird am Nachmittag gegen drei da sein. Aber du kannst natürlich jederzeit vorbeikommen.«

»Ich arbeite morgen bis fünf. Wird also etwas später werden.« Wie blöd, jetzt hatte ich überhaupt keine Lust, morgen zu kellnern.

»Mach dir keinen Stress. Wir sind da.«

Dann lehnte er sich zu mir und küsste mich. Als seine Lippen die meinen berührten, fühlte ich mich vollkommen. Da war wieder dieses Flirren zwischen uns, als ob die Luft für uns brennen würde, begleitet von dem elektrischen Knistern zwischen unserer Haut, als unsere Münder aufeinandertrafen. Der Schwarm an Flattertierchen in meinem Bauch hob ab und ich vergrub meine Hände in seinen Haaren, klammerte mich an ihm fest und wollte ihn am liebsten nicht verlassen. Allein der Gedanke daran, gleich aussteigen zu müssen, war die reinste Qual.

***

Ich war heilfroh, dass in der Arbeit so viel los war und ich kaum Zeit fand, auf die Uhr zu sehen. Die Leute strömten nur so herein und nicht einmal Sue war so nervig wie sonst, da sie genauso wie ich von einem Tisch zum nächsten hetzte. Außerdem plagte mich mein schlechtes Gewissen. Lynn hatte ich nur gesagt, dass ich auf eine Party gehen würde – ich hatte zu viel Angst vor ihrer Meinung zu dem unmoralischen Angebot der beiden.

Als um fünf meine Schicht zu Ende war, wäre ich unter normalen Umständen vermutlich wie tot ins Bett gefallen. Doch die Aufregung hatte mich eingeholt und ich war völlig aufgedreht, als ich frisch geduscht, umgezogen und mit einer Vinyl-Platte auf dem Beifahrersitz, die ich auf dem Weg spontan in einem Plattenladen erstanden hatte, vor Joshuas Haus parkte. Der Verkäufer in dem Laden meinte, dass die Band ein Geheimtipp in der Szene war, und ich glaubte ihm einfach. Ich hatte keine Ahnung von Joshuas Musik, aber die auf der Platte gefiel mir. Ich konnte mir gut vorstellen, dass auch er sie mögen könnte, denn sie passte zu dem, was ich bisher gehört hatte. Ich konnte nur hoffen, dass er die Schallplatte nicht bereits besaß.

Als ich ausstieg, fröstelte mich. Es hatte geregnet und die Kühle der nassen Straßen kroch unter meine Kleidung. Zum Glück hatte ich eine Jacke an, die ich noch fester an meinen Körper presste, als der Wind kräftig durch die Straße blies.

Ich sah an dem Haus empor zum Eingang. Drinnen brannte Licht und Dans Wagen stand in der Einfahrt. Verdammt. Ich – allein mit Joshua und Dan. Jedes Mal, wenn ich daran dachte, wenn ich an die Zärtlichkeiten dachte, die mir die beiden geschenkt hatten – allein oder zu zweit –, bekam ich weiche Knie. Und nachdem ich Joshua gesagt hätte, ich würde mit den beiden noch weiter gehen wollen, stand es wohl außer Frage, was heute passieren würde. Mein Herz tanzte Polka und ich war kurz davor, mich einfach wieder in mein Auto zu setzen und zu fahren, so nervös war ich. Doch die Tür wurde geöffnet, und Joshua strahlte mich an. Hinter ihm tauchte Daniel auf und winkte mir grinsend entgegen. Also ging ich auf die beiden zu.

»Hey, ihr zwei!« Ich küsste beide zur Begrüßung flüchtig auf den Mund und ging mit ihnen ins Haus.

Drinnen war es warm und ich zog meine Jacke aus, die mir Daniel abnahm.

Vielleicht lag es daran, dass ich einfach zu viel darüber nachgedacht hatte, was heute passieren könnte. Vielleicht spielten mir auch meine Hormone einen Streich, aber die beiden sahen noch besser aus, als ich sie in Erinnerung hatte. Daniel trug wieder seine tief sitzenden Jeans mit der breiten Gürtelschnalle und ein Shirt mit tiefem V-Ausschnitt, das seine muskulöse Brust betonte. Und auch Josh sah umwerfend aus mit seiner Hose und dem Fünfzigerjahre-Hemd. Oder lag es vielleicht einfach an seiner Frisur, die er wieder aufwendig geföhnt hatte? Egal, ich konnte mich jedenfalls kaum sattsehen an den beiden und fühlte mich nicht das erste Mal geschmeichelt, dass gerade diese beiden attraktiven Männer etwas von *mir* wollten, wo ich mich bisher eher als unscheinbares Mädchen unter vielen betrachtet hatte.

»Happy Birthday, Joshua. Ich hab keine Ahnung, ob du die Platte schon hast, geschweige denn, ob sie gut ist. Der Verkäufer meinte, sie wäre ›grenzgenial‹. Für ein Geschenkpapier hatte leider die Zeit nicht gereicht.«

Ich plapperte wirres Zeug, doch Joshua nahm die Platte entgegen und schenkte mir ein Lächeln, von dem meine Knie weich wurden. »Oh, wow! Vielen Dank, Süße. Von der Band hab ich noch nichts gehört, aber ich werde gleich mal reinhören. Ich bin mir sicher, die Musik ist gut. Woher hast du die?«

Ich nannte ihm den Namen des Plattenladens und Josh runzelte die Stirn. »Entweder hat mir Chuck bei meinem letzten Besuch etwas vorenthalten, oder sie haben erst vor Kurzem eine neue Lieferung erhalten. Na, egal ... Ich freue mich riesig!« Er küsste mich noch einmal und umarmte mich, ehe er mit einem »Ich leg sie gleich mal auf« im Wohnzimmer verschwand.

Wir gingen ihm nach und ich war total erleichtert, mit dem Geschenk so einen Volltreffer gelandet zu haben.

»Möchtest du auch ein Bier?« Daniel stand vor dem Kühlschrank, zwei Flaschen in den Händen, und sah mich fragend an.

»Ähm ... klar.« Ich hatte in Lakeview ab und an eines getrunken, wenn ich mit Liam an den Goose Lake fuhr, um durchzuatmen und den Streit zu Hause hinter mir zu lassen. Ich mochte den herben Geschmack und das betäubende Gefühl, das der Alkohol hinterließ. Doch heute brauchte ich den Alkohol eher, um meine Nervosität zu bekämpfen. Immer noch klopfte mein Herz viel zu verrückt in meiner Brust und vielleicht bildete ich es mir auch nur ein, aber irgendwie lag eine seltsame Spannung zwischen uns dreien.

Dankend nahm ich ihm eine Flasche ab und trank einen großen Schluck. Rockige Musik kam aus dem Wohnzimmer. Josh stand an seinem Plattenspieler, wippte mit dem Fuß zum Takt und studierte die Plattenhülle mit konzentrierter Intensität. Zu gern hätte ich mich in seine Arme geworfen, doch Dan bremste mich, bevor ich den ersten Schritt in Joshs Richtung machen hätte können.

»Joshua hat mir erzählt, dass du einverstanden wärst mit unserem Deal?« Er lehnte an der Küche und sah mich fragend an. Ich nickte nur, fühlte mich eben etwas unbehaglich und wich seinem Blick aus. Es klang aus seinem Mund fast so, als wäre es etwas Illegales. Etwas Unpersönliches.

Doch dann streichelte er mir sanft über die Wange. »Ich hatte fest gehofft, du würdest zusagen. Jetzt freue ich mich umso mehr. Komm, machen wir es uns gemütlich. Und keine Angst, du bestimmst das Tempo und wann es losgeht.«

Ich spülte meine Aufregung mit einem weiteren großen Schluck Bier hinunter. Ich hatte keine Ahnung, was sie von mir erhoffte. Sie wussten immerhin beide Bescheid und dadurch, dass wir nun nur zu dritt hier in Joshuas Haus waren, lag eine gewisse Erwartungshaltung in der Luft.

Joshua hatte inzwischen auf der Couch Platz genommen und lauschte konzentriert und begeistert der Musik. Sein Fuß wippte mit und seine Finger schienen die Bassläufe nachzuahmen. Es war ein schöner Anblick, wie er völlig gelöst und entspannt der

Musik zuhörte, und ich hoffte sehr, ich würde ihn noch einmal spielen hören. Unverkennbar war er ein Vollblutmusiker und es war eine Freude, ihm dabei zuzusehen, was die Klänge in ihm bewirkten.

Ich setzte mich neben ihm auf die Couch, ohne ihn dabei aus den Augen zu lassen.

»Keine Angst, er ist nur eben auf dem Musiktrip«, meinte Daniel, der neben ihm Platz genommen hatte. »Gleich ist er wieder bei uns. Glückwunsch, Kristin, du hast seinen Geschmack wohl genau getroffen.«

»Und wie!« Joshua blinzelte und strahlte mich an. »Vielen Dank für dieses einmalige Geschenk!«, flüsterte er in mein Ohr und hauchte einen zärtlichen Kuss auf meine Wange. Seine Hand hatte er auf meinen Oberschenkel gelegt. Es fühlte sich weder aufdringlich noch unpassend an. Es war so, als wäre es schon immer so gewesen.

»Und jetzt hole ich uns noch die Tacos aus der Küche, die mein Kumpel hier ...«, er stieß Daniel gespielt in die Seite, »... vergessen hat. Und dann können wir den Film ja starten. Kennst du *Desperado*?«

Ich verneinte und bekam sofort eine kurze Übersicht von Dan über den Actionfilm, in dem *Antonio Banderas* ein Gitarrist auf Rache ist und sich in *Salma Hayek*, eine Buchhändlerin, verliebt, die aus Geldnöten dazu gezwungen ist, ihre Buchhandlung als Umschlagplatz für Drogen zur Verfügung zu stellen.

Der Film war richtig gut, und die beiden Jungs schienen ihn nicht zum ersten Mal zu sehen, da sie fleißig jede Szene kommentierten und teilweise sogar den Text mitsprachen. Ich saß zwischen den beiden und hatte die große Platte mit den Tacos auf meinem Bauch abgestellt, von denen wir alle naschten, bis wir satt waren.

Bei der Liebesszene spürte ich jedoch, wie meine Wangen zu glühen begannen, und ich wurde mir der beiden Männer neben mir wieder so richtig bewusst. Beide berührten mich mit Hand oder Oberschenkel und die Hitze breitete sich über meinen ganzen Körper aus und bündelte sich in meinem Schoß als sehnendes Ziehen. Ich wusste, dass es keinen besseren Zeitpunkt geben würde als jetzt, um den ersten Schritt zu wagen.

Ich spürte, wie mein Herz wie irre zu schlagen begann, als ich die Entscheidung traf – ich wollte es wissen, ich wollte es wagen. Wenn ich jetzt diese eine Chance nicht nutzen würde, die sich mir bot, wer wusste schon, ob ich noch einmal Gelegenheit dazu bekommen würde?

Einen Augenblick zögerte ich noch, atmete tief aus und versuchte mich zu sammeln und mir Mut zuzusprechen. Doch es gab für mich kein Zurück mehr – es gab nichts, was ich im Moment sehnlicher wollte. Also tastete ich nach Daniels Hand, die er locker neben seinem Oberschenkel liegen hatte. Zitternd verschränkte ich meine Finger mit seinen und lehnte mich anschließend zu Joshua.

»Happy Birthday«, flüsterte ich ihm ins Ohr, bevor ich ihn zögernd küsste. Meine Lider hatte ich halb geschlossen, doch mir entging der kurze und überraschte Blickwechsel zwischen den beiden Männern nicht.

Kurz dachte ich schon, ich hatte den falschen Zeitpunkt gewählt und meinen Plan, auf beide zuzugehen und den ersten Schritt zu wagen, verbockt. Doch Joshuas Reaktion machte mir Mut, als er sich meinem Gesicht näherte und zärtlich über meine Wange streichelte. »Danke, meine Kleine.«

Schüchtern lächelte ich zurück, unsicher, wie es jetzt weitergehen sollte. Immerhin waren die beiden Jungs die Erfahrenen auf dem Gebiet und ich war mir mit einem Mal unsicher, etwas Falsches zu machen.

Ich hatte schon fast meinen Mut verloren und wollte mich erneut dem Fernseher zuwenden, als Joshua diesen ausschaltete. Dann vergrub er seine Hände in meinen Haaren, beugte sich über mich und küsste mich. Zärtlich, vorsichtig, fast so, als ob ich ein besonderer Schatz wäre, auf den man achten musste. Was für ein ... unglaublich schönes Gefühl von Wertschätzung. Seine Lippen waren so weich, und seine Zunge stieß zärtlich gegen meine. Er schmeckte ein kleines bisschen nach Bier und ... irgendwie süßlich, wie mein Lieblingskonfekt. Ihn zu küssen war jedes Mal ein Erlebnis für sich und ich hätte es ewig tun können ...

Da spürte ich, wie sich Daniels Hand von meiner löste. Das erinnerte mich daran, wo ich war und dass ich auch mit ihm auf dem Sofa lag. Sofort beschleunigte sich mein Herzschlag noch einmal. Dan streichelte meinen nackten Arm hinauf, über die Träger meines Tanktops, bis zum Nacken, aus dem er langsam meine Haare strich. Dann senkte er seinen Kopf, und als seine Lippen meine Haut berührten, überzog eine Gänsehaut meinen Körper, ganz wie damals im Vergnügungspark. Ich konnte nur ungefähr erahnen, welcher Gefühlsrausch mir bevorstand. Allein die zeitgleiche Berührung der beiden Münder auf meiner Haut war wie ein Orkan der Empfindungen, der mit einer Intensität in mir tobte, die ich noch nie zuvor erlebt hatte.

Augenblicklich beschleunigte sich meine Atmung, als Joshua meinen Körper erkundete. Seine Finger glitten sanft meine Taille hinab, an meinen Oberschenkeln entlang und an ihren Innenseiten wieder hinauf, ohne die Stelle zu berühren, die sich schon jetzt am meisten nach Berührung sehnte und flehend pochte.

Oh Gott, ich hatte keine Ahnung, wie ich diese süßen Qualen bis zum Ende ertragen sollte. Worauf hatte ich mich bloß eingelassen? Bereits jetzt loderte ein Feuer in mir. Meine Augen hielt ich geschlossen, wollte jede Berührung fühlen und aufs Äußerste genießen.

Einer der beiden zog an meinem Gürtel und öffnete Knopf für Knopf meiner Jeans. Zitternd hob ich mein Becken an, als der Stoff über meine Hüften und von meinen Beinen gezogen wurde. Ich blinzelte und beobachtete Joshua, wie er meine Hose achtlos auf den Boden warf. In seinem Blick lagen Erregung und Zärtlichkeit zugleich, als er mein Bein hochhob und am Rist begann, sich nach oben zu küssen.

»Oh Gott ...« Ich war nicht sicher, ob ich dieses Abenteuer überleben würde.

Als Joshua die empfindliche Stelle kurz über meinem Knie überschritten hatte, keuchte ich vor unbändiger Lust auf und suchte verzweifelt mit meinen Händen Halt. Mit einer fasste ich nach einem Kissen, in das ich meine Nägel vergrub. Mit der anderen packte ich Daniels Unterarm, den er neben mir abgestützt hatte. Er lächelte mich wissend an und hielt neugierig meinem Blick stand.

Er war mir so nah, dass ich zum ersten Mal die kleinen braunen Punkte in seinen blauen Augen wahrnahm. Seine Pupillen waren groß, und er atmete hörbar aus, während er meine Reaktion beobachtete. Seine rechte Hand glitt über meinen Bauch, so zart, dass ich die Berührung kaum als solche wahrnahm, und doch elektrisierte sie mich. Mit seinem Zeigefinger schob er neugierig mein Shirt hoch und zog Kreise um meinen Bauchnabel, immer größer werdend, bis er den Rand meines Slips berührte.

Wusste er denn nicht, wie quälend diese Berührung war? Innerlich flehend hob ich ihm mein Becken entgegen, fordernd und hilflos, doch er grinste mich nur an und hielt in seiner Bewegung inne.

»Oh Gott ... bitte ...« Ich wimmerte die Worte, wollte so viel mehr sagen, war aber nicht dazu imstande. Er schnalzte nur belustigt mit der Zunge und schüttelte kaum merklich den Kopf, während Joshua seine süße Qual am zweiten Bein von vorn begann.

Die beiden spielten mit mir. Sie wussten genau, wie sie mich berühren mussten, damit ich mich unter ihnen wand.

Ohne Vorwarnung packte mich Daniel an den Handgelenken und zog mich auf, bis ich saß. Noch ehe ich reagieren konnte, hatte er mir bereits mein Top über den Kopf gestreift. Zwar trug ich Unterwäsche, doch durch das Überrumpeln fühlte ich mich plötzlich ... nackt. Verletzlich.

Unweigerlich schoss mir die Hitze ins Gesicht, was mich ärgerte. So offensichtlich brauchte es nicht zu sein, dass mir die Situation peinlich war. Außerdem war mir meine Reaktion unerklärlich, denn immerhin war mir von Anfang an klar, dass ich nackt sein würde, wenn ich das Angebot der beiden annehmen würde. Und sie sahen mich auch nicht zum ersten Mal in

Unterwäsche, aber jetzt, mit beiden gleichzeitig, war es doch noch einmal eine andere Situation.

Meine Unsicherheit hatte mich voll im Griff. Himmel, immerhin war ich dabei, mit zwei Männern gleichzeitig Sex zu haben! Ich, die vor Liam keinerlei sexuelle Erfahrungen hatte sammeln können – und jene mit Liam ... na ja, die passten wohl auf ein Post-it ... Was also, wenn ich etwas falsch machte? Wenn ich nicht ihren Erwartungen entsprach ...? Auch wenn ich mit beiden schon Zärtlichkeiten getauscht hatte, hier und jetzt mit beiden gleichzeitig war es noch einmal etwas anderes.

Unweigerlich wollte ich meine Brust verdecken. Einen Augenblick dachte ich sogar daran, einen Rückzieher zu machen, aber Joshua hielt mich fest, bestimmt, jedoch in keinster Weise grob. Nur so, als würde er keinen Widerstand erlauben. Gleichzeitig ließ er seinen Blick, der mich von den Haarspitzen bis zu den Zehen streichelte, über meinen Körper gleiten, sodass mir heiß wurde.

Mit einem tadelnden Lächeln auf den Lippen schüttelte er den Kopf. »Du bist wunderschön, Kristin, du brauchst dich nicht zu schämen oder zu verstecken.«

Seine Worte taten gut, aber meine Unsicherheit ließ sich nicht so schnell abschütteln. »Danke ... Ich, ähm ... sagt mir, wenn ich etwas falsch mache ... Ich will nicht, dass ich uns den Abend verderbe ...«

Doch bevor ich noch weitere Bedenken hätte äußern können, erstickte Daniel meine Worte mit einem fordernden Kuss. Gleichzeitig flüsterte mir Joshua mit sanfter Stimme ins Ohr: »Mach dir keine Gedanken, du kannst nichts falsch machen. Genieße alles, der Rest ergibt sich von allein.«

Dann knöpfte er sein Hemd auf und gab nach wenigen Knöpfen auf. Hastig streifte er es über den Kopf und entblößte seinen sehnigen und schlanken Oberkörper. Fasziniert beobachtete ich das Spiel der Muskeln, als er sich bewegte.

Ich dachte wieder an die neue Kristin – an die, die ich sein wollte, ab dem Moment, wo ich Lakeview hinter mir gelassen hatte. Daran, dass ich mich ändern wollte. Daran, dass ich etwas wagen wollte, dass ich mein Leben in die Hand nehmen, *leben* wollte. An die Freiheit, die ich genießen wollte. In allen Zügen, in allen Lebenslagen.

Da spürte ich den Mut und die Neugier wieder in mir und dachte an die unglaublichen Gefühle, welche die beiden bereits in mir ausgelöst hatten. Und ja, ich wäre verrückt gewesen, hätte ich jetzt gekniffen. Ich konnte nur im Ansatz erahnen, welch schöne Gefühle mich erwarten würden. Für nichts in der Welt wollte ich auf diese einzigartige Erfahrung verzichten. Ich *wollte* die beiden spüren, berühren, fühlen, schmecken. Und ich *wollte* dieses Abenteuer erleben! Bei Josh und Dan fühlte ich mich absolut sicher und geborgen. Mit niemand anderem hätte ich diese Erfahrung machen wollen.

Schwer atmend löste ich mich von Daniels Lippen und bewegte mich auf Joshua zu, der vor mir auf der Couch kniete. Ich wollte seine Hose öffnen, auch etwas tun, wollte auch geben und nicht nur untätig sein und nehmen. Ungeschickt nestelte ich an seinem Gürtel und hätte beinah frustriert aufgestöhnt, als Josh es erneut schaffte, mich zu beruhigen; er gab mir das Selbstvertrauen, das ich bitter nötig hatte. Bestimmend nahm er meine Hände in seine, küsste langsam meine Fingerspitzen und saugte an ihnen. Überrascht atmete ich auf. Nie hätte ich gedacht, dass eine so simple Berührung direkt in meinen Unterleib schießen konnte.

Mit einem wissenden Lächeln gab er mich wieder frei und öffnete seine Hose selbst.

Daniel drückte mich währenddessen wieder sanft in den weichen Stoff des Sofas zurück. Erregt schloss ich die Augen und genoss das sanfte Streicheln auf meiner nackten Haut. Ich spürte Lippen, die sich langsam ihren Weg über meinen Bauchnabel in Richtung meiner Brüste suchten. Scharf zog ich die Luft ein, drückte den Rücken durch und vergrub meine Finger in Joshuas dunklen Haaren. Ich umklammerte seinen Kopf, suchte Halt an ihm, an seinem Rücken. Die Berührungen der beiden Männer waren so zärtlich und fordernd zugleich. Nicht in meinen wildesten Träumen hatte ich es mir so ausgemalt.

Als ich meine Lider wieder öffnete, hatte auch Daniel sein Shirt ausgezogen. Mit der gleichen Bewunderung wie beim ersten Mal beobachtete ich seine Muskeln, als er sich wieder zu mir beugte. Er sah mir tief in die Augen und ich konnte meinen Blick nicht von ihm abwenden, versank in seinem faszinierenden Blau. Seinen weich geschwungenen Mund formte er zu einem Lächeln. Ich fasste ihm in den Nacken und zog ihn zu mir herab. Ich wollte ihn so sehr, war so gierig nach ihm und holte mir nun, wonach mein Körper so drängend verlangte.

»Vom ersten Moment an, als ich dich gesehen habe, habe ich mich danach gesehnt – du und ich und Josh«, hauchte Daniel zwischen den Küssen.

Ich war mir sicher, er konnte nicht meine Gedanken lesen, aber seine Worte waren genau das, was ich brauchte, um letzte Fünkchen Zweifel zu überdecken.

Als wollte er seine Worte noch einmal unterstreichen, wanderten seine Finger über meinen Oberkörper nach unten und verschwanden in meinem Slip. Und als wäre diese fordernde Berührung nicht schon bittersüße Qual genug, spürte ich nun auch noch, wie Joshua die Körbchen meines BHs hinunterschob. Er drückte meine Brüste nach oben, und meine steifen Nippel schmerzten vor Verlangen.

Joshua reizte sie zusätzlich mit seiner Handfläche, zog mit seinen Fingernägeln Kreise um meine Brustwarzen, bis ich mich keuchend wand und aufstöhnte. »Josh ... Dan ... Ich kann nicht mehr!«

»Sollen wir aufhören?«, fragte Joshua besorgt.

»Wehe ... wenn du das tust, dann ...« Verzweifelt suchte ich nach Worten, mit denen ich ihm drohen konnte, doch ich brachte nur ein Stöhnen aus mir hervor. Ich war mir sicher, ich würde jeden Moment zerspringen oder zerfließen.

Das heisere Lachen der beiden Männer elektrisierte mich.

Und ich wollte noch mehr, ich wollte alles! Ich richtete mich auf, lehnte mich vor und wollte nun auch Daniels Hose öffnen. Doch er kam mir zuvor und schlüpfte schnell aus seinen Jeans. Was zum Vorschein kam, gefiel mir, und ich leckte mir gierig über die Lippen. Ich wollte seine Erektion unbedingt anfassen, und als ich meine Hand endlich auf seinen Schaft legte, sog Daniel heftig die Luft ein.

Langsam rieb ich auf und ab. Ich sehnte mich so sehr danach, ihn zu schmecken. Ein Tropfen seiner Lust glitzerte mir in dem schwachen Licht einladend entgegen. Magisch von ihm angezogen, lehnte ich mich vor und leckte über seine feuchte Spitze. Der Geruch von Seife und Moschus benebelte meine Sinne. Mit einem Seufzen nahm ich ihn in den Mund, sog gierig an ihm und benetzte ihn mit meinem Speichel. Sein salziger Geschmack trieb mich dabei fast in den Wahnsinn.

Daniel schien es nicht anders zu gehen. Stöhnend schloss er seine Augen und warf dabei seinen Kopf in den Nacken. Was für eine unglaublich erotische Bestätigung. Es gab mir ein gutes Gefühl, es richtig zu machen. Ich leckte und sog, umspielte ihn mit meiner Zunge. Ich wollte ihm nur annähernd das zurückgeben, was er mir bereits geschenkt hatte.

»Nicht so gierig, meine Kleine, sonst ist der Spaß gleich vorbei ...«

Keuchend unterbrach er mich und drückte mich wieder zurück in den weichen Stoff.

Mein Atem ging schnell, meine Haut schien zu glühen, und ein Prickeln beherrschte meinen ganzen Körper. Das Ziehen in meinem Unterleib hatte sich inzwischen fast bis zur Unerträglichkeit gesteigert, als Joshua meinen Slip langsam nach unten zog.

»Du bist schon so feucht, so bereit. Das gefällt mir. Dir gefällt es doch auch, oder, Kristin?«

Hektisch nickte ich, hauchte ein flehendes »Ja ... oh ja«, das Joshua mit einem zufriedenen Grinsen quittierte. »Gut. Dann mach dich mal auf was gefasst ...«

Daniel hatte sich aus meinem Blickfeld begeben und kniete oberhalb meines Kopfes, den er auf seine Oberschenkel bettete. Meinen Rücken stützte er mit einem kleinen Kissen. Liebevoll streichelte er über meine Haare, bevor er meine Arme auf und ab streichelte, während Joshua meine Beine auf seine

Schultern legte.

In heftigem Rhythmus hob und senkte sich mein Brustkorb. Ich drückte ihm mein Becken entgegen, wollte ihn auch endlich dort spüren, wo sich mein Körper am meisten nach Berührung sehnte. Doch Joshua grinste mich diabolisch an, wissend um mein Verlangen, und widmete sich stattdessen seelenruhig und genüsslich meinen Oberschenkeln.

Verdammt, das war sooo ... »Aaah!«

Ich wollte mich aufrichten und seinen Kopf gegen meinen Schoß pressen, doch Daniel war schneller, umfasste meine Handgelenke und fixierte sie. Er klemmte sie zwischen seinen Ober- und Unterschenkel ein und so lag ich plötzlich wie gefesselt vor den beiden und war der süßen Qual von Joshua hilflos ausgeliefert. Verdammt, ich wollte mich immerhin auch beteiligen, wollte ihre Körper fühlen, wollte zumindest an ihnen saugen, knabbern.

An meiner Wange spürte ich Daniels Härte, doch sosehr ich mich auch bemühte, ich kam nicht mit meinem Mund in seine Nähe, um ihn erneut zu lecken oder daran zu saugen. Frustriert seufzte ich auf, was den beiden Männern nur ein heiseres Lachen entlockte. Mir blieb wohl oder übel nichts anderes übrig, als liegen zu bleiben und beinah unbeweglich die Liebkosungen der beiden zu genießen.

Und endlich... endlich erreichte Joshua meine intimste Stelle. Langsam, als würde er mich absichtlich quälen, strich er mit seiner Zunge über das Zentrum meiner Lust. Was er damit in mir auslöste, war unbeschreiblich.

»Joshua!«, schrie ich auf, wollte meine Hände aus Daniels Umklammerung lösen, aber es war zwecklos. Ich wand mein Becken, doch Joshua kannte kein Erbarmen. Er packte meine Beine an den Fesseln und drückte sie nach oben, um sich ungehindert Zugang zu schaffen.

Ich blickte flehend nach oben zu Daniel, der sanft über meine Brüste, meinen Hals und meine Wangen streichelte. Doch es schien ihm zu gefallen, dass ich so wehrlos und nackt vor ihm lag, schreiend und wimmernd, Joshua zwischen meinen Schenkeln. Erregt und voller unbändiger Leidenschaft; kurz davor, zu kommen.

Gerade, als ich etwas sagen wollte, ihn anflehen wollte, mich zu erlösen, griff Daniel über mich hinweg nach vor zu meinen Beinen und zog diese noch näher an sich. Ohne den Blickkontakt zu mir abzubrechen, leckte er langsam über meine Haut. Zitternd hielt ich den Atem an und verfolgte fassungslos seine Berührung.

Joshua beugte sich währenddessen über mich und sah zwischen meinen Beinen hindurch zu mir hoch, ein warmes Lächeln in den Augen. »Du bist so wunderschön, Kristin. Ich kann nicht genug von dir kriegen.« Wie zum Beweis leckte er mich noch einmal.

»Ich will dich ganz spüren, Josh«, hauchte ich.

»Ich dich auch, meine Süße.« Er war inzwischen nackt und hatte ein Kondom übergezogen.

Mein ganzer Körper sehnte sich nach ihm, schon viel zu lang. Die Ungeduld in mir war fast unerträglich. Ich schloss erneut meine Lider, und als ich mir sicher war, jeden Moment vor Lust zu zerfließen, spürte ich Joshuas Erektion an meinem Eingang. Sein lautes, animalisches Stöhnen, als er in mir versank, genügte, um Wellen der Erlösung über mir zusammenbrechen zu lassen. Das Beben wollte nur langsam verebben, als er sich gefühlvoll in mir bewegte, während Daniel mich zärtlich streichelte und das Flattern meiner Lider beobachtete. Und noch bevor sich alles langsam wieder beruhigen konnte, schwappte ein erneuter Orgasmus über mir zusammen, der diesmal auch Joshua mit sich riss. Ich konnte beinah spüren, wie er sich rhythmisch in mir ergoss. Und ich wusste, dass es für heute Abend noch nicht vorbei sein würde – und das war mir nur recht ...

16. Kapitel

Joshua

Es war spät in der Nacht, aber an Schlaf war definitiv nicht zu denken. Nachdem ich gekommen war, hatte Kristin sich zu Dan gebeugt und ihn erneut mit dem Mund befriedigt. Mit Miranda hatten Dan und ich damals eine ähnliche Situation erlebt, aber so aufregend und vor allem erregend hatte ich sie nicht in Erinnerung. Ich genoss es, Kristin bewusst zu beobachten, wie sie an seinem Schwanz saugte. Wie dabei ihre Brüste leicht schaukelten und sie – bewusst oder unbewusst – das Becken kreisen ließ. Daniel hatte ihren Kopf mit den Händen umfasst und streichelte sie, bis auch er zum Höhepunkt kam.

Ich hätte ihr ewig zusehen können, wie sie die Augen geschlossen hielt, mit geröteten Wangen, und ab und an einen Blick zu mir warf.

Sie war unwiderstehlich mit ihren verstrubbelten Haaren und ihren vom Küssen geschwollenen Lippen. Ihren Anblick hätte ich am liebsten ab sofort jeden Tag genossen. Morgens und abends. Und zwischendurch.

Wir waren müde und erschöpft und hatten uns eine Pause gegönnt. Wir haben halb nackt den Film fertig angesehen und dann beschlossen, ins Schlafzimmer zu gehen. Die Couch war definitiv zu klein für uns drei und auf Dauer zu unbequem.

Ich machte es mir auf dem Bett bequem, während Dan sich kurz ins Bad zurückzog. Kristin war mir aus dem Wohnzimmer gefolgt und blieb im Türrahmen stehen. Ich war froh, sie zumindest kurz nur für mich zu haben. Immer noch waren ihre Haare zerzaust, und sie hatte nichts an außer meinem Hemd, was verdammt sexy an ihr aussah. Diese Vorstellung war für mich allein, genauso wie dieser Blick, den sie nur mir schenkte. Zwischen ihr und Dan hatte ich ihn noch nicht bemerkt.

»Das darfst du von mir aus ab sofort jeden Tag tragen. Und

nur das«, scherzte ich.

Es musste an dem Sex liegen, der ihr Selbstvertrauen gestärkt hatte, denn sie war auf mich zugekommen, schweigend, mit einem geheimnisvollen Gesichtsausdruck. Als sie vor mir zum Stehen gekommen war, bloß eine Armlänge von mir entfernt, ließ sie das Hemd zu Boden gleiten. Ihre Brüste bewegten sich bei jedem ihrer Atemzüge auf und ab und ihre Nippel warteten steif auf eine Berührung. Ich sah sie an, dachte an den süßen Geschmack ihrer Haut, der mich an den Sommer erinnerte. Ich griff nach ihr, wollte sie auf meinen Schoß ziehen. Ich wollte ihren Duft einatmen und sie halten, ihre Wärme genießen; dieses Flattern ein weiteres Mal in mir auslösen, das ich immer verspürte, sobald ich sie im Arm hielt.

Doch Kristin hob auffordernd eine Augenbraue und entzog sich meiner Berührung. Dann beförderte sie mich mit einem Stoß in die Horizontale und ging zwischen meinen Beinen in die Knie.

Frech drückte sie meine Oberschenkel auseinander. »Jetzt kommt meine Revanche«, meinte sie zwinkernd und zeigte mir, wie quälend meine ersten Streicheleinheiten gewesen waren. Und das konnte sie wirklich gut!

Sie näherte sich immer bis auf wenige Zentimeter meinem Schwanz und spielte diese Prozedur so lang mit mir, bis sich meine Hoden quälend zusammenzogen. Daniel, der aus dem Bad retour gekommen war, hatte Kristins Platz am Türrahmen eingenommen und beobachtete feixend ihre Show.

Ich stützte mich an den Ellenbogen auf und sah ihn flehend an. »Mann, willst du mir nicht helfen? Diese Frau ist ein Biest ...«

Dan lachte heiser auf und schüttelte den Kopf. »No way! Rache ist süß, und ihr scheint sie besonders zu schmecken.«

Kristin kicherte zwischen meinen Beinen und biss kurz aber vorsichtig in meine Eichel, ohne sie mit der Zunge oder ihren Lippen zu berühren. Ich konnte ein Stöhnen nicht verhindern, und sank verzweifelt zurück aufs Bett. Jetzt sehnte ich mich nur noch mehr nach ihrem Mund.

Endlich schien sie mein stummes Flehen zu hören, und leckte zum ersten Mal über meine Eichel. Ihre Zunge war warm, weich und fest zugleich. Mit einem tiefen Knurren griff ich vor und vergrub meine Hand in ihren Haaren. Ich wollte nicht, dass sie sich von mir entfernte, wollte endlich, dass sie mich ihre Zunge auf der gesamten Länge spüren ließ.

Kristin kratzte mit ihren Fingernägeln über meine Oberschenkel, aufwärts Richtung Lenden, was mich nur noch verrückter nach ihr machte. Dann endlich nahm sie meinen Schwanz in den Mund, legte ihre Faust um den Schaft und bewegte sie langsam und mit festem Druck auf und ab. Speichel lief über ihre Finger und benetzte auch die Haut darunter.

»Dan ...« Eigentlich wollte ich ihm sagen, dass er ein Glückspilz war, schon in den Genuss ihrer Lippen auf seinem Schwanz gekommen zu sein, doch meine Worte verwandelte Kristin in ein Stöhnen. Ich genoss ihr Zungenspiel, stopfte mir ein Kissen unter den Kopf und beobachtete sie. Immer wieder sah sie zu mir auf, meinen Schwanz in ihrem Mund. »Fuck!.« *Was für ein Anblick!*

Ich dachte, es könnte nicht mehr besser kommen, und doch gab es eine Steigerung: Dan kam auf uns zu, kniete hinter Kristin und streichelte ihr zuerst über den Rücken und ihren Hintern, den sie ihm entgegenstreckte. Als er mit seinen Fingern zwischen ihre Beine fuhr, entwich ihr ein ersticktes Stöhnen. Sie schloss die Augen, wand sich unter Daniels Berührungen.

Als er ein Kondom überzog und sie von hinten nahm, war es endgültig um mich geschehen. Auch wenn ihre Bewegungen an Schnelligkeit und Intensität verloren, ihre Zunge langsamer wurde, war es ein Anblick, den ich lang nicht vergessen würde ...

Das Ziehen in mir, in meinen Hoden, steigerte sich zu einem unausweichlichen Sturm, der über mich hinwegfegte. Ich entlud mich in Kristins Mund, hätte sie gern dabei beobachtet. Doch sosehr ich mich auch anstrengte, meine Lider blieben geschlossen. Sie waren genauso schwer wie der Rest meines Körpers geworden und so lauschte ich nur Kristins Stöhnen und Dans

Keuchen, als beide zum Höhepunkt kamen.

***

Die letzte Nacht war so unfassbar gewesen, dass ich am liebsten die Zeit eingefroren hätte, um sie nie enden zu lassen. Kristin war eine Wahnsinnsfrau, und das war nicht übertrieben. Ihre unschuldige Art, gepaart mit ihrer Neugier, machte sie zu einer unwiderstehlichen Versuchung.

Kristin und Daniel legten sich nach dem Sex zu mir aufs Bett, müde, befriedigt und berauscht. Auch dort war an Schlaf nicht zu denken. Adrenalin rauschte durch uns hindurch, während wir nicht voneinander lassen konnten. Gegenseitig streichelten wir unsere nackten Körper, bis uns irgendwann doch die Müdigkeit übermannte.

Am nächsten Vormittag war ich als Erster wach. Kristin und Daniel schliefen noch, und so hatte ich Zeit, die letzte Nacht Revue passieren zu lassen, während ich Kristin beim Schlafen beobachtete. Ich stützte mich auf meinen Ellenbogen neben ihr ab, mein Unterarm Haut an Haut mit ihr. Ihre Mundwinkel waren leicht nach oben gezogen, genauso, wie sie in der Nacht eingeschlafen war.

Allein der Anblick ihres Mundes beförderte mich zurück zur letzten Nacht, wo sie ihre Lippen um meinen harten Schwanz gepresst hatte. Die Erinnerung sorgte jetzt noch für eine gewaltige Umleitung des Blutes in die untere Region. Und verdammt, diese Frau war so schön. Ich mochte einfach alles an ihr! Wie sie ihre Nase kraus zog, wenn sie lächelte, oder wie sie die Stirn in Falten legte, wenn sie nachdachte. Wie sie meine *Jenny* berührt hatte, wie noch nie jemand zuvor den Kontrabass gegriffen hatte. Sie lachte nicht über meine Kleidung oder meine Musik. Es schien, als würde sie sie genauso zu lieben lernen wie ich. Eigentlich war sie genauso, wie ich mir eine Frau an meiner Seite immer gewünscht hatte. Lustig, impulsiv, für jeden Spaß zu haben. Aber das Ganze, ohne aufdringlich oder arrogant zu sein.

Schmunzelnd legte ich mich wieder nieder und streckte mich. Die Arme verschränkte ich hinter dem Kopf. Wenn jemand behaupten konnte, den besten Geburtstag seines Lebens gefeiert zu haben, dann definitiv ich.

17. Kapitel

Kristin

Hätte ich auf der Fahrt nach Hause eine Verkehrskontrolle gehabt, ich hätte mich bestimmt einem Drogentest unterziehen müssen. Mein Lächeln reichte vermutlich einmal rund um den ganzen Kopf, mein Herz klopfte immer noch verhältnismäßig schnell und meine Augen strahlten mit der Sonne um die Wette.

Ich wäre so gern länger geblieben, hätte die letzte Nacht noch einmal wiederholt, doch leider wartete ein riesiger Berg an Lernstoff auf mich, durch den ich mich noch durchackern musste. Dass Daniel und Joshua mich auch lieber bei ihnen gewusst hätten, war ihnen anzumerken. Nach dem Brunch hatte ich beide zum Abschied geküsst, bevor sie mich bis zu meinem Wagen begleitet hatten.

Nun war ich zurück auf meinem Zimmer und wurde von Lynn kritisch beäugt. Sie hatte keine Ahnung, wo ich gewesen war, und ich hatte ihr auch nicht gesagt, dass ich über Nacht wegbleiben würde. Ich war mir sicher, ihre Vorstellung von einer Party dauerte nicht bis zum nächsten Nachmittag.

»Da bist du ja endlich. Verdammt, Kristin, ich habe mir Sorgen um dich gemacht!« Sie legte ihren MP3-Player beiseite, stand auf und kam auf mich zu. Ihr Blick sagte alles – mein Vater wäre beeindruckt gewesen. »Du rufst nicht an, schickst mir keine Nachricht, dass du die Nacht wegbleibst, und ich mach mir alle möglichen Gedanken! Und wenn ich dich anrufe, lande ich nur in der Mobilbox. Eines versichere ich dir, wenn du nicht einen *richtig* guten Grund für dein Fernbleiben hast, dann ...«

»Ich war bei Joshua.«

Mein Dauergrinsen würde mir vermutlich einen Muskelkater an den Wangen bescheren, sofern das möglich war. Lynn war immer noch sauer, meine Antwort beeindruckte sie nur wenig.

Ich ließ mir meine gute Laune nicht verderben und versuchte es mit einer Entschuldigung. »Es tut mir leid, dass ich mich nicht gemeldet habe. Mein Akku war leer, und ich hatte nicht darauf geachtet. Erst als ich munter geworden war, fiel mir auf, dass mein Telefon tot war.« Entschuldigend zuckte ich mit den Achseln.

Lynn zog eine Schnute und verschränkte die Arme vor der Brust.

Da musste ich offenbar noch einen draufsetzen. »Hör mal, es tut mir wirklich leid. Als Wiedergutmachung lade ich dich heute Abend auf einen Cocktail ein und erzähle dir von gestern Nacht«, schlug ich vor.

Damit hatte ich sie. Fassungslos starrte sie mich mit geöffnetem Mund und großen Augen an. »Sag nicht, du hattest Sex mit Joshua?«

Ohne ihr zu antworten, sah ich sie mit einem geheimnisvollen Grinsen an, und es kostete mich große Überwindung, nicht sofort alles zu erzählen. »Ich geh mich jetzt mal duschen. Überleg dir schon mal, was du später anziehen wirst. Ich muss dann noch ein wenig den Kopf in die Bücher stecken und danach können wir los.«

18. Kapitel

Joshua

Frauen spielten schon immer eine wichtige Rolle in meinem Leben. Das fing an, als ich in der Sandkiste die Mädels mit meinen Sandburgen beeindruckte. An der Schule war es meine Leidenschaft zur Musik, mit der ich das weibliche Geschlecht um den Finger wickeln konnte. Gut, es spielte bestimmt auch mein unwiderstehlicher Charme eine entscheidende Rolle. Oder war es die Tatsache, dass ich ihr Beschützer gewesen war, wenn die Jungs mit den Sticheleien begannen und ich mich schützend zwischen die Fronten stellte?

Jedenfalls hielt sich meine Wirkung auf Frauen auch noch auf dem College und die Zeit danach. In Kombination mit Dans selbstbewusster Art hatten wir bei *RETROnic* schon den ein oder anderen Deal an Land gezogen, der uns unter anderen Voraussetzungen vielleicht durch die Lappen gegangen wäre.

Sosehr sich die Frauen vielleicht eine Beziehung mit mir gewünscht hätten, hatte die Sache einen Haken. Denn kaum eine dieser Frauen hatte eine große Rolle in meinem Leben gespielt, keine konnte mich so weit faszinieren, dass ich tiefe Gefühle für sie hätte entwickeln können. Sie alle waren hübsch anzusehen, ein netter Zeitvertreib. Manche von ihnen waren zwar irgendwie süß, doch es fehlte immer das gewisse Etwas, aus dem mehr hätte entstehen können. Und falls ich doch einmal dachte, ich würde mehr zulassen, wurde ich von dieser unglaublichen Naivität und Engstirnigkeit der jungen Mädchen enttäuscht. So wie es mir erst vor wenigen Monaten passiert war.

Wenn ich sie alle mit Kristin verglich, musste ich feststellen, dass keine so perfekt zu mir passte wie sie. Manche von ihnen konnten zwar mit meiner Musik was anfangen, waren aber entweder langweilig, humorlos oder ihnen fehlte es an Intelligenz. Oder sie hatten keinen Bezug zu Musik im Allgemeinen. Andere fühlten sich nicht wohl, wenn ich meine geliebte Kleidung im Fünfzigerjahre-Retrostyle trug, oder es war ihnen peinlich, wenn ich sie mit meinem damals neu restaurierten *Cadillac* abgeholt hatte. Da konnte der Sex noch so gut sein, diese Beziehung hatte für mich keine Zukunft.

Das, was zwischen Kristin und mir herrschte, hatte ich in dieser Art noch nicht erlebt. Einerseits hatte ich das Gefühl, ich würde mit einem Kumpel rumalbern wie zwei verrückte Spaßvögel – wie an dem Nachmittag im Zoo: Es war ihr nichts zu blöd, und sie konnte auch über ihre eigenen Pannen und Grimassen lachen.

Außerdem gefiel ihr offensichtlich meine Musik. Sie hatte innerhalb kürzester Zeit mich und meinen Musikgeschmack durchschaut und mir zum Geburtstag eine Schallplatte gekauft, die ich zum einen noch nicht kannte, aber seit den ersten Klängen liebte. Diese beschallte mich – zu Dans Leidwesen – beinah rund um die Uhr und ich war mir sicher, dass mein Kumpel keinen weiteren Arbeitstag mit mir ohne Ohrstöpsel überleben würde.

Das, was am Wochenende vor meinem Geburtstag geschehen war, überstieg ohnedies alles bisher Erlebte. Kristin war einerseits schüchtern, unsicher und nervös gewesen, andererseits war sie impulsiv, leidenschaftlich und sexy wie kein Mädchen zuvor.

Alles, wonach ich mich sehnte, war, Zeit mit ihr zu verbringen. Doch der Montag war bis spätabends voll mit Terminen und Arbeit, und der Dienstag war für meine Familie vorgesehen.

»Was hältst du davon, wenn wir heute Abend den Abschluss des Auftrags in der Bar feiern?«, fragte mich Dan nach einem erfolgreichen Kundengespräch und durchbrach damit meine Tagträumereien.

»Klingt gut. Aber nur auf einen Drink, ich will morgen für die Familienfeier fit sein.«

»Kommen deine Leute her? Oder übernimmt wieder deine Mutter die Partyorganisation?«

»Dreimal darfst du raten«, sagte ich und grinste ihn vielsagend an.

Er lächelte. »Na gut, einen Drink. Oder zwei, weil du Geburtstag hast.«

Die *Sports Bar* lag nur wenige Straßen von meinem Haus entfernt. Dan und ich waren gelegentlich nach der Arbeit dort, um noch ein Bier zu trinken. Als wir bei einbrechender Dunkelheit die Bar betraten, war sie bereits gut besucht. Der Geruch von Käsenachos und Bier lag in der Luft und einige Männer spielten an den Dartscheiben oder am Billardtisch.

Wir suchten uns einen Platz direkt an der langen Holzbar und ich bestellte uns zwei Bier. Damit stießen wir auf den Auftrag an, den wir heute an Land gezogen hatten und der uns die nächsten Monate einiges an Arbeit und viel Geld bescheren würde.

»Mann, so gut, wie es mir jetzt geht, ging es mir schon lang nicht mehr«, meine Dan, als er nach dem ersten Zug sein Glas abstellte. »Erst deine Feier am Wochenende und jetzt dieser Vertragsabschluss. Kaum zu fassen, dass die unterschrieben haben. Weißt du eigentlich, was das für uns bedeutet? Diese Referenz zu haben öffnet uns ganz andere Türen.«

Ich schmunzelte, denn mein Kumpel hatte recht. Wenn sich dieses Projekt nach Fertigstellung herumsprechen würde, kämen völlig neue Interessenten auf uns zu. Es würde *RETROnic* auf eine ganz neue Ebene stellen.

»Schade, dass Kristin gestern nach Hause musste. Ich hätte gern noch eine Wiederholung eingelegt«, wechselte er dann abrupt das Thema.

Ich nickte nur, denn obwohl für mich die Nacht der helle Wahnsinn war, hatte ich damit zu kämpfen, dass sie Dan ebenfalls gefallen hatte. Natürlich war es idiotisch, etwas anderes zu erwarten. Kristin war unglaublich und das hatte Dan auf jeden Fall auch bemerkt. Und so gern ich ihm noch einmal sagen wollte, dass er die Finger von ihr lassen sollte, er würde es vermutlich nicht tun, solang Kristin uns beide wollte. Es war unser gemeinsamer Deal, auf den ich mich genauso eingelassen hatte wie alle anderen auch. Wenn Kristin diese Vereinbarung nicht lösen wollte, würde ich sie womöglich ganz an Dan verlieren und dieses Risiko war mir zu groß. Immerhin traute ich ihm zu, einen Ersatz für mich für den Dreier zu finden, und Kristin mit ihrer Neugier und ihrem Drang nach Freiheit, Ungebundenheit und Abenteuer würde vielleicht sogar einwilligen.

Dan trank einen großen Schluck, wischte sich über den Mund und meinte dann: »Ich werde sie diese Woche anrufen und fragen, ob wir wieder etwas gemeinsam unternehmen. Wir könnten ihr die Stadt zeigen, wobei ich auch nichts dagegen hätte, sie gleich und ohne Umwege zu vögeln.«

»Halt bloß deine Klappe, Dan. Wenn du so über sie sprichst, als wäre sie ein belangloses Spielzeug, hast du mit mir ein Problem. Haben wir uns verstanden?«

Am liebsten hätte ich ihn am Kragen gepackt, aber ich wollte keine Troubles in meiner Stammkneipe, also hielt ich mich zurück, auch wenn es mir schwerfiel. Dafür legte ich meine ganze Wut in meine Stimme, und es schien zu funktionieren.

»Wow! Immer sachte mit den jungen Pferden ... Keine Panik, Mann, du reagierst schon wieder über.« Kopfschüttelnd trank er sein Bier in einem Zug leer und bestellte eine zweite Runde. »Reg dich ab und lass uns feiern. Deswegen sind wir hier.«

Er drückte mir das zweite Glas in die Hand, das ich eigentlich nicht trinken wollte. Doch ich sah es als seinen Versöhnungsversuch an. Dankend nickte ich und leerte mein erstes in einem Zug.

Aus den zwei Gläsern wurden sieben, und dann stellten wir fest, dass uns der Kellner bescheißen musste – das Bier schmeckte nicht mehr nach Alkohol. Überhaupt war es unserem Empfinden nach wässrig und schal, also schwenkten wir auf Whiskey um.

Irgendwann in der Nacht beschlossen wir doch, nach Hause zu gehen. Dan hatte seinen Wagen in meiner Einfahrt geparkt und wir waren zu Fuß in die Bar gegangen. Auf dem Weg zurück schwankte alles und wir waren schwer damit beschäftigt, nicht vom Gehweg abzukommen. Nach einer Ewigkeit erreichten wir endlich mein Haus.

»Kannst heute bei mir pennen«, lallte ich Dan ins Gesicht, der nach seinem Autoschlüssel suchte.

»Und den nehm ich.« Mit diesen Worten griff ich nach dem Schlüsselbund. Wer wusste schon, ob er nicht doch noch auf die wahnwitzige Idee kommen würde, nach Hause zu fahren.

Zum Glück erwiderte er nichts, sondern stolperte hinter mir die Stufen zum Eingang hoch. Kaum dass die Tür ins Schloss fiel, zog ich Jacke, Schuhe und Hemd aus und ließ alles fallen. Den Gürtel hatte ich schon geöffnet, als ich in die Küche taumelte, um Wasser zu trinken. Mein Kopf würde sich morgen für den Barabstecher bedanken.

Langsam tastete ich mich entlang der Wände zum Schlafzimmer vor und zog Jeans und Socken aus. Dann fiel ich ins Bett – nicht ohne ein Bein auf den Boden zu stellen, um dem Hubschrauber in meinem Kopf entgegenzuwirken.

Plötzlich hörte ich die Klospülung und mir fiel wieder ein, dass Daniel auch hier war. Er torkelte ins Schlafzimmer und fiel wenig später zu mir ins Bett.

Unter normalen Umständen hätte ich ihn hochkant aus dem Zimmer befördert, doch ich war viel zu müde und im Moment war es mir schnuppe. Immerhin hatten wir zwei Nächte zuvor ebenfalls nebeneinander in diesem Bett geschlafen – auch wenn damals Kristin zwischen uns lag. Mit dem Gedanken an ihren Körper beruhigte sich endlich auch der Kreisel in meinem Kopf und nahm mich mit sich in den Schlaf.

Der nächste Morgen war grauenvoll. Mein Kopf dröhnte, als hätte ich ihn mir gestoßen, und mein Mund war staubtrocken. Mir fiel die Wasserflasche ein, die ich auf dem Nachttisch abgestellt hatte. Mühsam blinzelte ich in ihre Richtung, doch sie war leer. *Verdammt!*

Mit einem gequälten Stöhnen wollte ich aufstehen, aber Dan hatte seinen Arm um mich gelegt. Nach und nach fielen mir Bruchstücke der letzten Nacht wieder ein. Ich musste schon halb geschlafen haben, als sich Dan an mich geschmiegt hatte ...

Er hatte wohl von Kristin geträumt, genauso wie ich! Als ich mich daran erinnerte, dass er dabei auch noch fast nackt neben mir lag, schüttelte mich eine Gänsehaut. Schneller, als ich es mir noch vor wenigen Sekunden zugetraut hatte, sprang ich aus dem Bett.

Sex mit Kristin zu haben, bei dem mein Kumpel dabei war, war die eine Sache. Aber das schloss nicht automatisch mit ein, dass sich durch diese Nacht irgendetwas zwischen Dan und mir gelockert hatte, was unseren ... freundschaftlichen Umgang betraf. Schon bei dem Gedanken musste ich lachen. Wie kam ich denn auf so einen Blödsinn?

Verdammt, langsam drehte ich durch.

19. Kapitel

Kristin

Ständig musste ich an den besten Sex meines Lebens mit Josh und Daniel denken. In jeder freien Minute kreisten meine Gedanken um diese eine Nacht. Und wenn ich daran dachte, spürte ich sofort wieder dieses Pochen zwischen meinen Beinen.

Diesmal wollte ich nicht Zeit vergeuden, ohne selbst die Initiative zu ergreifen. Diesmal würde ich mich bei den beiden melden, hatte ich beschlossen. Jedoch wollte ich den Montag verstreichen lassen, um nicht den Eindruck zu erwecken, dass ich an nichts anderes denken würde – auch wenn es so war.

Da Joshua ja am Dienstag Geburtstag hatte, bot es sich perfekt an, ihm noch einmal zu gratulieren. Also schickte ich ihm eine kurze Nachricht, kaum dass ich abends die Uni verlassen hatte:

Happy Birthday – nun ganz offiziell. Wann sehen wir uns wieder?

Ich war mächtig aufgeregt und konnte es nicht erwarten, eine Antwort zu erhalten. Immer wieder strich ich über den Bildschirm meines Telefons, um zu verhindern, dass sich der Bildschirmschoner aktivieren würde.

Ganze elf Minuten ließ er mich auf eine Antwort warten.

Danke! Ich hoffe doch, sehr bald! Was machst du morgen Nachmittag?

Verdammt, diese Woche war total stressig für mich. Ich war viele Stunden auf der Uni, und wenn ich nicht gerade am Lernen war, musste ich arbeiten. Zähneknirschend tippte ich die Antwort.

Ich befürchte, dass ich erst wieder am Samstag Zeit haben werde.

Gut. Dann zeige ich dir am Samstag endlich mal San Francisco.

Nur Joshua und ich? Allein bei dem Gedanken schlug mein Herz um einige Takte schneller. Aber ich wollte nicht etwas hineininterpretieren, was womöglich nicht war ...

Wann soll ich bei dir sein?

Sobald du möchtest. Bin bestimmt schon um sieben Uhr wach.

So früh? Es ist Samstag!

Wer stand freiwillig so früh am Wochenende auf, wenn man endlich mal ausschlafen konnte?

Wer sagt, dass ich schlafen kann, wenn ich weiß, dass du kommst?

Bewegungslos und mit angehaltenem Atem starrte ich auf das Display meines Telefons. Ich blinzelte, doch die Worte standen immer noch da. Sie waren kein Wunschtraum. Ein aufregendes Kribbeln durchflutete meinen Körper und ich fühlte mich wie damals vor meinem allerersten Kuss.

Na warte, was Joshua konnte, konnte ich schon lang!

Schade, dann kann ich dich also nicht wach küssen ...

Klar kannst du das. Am Sonntag. ;)

Damit hatte ich nicht gerechnet. Vor Überraschung und Euphorie lachte ich laut auf, und vorbeigehende Studenten warfen mir seltsame Blicke zu. Doch das war mir egal, ich schwebte den restlichen Weg nach Hause, selig grinsend, das Telefon in der Hand.

Wenn ich bisher dachte, die Zeit würde langsam vergehen, hatte ich mich geirrt. Bis Samstag fühlte es sich an, als würde jeder Tag eine Woche dauern und Lynn hatte wieder einmal die liebe Not mit mir. Zu meinem Glück wollte sie mir ein Kleid borgen. Ich wollte nicht immer nur Jeans tragen, hatte aber noch nie zuvor ein Kleid besessen. Jedenfalls nicht mehr, seit ich selbst meine Klamotten aussuchte. So oder so, ich war meiner Freundin dankbar dafür – auch wenn sie es vielleicht einfach nur tat, damit ich weniger aufgeregt war und ihr nicht mehr ständig mit der Frage nach der Kleidung in den Ohren liegen würde.

Sie zog sich in dieser Woche auch auffällig oft zurück, war in ihrer Lerngruppe und ließ mich mit meinen Gedanken allein. Da ich aber unbedingt jemanden zum Reden brauchte, beschloss ich, wieder einmal Granny anzurufen. Am Rande ließ ich sie sogar wissen, auf welches Abenteuer ich mich eingelassen hatte, und sie war richtig begeistert.

»Wenn ich noch einmal jung wäre, würde ich das auch ausprobieren. Genieße die aufregende Zeit, Liebes!«, riet sie mir, und ich musste schmunzeln. Wer hatte schon so eine coole Grandma wie ich?

***

Endlich war es Samstag. Natürlich hatte ich die Nacht kaum ein Auge zugetan. Zuerst hatte ich mich ewig hin und her gewälzt, und als ich zu guter Letzt doch noch in den Schlaf fiel, hatte ich das Gefühl, als wäre ich trotzdem irgendwie wach. Die Gedanken kamen einfach nicht zur Ruhe und ich war mir sicher, ich würde Joshua mit tiefen Augenringen gegenübertreten.

Bereits beim ersten Weckton fuhr ich wie von der Tarantel gestochen hoch. Lynn schlief noch tief und fest. Das Kleid, das sie mir lieh, war ein rot-weiß getupftes Bleistiftkleid, das total retro aussah und mit dem ich perfekt zu Josh passen würde. Dazu wählte ich meine weißen Peeptoes– ein Spontankauf aus meiner Zeit in Lakeview – die ich nun zum ersten Mal außerhalb meiner vier Wände anziehen konnte.

Lynn hatte mir bereits gestern ihr Kleid an die Schranktür gehängt, gemeinsam mit einem passenden weißen Blazer, den ich bestimmt brauchen konnte, da das Wetter nicht mehr so warm war wie zu der Zeit, als ich zum ersten Mal nach Berkeley kam.

Frisch geduscht und mit meiner neuesten Unterwäsche schlüpfte ich in den Stoff, der mir ein ganz anderes Lebensgefühl gab. Zwar fühlte ich mich nicht, als wäre ich verkleidet, aber trotzdem so, als wäre ich eine andere Person. Nein, das stimmte auch nicht ganz. Als wäre ich in diesem Kleid eins mit der neuen Kristin. Und das fühlte sich verdammt gut an.

Die Augenringe waren schnell überschminkt. Meine Haare band ich zusammen und fixierte sie mit einer zum Kleid passenden Schleife, die ich gestern zufällig in einem *Dollar*-Shop entdeckt hatte. Leise schlich ich mich aus dem Zimmer, um Lynn nicht zu wecken.

Ich war unglaublich aufgeregt und freute mich so sehr, Josh wiederzusehen. In den letzten Tagen schien sich die Zeit gegen mich gewendet zu haben. Manchmal erwischte ich mich während der Vorlesungen oder beim Lernen dabei, völlig in Gedanken versunken zu sein. Ich sah sein süßes Lächeln vor mir, dachte an seine Küsse, an seine Hände auf meinem Körper. An die Momente, in denen er mich zum Lachen brachte. An die wenigen Minuten, in denen er mich umarmend auf seinem Kontrabass für mich gespielt hatte.

Bei ihm fühlte ich mich einfach wohl und geborgen. Ich hatte kein einziges Mal das Gefühl gehabt, mich für ihn verstellen oder vorgeben zu müssen, anders zu sein, nur um ihm zu gefallen. Ich war wahnsinnig gespannt, was er sich für diesen Tag ausgedacht hatte, und konnte es kaum erwarten, endlich wieder bei ihm zu sein.

Da ich tatsächlich gegen sieben Uhr bei ihm sein würde, besorgte ich unterwegs noch Frühstück. Inzwischen war ich mir jedoch nicht mehr sicher, ob Joshua wirklich schon wach sein würde. Dass jemand am Wochenende freiwillig so früh aufstand, war für mich absolut unverständlich. Andererseits war ich ebenfalls schon unterwegs ...

Als ich vor Joshuas Haus zum Stehen kam, hatte sich meine Unsicherheit inzwischen in ein schlechtes Gewissen verwandelt. Was, wenn er nur gescherzt hatte und wirklich noch schlief? Dann würde ich ihn jeden Moment aus dem Bett klingeln! Wobei sein Out-of-bed-Look auch nicht zu verachten war.

Bevor ich ein zweites Mal den Klingelknopf drücken konnte, öffnete er mir gut gelaunt mit noch nassen Haaren, barfuß und mit offenem Hemd die Tür. »Mach das bloß nicht zu oft, sonst gewöhne ich mich noch daran«, meinte er grinsend, als er mir das eingepackte Frühstück abnahm und mich in sein Haus bat.

»Bisher gefällt es mir aber. Noch spricht also nichts gegen eine Wiederholung«, entgegnete ich zwinkernd und folgte ihm in die Küche, wo ich unschlüssig neben der Bar zum Stehen kam.

»Wie kann ich helfen?« Mich bedienen zu lassen lag nicht in meiner Natur.

»Setz dich, du hast doch schon Frühstück gemacht.«

»Gekauft, meinst du.« Verschmitzt lächelte ich ihn an.

»Dafür bestimmt mit Liebe ausgesucht. Das ist viel wert. Du ahnst nicht, wie viel man falsch machen kann, wenn man nicht mit dem Herzen dabei ist ...«

Seine Worte hallten in mir nach – wollte er mir damit noch etwas anderes sagen, als über das Frühstück zu sinnieren?

Ohne mir einen Hinweis zu geben, wie er den Satz gemeint hatte, lenkte er plötzlich auf ein anderes Thema. »Hübsches Kleid übrigens.« Joshua musterte mich von oben bis unten, und er schien sich wirklich über meine Kleiderwahl zu freuen.

»Nun, ich dachte, wenn wir heute schon die Stadt unsicher machen, dann sollte ich auf jeden Fall zu dir passen.«

Ein undefinierbarer Ausdruck huschte über sein Gesicht und einen Moment wirkte es, als wolle er etwas dazu sagen. Doch dann drehte er sich um und holte Teller aus dem Schrank, die er auf der Bar abstellte.

Unsicher rutschte ich auf einen der Barhocker und öffnete die Tüte mit den herrlich duftenden Leckereien, die ich in der

Bäckerei gleich um die Ecke gekauft hatte. Sie waren sogar noch warm und mein Magen knurrte vor Hunger.

Als Joshua neben mir Platz nahm, stellte ich ihm die Frage, die mich schon die ganzen letzten Tage brennend interessierte. »Was machen wir heute?«

»Lass dich überraschen.«

»Ach komm schon, das ist gemein. Du gibst mir nicht mal einen einzigen Hinweis?«

Herzhaft biss er in sein Brötchen und schüttelte grinsend den Kopf.

»Machst du immer alles so spannend?«

»Manchmal. Vorfreude ist bekanntlich die größte Freude.«

»Und ... ist Daniel heute auch dabei?« Schnell nippte ich an meinem Kaffee, um mich hinter dem Becher ein wenig zu verstecken, da mir die Frage unangenehm war. Ich hatte zwar kein Problem damit, falls er uns begleiten würde, aber wenn ich Joshua heute allein für mich haben könnte, hätte ich auch nichts dagegen. Außerdem wusste ich nicht, ob die beiden inzwischen ihre ... Differenzen beglichen hatten, auch wenn es bei unserem letzten Zusammensein schon so gewirkt hatte.

Doch offensichtlich täuschte der Schein ...

»Willst du denn, dass er dabei ist?«, hakte Joshua leicht verkrampft nach.

Ich war mir sicher, sein Gesichtsausdruck sollte lässig und cool wirken, doch er presste seine Lippen kaum merklich aufeinander und auch seine Augen kniff er leicht zusammen.

»Ich verbringe gern Zeit mir dir allein«, antwortete ich wahrheitsgemäß.

»Aha.«

Aha? »Ich meine das ernst, Joshua.« Meine Hand legte ich auf seinen Oberarm und suchte Blickkontakt mit ihm. Ich wollte, dass er mir glaubte.

Langsam drehte er sich zu mir und suchte in meinen Augen nach der Wahrheit. Als er nach und nach mein Lächeln zu erwidern begann, spürte ich auch, wie seine leichte Anspannung nachließ. Sein *Goose Lake* schimmerte mir silbrig entgegen und erneut verlor ich mich in seinen Tiefen. Langsam kam Joshua näher, hielt jedoch auf halbem Weg inne. Sein Blick wanderte abwärts und heftete sich an meine Lippen. Den letzten Schritt überließ er mir, als wäre er sich immer noch nicht sicher, dass ich es ernst gemeint hatte.

Sanft streichelte ich mit meinem Mund über seinen, ohne ihn wirklich zu berühren. Ich sehnte mich so sehr nach ihm, leckte über meine Lippen, nur, um das Streifen seines Atems noch intensiver darauf zu fühlen. Meine Augen hatte ich geschlossen, fühlte das Prickeln zwischen uns und den heftigen Herzschlag, der gegen meinen Brustkorb pochte. Seine warme Zunge bat stupsend um Einlass. Ein aufregendes Kribbeln streifte meine Wirbelsäule ...

Auf meinem Finger war noch Zucker von der süßen Waffel, die ich eben zerteilt hatte. Ohne damit seine frisch gewaschenen Haare oder sein Hemd zu berühren, legte ich meine Arme um seinen Hals und zog mich an ihm hoch.

Seine Hände spürte ich an meiner Taille und an meinem Rücken. Als würde er von der gleichen Sehnsucht beherrscht wie ich, küsste er mich endlich, drängend und heiß, sodass mein Hunger wie von selbst verflog.

Dann hob er mich hoch, als würde ich beinah nichts wiegen, und trug mich auf die Couch.

»Warte, meine Finger sind klebrig, ich sollte sie zuerst waschen.«

»Unsinn. Lass mich das machen«, entschied Joshua, nahm meine Hand in seine und leckte über jeden einzelnen Finger, ohne mich dabei aus den Augen zu lassen. Gebannt beobachtete ich ihn dabei, während mein Körper mit jeder einzelnen Berührung seiner Lippen und seiner Zunge Stromstöße in meinen Unterleib zu senden schien.

»Das ist verdammt gefährlich, was du da machst. Weißt du das?« Meine Stimme versagte dabei fast ihren Dienst. Ich schaffte es nur, die Worte leise zu hauchen.

»Wieso meinst du?« Joshua hatte ein besonders unschuldiges Gesicht aufgesetzt.

Er sah dabei noch verführerischer aus als sonst. Damit war es endgültig um mich geschehen. Ich kletterte halb auf seinen Schoß, fiel ihm in die Arme und küsste ihn, als würde ich keine Sekunde länger überleben, wenn ich ihn nicht an jedem Zentimeter meines Körpers spüren würde. Unsere Zungen tanzten eine aufregende Choreografie und ich liebte es, wie Joshua schmeckte. Diese Kombination aus ihm, Kaffee und Zucker beschleunigte meinen Puls ins Unermessliche.

Inzwischen hatte ich jegliches Zeitgefühl verloren, es gab nur mehr Josh und mich.

Keuchend brachten wir wieder etwas Abstand zwischen uns. Meine Wangen schienen zu glühen, meine Lippen fühlten sich geschwollen an und verlangten trotzdem kribbelnd nach mehr.

Mit verbotener Langsamkeit öffnete Joshua den Reißverschluss an der Rückseite des Kleides und streifte mir dann langsam die Ärmel von den Schultern, jeden einzeln für sich. Er beobachtete dabei genau meine Reaktionen. Mein leises Seufzen, die prickelnde Gänsehaut, die sich wohlig über meine Haut zog, mein heftiges Atmen.

Dann liebkoste er jede meiner Schultern, streichelte meine Arme mit seinem Mund, küsste sich über die Schlüsselbeine tiefer. Zeitgleich öffnete er meinen BH, den ich abstreifte und fallen ließ.

Mit seiner Zunge leckte er über meine Brustwarzen, bis sie sich ihm verlangend entgegenstreckten. Genüsslich schloss ich meine Augen, legte den Kopf in den Nacken und empfing seine Zärtlichkeiten.

»Du bist so besonders, Kristin. Mit dir ist alles anders.«

Seine Worte drangen wie durch Watte zu mir durch. Ich wollte nicht nachfragen, was genau er damit meinte. Nicht jetzt. Denn in diesem Moment wollte ich nur genießen. Dieses lustvolle Ziehen in meinem Unterleib, das sich mehr und mehr zu einem drängenden Pochen zwischen meinen Beinen ausdehnte.

»Josh, ich will dich ...« Erneut sog ich an seinen Lippen und knöpfte gleichzeitig sein Hemd auf. Er half mir dabei und zerrte es ungeduldig von seinen Schultern. Als hätte ich ihn nicht erst vor wenigen Tagen das letzte Mal nackt gesehen, sog ich den Anblick von jedem Zentimeter seines Oberkörpers in mich auf. Seine Tätowierungen an seinen Armen musterte ich noch einmal genauer, fuhr mit den Fingerspitzen die Konturen nach und war völlig fasziniert von den Kunstwerken.

Das Pin-up-Girl auf dem linken Arm lächelte mich keck an. Das Mädchen war leicht bekleidet, mit Strümpfen und einem Hemd, dessen Stoff gebauscht an ihren Armen hinabgerutscht war. Sie saß auf einem Hocker und ihre laszive Haltung versprach aufregende Träume und mehr.

Der Engel auf seinem rechten Oberarm jedoch stand in komplettem Gegensatz zu dem frechen Mädchen. Er hatte etwas Nachdenkliches an sich. Fast wirkte er traurig, als würde ihn etwas quälen. Nur langsam konnte ich meinen Blick von den Tattoos lösen. Doch dann siegte die Neugier auf Joshua.

Ich schickte meine Hände weiter auf Erkundungstour, zeichnete seine Muskeln am Brustkorb und Bauch nach und zog Kreise um seine Brustwarzen. Er bebte beinah unter mir, hatte die Lider gesenkt und genoss meine Berührungen so wie ich seine. Langsam ließ ich meine Finger abwärts wandern, bis ich seine Jeans öffnete und mit dem Zeigefinger keck unter seine Shorts fuhr.

Keuchend legte er seinen Kopf in den Nacken. Was für eine prickelnde Reaktion ... Mein Puls beschleunigte sich erneut und mein Körper schien förmlich in Flammen zu stehen.

Sosehr ich auch seine Berührungen liebte, stand ich trotzdem auf und ließ das Kleid zu Boden gleiten. Jede Bewegung von mir verfolgte er gespannt mit seinem *Goose Lake*, in dem sich meine Erregung widerspiegelte.

Neckend fuhr ich mit einer Hand in meinen Slip, was er ebenfalls gebannt beobachtete. Langsam rieb ich über meine pulsierende Knospe, schloss die Augen und war völlig fasziniert von der prickelnden Stimmung, in die mich dieses Wagnis versetzte. Ich hörte, wie Joshua scharf einatmete, was mich nur noch mehr anspornte. Nässe benetzte meine Finger und ich befand mich in einem Strudel der Gefühle, der mich immer mehr mitzureißen schien.

»Was für eine sexy Aussicht«, hörte ich Joshua murmeln. »Mach weiter.«

Ich blinzelte und sah auf ihn hinab, wie er breitbeinig auf der Couch saß. Seine geöffnete Hose saß tief auf seinen Hüften und eine Beule zeigte mir seine Erregung. Ermutigend hoben sich seine Mundwinkel.

Mit zittrigen Beinen ging ich vor ihm in die Knie und begann, abwechselnd an den Seiten an seinen Jeans zu ziehen.

»Du hast noch zu viel an.« Neckend zwinkerte ich Joshua zu, was er mit einem heiseren Lachen beantwortete. Er hob sein Becken und half mir, seine Hose inklusive Boxershorts auszuziehen. Seine Erektion ragte prall nach oben und war ein heißer Anblick.

»Komm her,« sagte Joshua.

Er half mir hoch, schob mir meinen Slip nach unten und zog mich anschließend zu sich auf den Schoß. Zu gern hätte ich mich auf ihm niedergelassen und ihn so tief wie nur möglich in mir gespürt. Doch Joshua schien einen anderen Plan zu verfolgen. Er rutschte etwas tiefer und drückte mein Becken hoch, bis ich über seinem Gesicht kniete. Seine Hände spürte ich auf meinem Po und gerade noch rechtzeitig krallte ich mich in die Lehne hinter ihm, bevor er mit seiner Zunge über meine Perle leckte. Keuchend versuchte ich, mich aufrecht zu halten, während er immer schneller mit ihr spielte, seine Zunge in mich eintauchte und mich liebkoste.

»Verdammt ... Was machst du bloß mit mir?« Mühsam stieß ich diese Worte hervor. Immer wieder seufzte ich auf und ich war mir sicher, ich würde jeden Moment meinen Verstand verlieren.

Schon spürte ich, wie sich alles in mir zusammenzuziehen begann, als er unerwartet innehielt.

»Setz dich auf mich ... reite mich, Kristin.« Er drückte mein Becken nach unten, doch ich hielt dagegen.

»Nicht ohne Verhütung«, antwortete ich hektisch.

»Schon oben.« Ich folgte seinem Blick zwischen seine Beine.

»Wann ...?«

»Tja, auch ich habe nicht zu verachtende Fähigkeiten.« Frech zwinkerte er mir zu.

»Allerdings.«

Dann ließ ich mich auf ihn nieder, nahm ihn ganz in mich auf und begann, mich langsam auf ihm zu bewegen.

»Verdammt, du bist so eng.« Joshua knurrte zwischen zusammengekniffenen Zähnen hervor. Seine Hände hatte er an meinen Hintern gepresst und bestimmte das Tempo mit.

Joshua war so unglaublich zärtlich und seine Berührungen zeugten von größter Wertschätzung. Bei ihm brauchte ich keine Zweifel zu haben. Er reagierte auf jede Liebkosung von mir so deutlich, dass ich mir sicher war, nichts falsch zu machen. Etwas, das ich zuvor so nicht kannte. Verdammt, ich war verrückt nach diesem Mann!

Ich hatte mich neben seinem Kopf abgestützt, die Wange an seiner Stirn. Sein betörender Duft benebelte zusätzlich meine Sinne und mit geschlossenen Augen schürte ich erneut dieses Beben in mir, das Joshua unerwartet schnell unterbrochen hatte.

Ich erhöhte das Tempo, genoss dieses Gefühl der Verbundenheit, *seiner Nähe* – und es fühlte sich an, als würde ich auf Wolken schweben. Joshua keuchte an meinem Hals, knetete meine Brüste, sog an den Nippeln, die sich schmerzhaft zusammengezogen hatten.

Und dann spürte ich sie, die Welle, wie sie sich von meinem Becken ausbreitete, in meinem Kitzler im Rhythmus meines Herzens zu pochen schien und heiß meine Wirbelsäule emporstieg. Stöhnend riss ich den Kopf in den Nacken, krallte mich an ihm fest, presste mich Halt suchend an ihn, bis auch er mit einem tiefen Knurren kam, während mein Orgasmus nur langsam wieder verebbte.

Heftig atmend lagen wir uns in den Armen. Unsere Haut war erhitzt und von einem dünnen Schweißfilm überzogen. Dabei fühlte ich mich so gut, wie schon lang nicht mehr. Schweigend kuschelten wir uns aneinander und lauschten unserem Herzschlag, der zu einem einzigen geworden zu sein schien.

20. Kapitel

Kristin

Joshua und ich saßen nur mit Unterwäsche bekleidet an seiner Bar, bei lauwarmem Kaffee und kalten Brötchen und Waffeln. Aber es war uns egal. Unser Appetit litt nicht darunter, im Gegenteil.

Wir wurden leise durch die Musik beschallt, die ich ihm geschenkt hatte, während wir uns mit einem Dauergrinsen im Gesicht gegenseitig fütterten.

»Wenn du noch etwas von der Stadt sehen willst, sollten wir dann langsam, aber sicher aufbrechen.«

Von mir aus hätten wir den ganzen Tag hierbleiben können. Für mich zählte nur, in Joshuas Nähe zu sein und ihn immer wieder zu küssen und zu berühren. Doch ich nickte, denn ich war mir sicher, es würde auch außerhalb seiner vier Wände ein schöner Tag werden.

»Ich muss aber zuvor noch einmal meine Frisur in Ordnung bringen.« Bisher hatte ich zwar noch nicht in den Spiegel gesehen, doch ich spürte, dass sich Strähnen gelöst hatten, und dem Gefühl nach glich meine Haarpracht gerade eher einem Krähennest.

Joshua griff nach einer der Haarsträhnen und steckte sie hinter mein Ohr. »Du bist auch so schön. Aber du hast recht, in den Fünfzigern wäre niemand mit dieser Punkfrisur auf die Straße gegangen.«

Lachend stand ich auf und verschwand im Bad. Mein Spiegelbild bestätigte meine Vermutung und so versuchte ich ohne meinen Kamm zu retten, was zu retten war.

Joshua lehnte grinsend am Türrahmen und beobachtete mich dabei. »Was dagegen, wenn ich mich zu dir geselle?«

»Natürlich nicht.« Er könnte mein Schatten werden, mir wäre es nur recht. Das, was ich anfangs für Sympathie und beginnende Freundschaft hielt, hatte sich irgendwie verändert. Aber nicht zum Negativen. Ich vermisste ihn jeden Moment, in dem ich ihn nicht bei mir hatte, und konnte mich nicht an ihm sattsehen, wenn wir zusammen waren. Am liebsten wäre ich vierundzwanzig Stunden am Tag bei ihm gewesen. Neben ihm einschlafen und mit ihm aufwachen. All die Freiheit, nach der ich mich vor Kurzem noch gesehnt hatte, war in den Hintergrund gewichen; meine Prioritäten hatten sich verschoben. Es war mir nicht mehr wichtig, an dieser Ungebundenheit festzuhalten.

Joshua stellte sich schräg hinter mich, öffnete den Spiegelschrank und begann ebenfalls, seine Haare zu stylen. Schweigend, aber interessiert und mit einem Lächeln auf den Lippen beobachtete ich ihn dabei, und immer wieder tauschten wir über den Spiegel Blicke aus. Es war eine seltsame Situation – wir agierten, als würden wir jeden Tag gemeinsam im Bad stehen, und doch war es so neu und besonders.

Immer wieder suchten wir Nähe, streichelten uns wie zufällig oder küssten uns kurz. Ich wünschte mir so sehr, diese profane Situation tagtäglich zu erleben. Was natürlich nicht ging, immerhin studierte ich in Berkeley, und um nichts in der Welt würde ich diesen Traum aufgeben. Ob ich jeden Tag hin- und herpendeln würde, wusste ich nicht. Aber das stand im Moment auch nicht zur Diskussion. Ich hatte mit Joshua nicht über meine Gedanken und Gefühle gesprochen und hatte Angst davor, dass er sie nicht in dieser erhofften Art erwidern würde.

Mir fiel auf, dass ich nicht ein einziges Mal an Daniel dachte, wenn ich mit Joshua zusammen war. Es spielte keine Rolle, dass Dan nicht da war, im Gegenteil. Joshuas Gegenwart nahm mich völlig für sich ein, da war kein Platz für andere Gedanken. Auch wenn unser Dreier für mich eine besondere Erfahrung war, wusste ich seit heute, dass ich nicht für den Rest meines Lebens zwei Männer im Bett brauchen würde.

Als ich das Bad verlassen und das Kleid wieder angezogen hatte, wartete ich auf der Couch auf Joshua.

»Wenn du willst, dass ich dich ein zweites Mal vernasche,

bleib genau so sitzen ...«

»Was für ein verlockendes Angebot.« Zwinkernd blieb ich noch kurz sitzen, doch die Neugier, zu erfahren, was er für heute geplant hatte, war größer. Außerdem sahen wir beide einfach umwerfend aus und das sollte ganz San Francisco sehen.

»Fahren wir mit dem *Cadillac*?«, fragte ich, als ich in meine Schuhe schlüpfte.

»Heute ausnahmsweise nicht.« Er sah auf die Uhr an seinem Handgelenk. »Und wenn wir uns nicht beeilen, verpassen wir schon die erste Attraktion.«

Mit einem geheimnisvollen Schmunzeln bat er mich aus dem Haus.

»Willst du mir nicht verraten, wo ...?«

»Nein. Und nun sei nicht so neugierig. Überraschungen machen das Leben immerhin interessanter.«

Da musste ich ihm im Stillen zustimmen.

***

Mit den öffentlichen Verkehrsmitteln fuhren wir direkt nach *Fisherman's Wharf*. Ich war schon auf eine typische Touristentour eingestellt und bekam Angst um meine Füße, für die mein Schuhwerk in Kombination mit einer anstrengenden Tour nicht gemacht war. Doch meine Zweifel verflüchtigten sich sofort wieder, als wir auf einen Tourbus zusteuerten.

»Nun zeige ich dir *mein* San Francisco«, erklärte Joshua, als er mir in einen kleinen Bus half, der definitiv Touristen transportieren sollte.

Nur kurze Zeit später stellte sich heraus, dass wir unzählige Filmlocations besuchten – ich erlebte San Francisco durch die Hollywood-Brille! Der Tourguide versorgte uns zusätzlich mit unzähligen Infos rund um die Drehorte, Schauspieler und Filmpannen. Außerdem wurden immer wieder kurze Filmclips eingeblendet, die genau an den befahrenen Orten spielten.

Mit einem breiten Grinsen saß ich neben Joshua und hätte

ihn am liebsten noch einmal leidenschaftlich küssen wollen – aber dann hätte ich womöglich zu viel von der Tour versäumt und so verschob ich diesen Wunsch auf später. Wir passierten viele *Must-sees*, von denen ich mir bereits in Lakeview eine Liste geschrieben hatte, die ich einmal während meiner Zeit in Berkeley sehen wollen würde: Nob Hill, auf den sich die Cablecars hinaufmühten, Alamo Square mit seinen *Painted Ladies*, wie sie die Bewohner San Franciscos liebevoll nannten – jene Häuser im viktorianischen Stil, die man auf zigtausenden Postkarten wiederfinden konnte. Die City Hall – das Rathaus von San Francisco –, die so machtvoll und einschüchternd auf mich wirkte. Außerdem hatte es mir der Golden Gate Park besonders angetan und ich hoffte, ich würde ihn noch einmal irgendwann zu Fuß erkunden können.

Glücklich griff ich nach Joshuas Hand und hielt sie fast während der ganzen Fahrt fest. Wir mussten auf die anderen Tourteilnehmer wirken wie ein verliebtes Paar. Kopfschüttelnd und mit einem Schmunzeln verwarf ich diesen Gedanken wieder und beschloss, die Zeit mit ihm zu genießen. Wenn ich den drängenden Wunsch nach einem Kuss schon auf später verschob, wollte ich zumindest seine Nähe spüren, während wir durch die großen Scheiben die Filmschauplätze besichtigten und diskutierten. Ich liebte es, wie sich seine Hand in meiner anfühlte, und wollte sie am liebsten nie wieder loslassen.

21. Kapitel

Joshua

Mit Kristin war alles anders. Bei ihr hatte ich das erste Mal das Gefühl, eine Frau gefunden zu haben, die sich mit ihrem Lächeln, ihrem Humor und mit ihrer unvergleichlichen Art in mein Herz zu schleichen schien. Für die Movietour hatte ich mich entschieden, da sie einmal erwähnt hatte, viele Filme zu kennen. Dass Kristin schließlich derart begeistert sein würde, hätte ich dennoch nicht erwartet. Es fühlte sich gut an, für ihre gute Laune verantwortlich zu sein – und für dieses Feuer in ihren Augen.

Ihre Nähe war angenehm, ebenso die Gespräche, die niemals gezwungen wirkten. Selbst das Schweigen zwischen ihnen fühlte sich gut an, nie, als müsste es mit unnötigen Worten gefüllt werden.

Kristin überraschte mich während der Fahrt mit ihrem Hintergrundwissen zu den Filmen. Würde sie ihr Studium abbrechen, würde sie locker als Tourguide beginnen können. Ich war beeindruckt. Kristin war nicht nur hübsch anzusehen, sie konnte auch mit einigem Allgemeinwissen punkten.

Nach der Tour knurrte uns beiden der Magen – kein Wunder, unser Frühstück lag knappe fünf Stunden zurück. Im *The Codmother Fish and Chips* aßen wir Fisch- und Shrimp-Tacos mit Pommes und wieder durfte ich Kristin dabei beobachten, wie sie beim ersten Bissen genüsslich die Augen schloss und leise seufzte. Eine unglaublich süße Geste, die mich zum Schmunzeln brachte.

»Was steht als Nächstes auf dem Plan?«, fragte sie mit geröteten Wangen, als sie mich wieder ansah.

»Du bist überaus neugierig«, zwinkerte ich ihr zu.

Mit einem übertriebenen Schmollmund antwortete sie. »Und du bist überaus stur.«

Als wir unsere Riesenportionen verdrückt hatten, verlangte ich die Rechnung. Kaum dass wir bezahlt hatten, hatte ich – völlig in Gedanken versunken – ein Herz auf die Rechnung gezeichnet und ein *K+J* hineingeschrieben. Keine Ahnung, welcher Teufel mich dabei ritt, aber es kam einfach so aus mir raus, und noch bevor ich den Kassenbon einstecken hätte können, hatte Kristin es bereits entdeckt.

»Das ist aber süß! Darf ich die Rechnung haben? Bitte ... Es würde mir sehr viel bedeuten«, meinte sie ernst und sah mich dabei mit ihren wunderschönen großen Augen an.

»Warum nicht?«, meinte ich schließlich. Um meine Verlegenheit wegen der albernen Kritzelei zu verbergen, stieß ich Kristin anschließend spielerisch in die Seite. »Was hältst du von einem kleinen Spaziergang. Allerdings ...« Ich warf schmunzelnd einen Blick unter den Tisch. »Nicht in diesen Schuhen. Wir sollten dir vorher bequemere besorgen. Nicht dass ich dich über meine Schulter werfen und nach Hause tragen muss.«

***

Ausgerüstet mit bequemen Sneakers schlenderten wir wenig später Richtung Fort Mason, einer ehemaligen Kaserne der United States Army. Dabei hatten wir eine schöne Aussicht auf Alcatraz und die Golden Gate Bridge, unserem Ziel. Ihre halsbrecherisch hohen Schuhe trug sie in einer Tüte, gemeinsam mit einem *I Love San Francisco*-Shirt, dem sie nicht widerstehen konnte.

»Verrate mir was von dir, Kristin.«

Ich legte einen Arm um ihre Schulter und genoss es, ihr wieder nah sein zu können.

»Was möchtest du denn wissen?«

»Erzähl mir von dir, von deiner Familie. Wie ist das Leben in Lakeview?«

Einige Sekunden schwieg sie. Hatte ich einen wunden Punkt getroffen? Es war nicht das erste Mal, dass sie kurz zögerte, wenn wir auf das Thema »Familie« zu sprechen kamen. Außerdem huschte dabei jedes Mal ein Schatten über ihr Gesicht.

»Mein Vater ist Mitglied des Stadtrats, meine Mutter war immer schon Hausfrau. Meine Grandma lebt ein paar Häuser weiter – dank ihr und ihrer Unterstützung kann ich überhaupt hier sein. Und meine Schwester Helen ist zum zweiten Mal schwanger.« Sie seufzte tief, als würde sie etwas bedrücken. Dann sagte sie: »Über Lakeview gibt es sonst nicht viel zu erzählen, außer dass ich froh bin, nicht mehr dort zu sein.«

»Vermisst du deine Familie gar nicht?«

Wieder überlegte sie eine Weile, als ob sie ihre Worte genau abwägen musste. »Ja und nein. Manchmal denke ich, dass es schön wäre, Grandma in meiner Nähe zu wissen – ich vermisse ihre Ratschläge. Sie ist eine tolle Frau, schlagfertig und voller Leben. Sie hat für jedes Problem eine Lösung parat und schafft es, jeden mit ihrer guten Laune anzustecken. Ich hoffe, ich werde mal so sein wie sie, wenn ich alt bin.«

»Und Helen? Deine Eltern?«, hakte ich nach. Für mich war es unverständlich, dass man seine Eltern nicht vermissen konnte. Ich hatte ein gutes Verhältnis zu meinen und wusste sehr zu schätzen, was sie immer für mich getan hatten, um mich zu unterstützen und mir meine Träume zu erfüllen. Mom und Dad zählten zu den wichtigsten Menschen in meinem Leben, ich konnte immer auf sie zählen. Es war unvorstellbar für mich, über eine lange Zeit ohne sie auskommen zu müssen.

Kristin zuckte mit den Schultern, schlang ihre Arme um ihren Körper und sah in die Ferne, wo die Golden Gate Bridge von leichtem Nebel umgeben auf uns wartete. »Klar, meine Schwester vermisse ich schrecklich, aber wir telefonieren oft. Das mit meinen Eltern ist ein anderes ... schwieriges Thema. Ich will dich nicht mit Familiengeschichten langweilen.«

»Das tust du nicht«, entgegnete ich kopfschüttelnd. »Mich interessiert es wirklich, sonst hätte ich nicht nachgefragt.« Ich wollte noch so viel mehr über Kristin erfahren, dass ich nicht wusste, wo ich anfangen sollte, Fragen zu stellen.

»Nun, sagen wir mal so, ich hab nicht gerade das, was man sich unter einem guten Vater-Tochter-Verhältnis vorstellt.«

Noch einmal seufzte sie und begann von ihrem Vater zu erzählen. Dass sich über die Jahre eine immer größere Distanz zwischen ihnen aufgebaut hatte und er alles verurteilte, was sie war oder sein wollte. Dass er ihre Zukunft geplant hatte, ohne jemals auf ihre Wünsche einzugehen oder sie damit ernst zu nehmen. Gebannt lauschte ich ihr und konnte nur den Kopf dazu schütteln. Ich hörte nicht nur Kristins Worte, sondern nahm auch ihren Kummer wahr. Wie sehr sie es vermisste, von ihrem Vater als Mensch, *als Frau* wahrgenommen zu werden. Ihre Sehnsucht, seine Wertschätzung zu erfahren.

»Das tut mir sehr leid, Kristin. Vor allem, dass dein Vater nicht erkennt, was für eine wundervolle Tochter er hat und was sie alles leistet. Er könnte so stolz sein auf dich.«

»Das ist lieb von dir, danke. Aber ich habe mich inzwischen damit abgefunden, dass ich seiner Ansicht nach nie das Richtige tue. Ich stand vor einen großen Entscheidung: Lebe ich das Leben, welches er sich für mich wünscht, oder lebe ich *mein* Leben, mit dem ich glücklich bin. Ich habe mich gegen ihn gestellt, was ihn vermutlich hart getroffen hat. Meine Mutter, Helen und Grandma haben nun ihre liebe Not mit ihm und seinen Launen, was mir schrecklich leidtut. Aber ich will nicht irgendwann munter werden und feststellen, dass ich einfach zu schwach war, mich für meine Träume einzusetzen.«

»Wieso hat er so eine Abneigung gegen ein Studium? Jeder andere Vater wäre stolz, wenn seine Tochter studieren würde.« Mir war das echt ein Rätsel. Seine Einstellung klang, als wäre sie aus der Vergangenheit. Aus jener Zeit, in der Frauen nur für den Haushalt und für Kinder verantwortlich waren.

»Nun, seiner Meinung nach dient die Uni nur dafür, um sich als Studentin quer über den Campus zu schlafen. Professoren inklusive, denn woher kämen sonst die guten Noten?« Ihre Stimme sprühte vor Sarkasmus.

Ich war sprachlos. Kurz wusste ich nicht, wie ich darauf reagieren sollte, dann stellte ich mich vor sie, umarmte sie fest und streichelte ihr tröstend über den Rücken. Mit dem Zeigefinger hob ich ihr Kinn. »Wenn dein Vater wüsste, was du außerhalb des Campus treibst ...«, versuchte ich mit gespielt geschockter Stimme die angespannte Situation zu lösen.

Kichernd küsste sie mich kurz auf meine Lippen. »Mein Vater würde dich wohl genauso hassen wie mich, wenn ich es mir recht überlege. Immerhin willst du nur mit mir ins Bett und mich nicht sofort heiraten und Kinder in die Welt setzen. Du fällst also in der Kategorie ›Anforderungen an den zukünftigen Schwiegersohn‹ in voller Länge durch. Und stell dir nur mal vor, wenn er erst das mit dir, mir *und* Daniel herausfinden würde ...«

Nun prusteten wir beide los.

Nachdenklich legte Kristin den Kopf schief und fragte dann: »Wo wir schon beim Thema sind ... Sag mal, was ist das eigentlich genau zwischen dir und Dan? Wieso herrscht da so ein Kampf zwischen euch beiden? Als ich ihn heute Morgen erwähnt hatte, wirkte es auf mich, als würde es dich stören, dass ich gefragt habe, ob er auch bei unserer Tour mit dabei ist.«

Jetzt war ich derjenige, der mit den Schultern zuckte und sich die Antwort genau überlegen musste. Immerhin wollte ich ihr nicht auf die Nase binden, dass mir die Freundschaft zwischen ihr und Dan nicht gefiel. Ich konnte nicht beschreiben, was in mir vorging, wenn ich an die beiden dachte, aber es kam dem Gefühl von Eifersucht sehr nah.

Ich hatte Dans Blick gesehen. Mir war nicht entgangen, wie er auf Kristin reagierte, und ich konnte mir zu gut vorstellen, dass er alles in Bewegung setzen würde, sie von sich zu überzeugen – er wollte sie und ich wollte sie auch. Das ging mir gegen den Strich und konnte nicht gut enden. Nicht solang dieses Bedürfnis in mir brannte, sie für mich allein zu haben. Woher es kam oder ob es wieder verschwinden würde, wusste ich nicht. Nur dass es da war und ich einen Weg finden musste, damit umzugehen.

Solang Dan mitspielte, würde das allerdings mehr einer Challenge gleichen. Wir würden uns gegenseitig ausspielen – wie damals mit Miranda. Der Gedanke behagte mir kein bisschen. Leider wusste ich im Moment nicht, was ich dagegen tun konnte oder wie ich eine Eskalation des Ganzen verhindern konnte.

Dass ich mit meiner Vermutung nicht falschlag, war mir spätestens dann klar geworden, als er die Finger nicht von ihr hatte lassen können, als er ihr den Laptop zurückgebracht hatte.

»Daniel wollte einen Kundenauftrag fertig machen, der sehr wichtig für uns beide ist. Vielleicht hast du meine Stimmung heute Morgen falsch interpretiert.« Verdammt, wieso musste ich sie jetzt anlügen? Wieso konnte ich nicht einfach sagen, dass er heute was anderes vorhatte und ich ihm schlichtweg nichts von unserem Ausflug erzählen wollte, um die Zeit mit ihr allein zu genießen?

Er wollte heute mit Kumpeln zu einem Spiel der 49ers und ich wusste, dass sie sich immer schon gegen Mittag trafen, um sich in die richtige Stimmung für das Footballspiel zu bringen. Deshalb hatte ich diesen Tag gewählt, da ich sichergehen wollte, ihm nicht zufällig über den Weg zu laufen oder zu Hause von ihm überrascht zu werden.

Dass sich Daniel seit Tagen mir gegenüber seltsam verhielt, verschwieg ich Kristin außerdem. Ich wusste zwar nicht, was er im Schilde führte, aber ich vermutete, dass er etwas ausheckte. Was Dan davon hielt, wenn er von meinem Wochenende mit Kristin erfuhr oder zu welchem Gegenschlag er deswegen ausholen würde, wusste ich nicht. Im Moment spielte das auch keine Rolle. Ich genoss es, mit Kristin zusammen zu sein. Um Dan und seine seltsamen Anwandlungen, die in letzter Zeit immer häufiger wurden, würde ich mir später Gedanken machen.

»Und du kannst dir so ohne Weiteres freinehmen?«, fragte Kristin ehrlich interessiert.

»Klar. Ich habe meine Arbeit schon gestern erledigt.« Grinsend zwinkerte ich sie an, was sie mit einer Geste beantwortete, die mein Herz einen Takt schneller schlagen ließ: Sie legte ihren Kopf an meine Schulter, und so schlenderten wir Arm in Arm schweigend weiter.

Obwohl die Sonne schien, war es kühl. Die Golden Gate Bridge war inzwischen so nah, dass wir die Autos sehen konnten, die zwischen San Francisco und Marin County hin- und herfuhren. Die Luft, die uns vom Meer entgegenwehte, schmeckte salzig. Sie erinnerte mich an Kristins Haut heute Morgen. Würde es nach mir gehen, hätte ich nichts dagegen, sie öfter morgens bei mir zu haben. Doch kaum dass ich an Regelmäßigkeit dachte, bekam ich einen flauen Magen.

»Darf ich dich noch etwas fragen?« Kristin biss sich zaghaft auf die Lippe und sah mich vorsichtig von unten an.

»Natürlich darfst du. Schieß los.«

»Was ist vorgefallen, dass du momentan keine feste Beziehung willst? Wurdest du so sehr enttäuscht?«

Ich füllte meine Lunge mit Luft und stieß sie geräuschvoll wieder aus. Ich hatte so sehr gehofft, sie würde mich das nicht fragen. Ich hatte Angst, ich würde ihr meine Beweggründe nicht richtig erklären können. Ich war ein verdammter Feigling – noch kannte ich Kristin nicht lang, doch meiner bisherigen Einschätzung nach war sie eine Frau, die verstehen würde, warum ich so bin, wie ich bin. Doch anstatt ihr gleich zu antworten, wich ich ihr feig aus. »Gegenfrage: Warum willst du keine feste Beziehung?«

»Das ist zwar nicht fair, und ich werde auf deiner Antwort bestehen, aber ich beantworte natürlich trotzdem deine Frage. Ich bin immerhin kein Feigling.« Frech zwinkerte mir Kristin zu und ich musste lachen. Sie war eine beeindruckende Frau – taff und nicht auf den Mund gefallen. »Also ... ich war gute zwei Jahre mit meinem Freund zusammen. Eine typische Highschool-Liebe, wenn du es so nennen magst. Als ich Liam klargemacht hatte, dass ich nach Berkeley gehe, hat er es zuerst noch locker hingenommen. Doch je näher der Tag des Abschieds kam, desto mehr hatte ich das Gefühl, er würde mich festhalten wollen. Ich fühlte mich eingeengt. Er war sogar hier und hat versucht, mich zur Heimkehr zu überreden. Das war der Punkt, an dem ich die Beziehung beenden musste.« Seufzend hielt sie den Blick auf die Golden Gate Bridge gerichtet, als sie weitererzählte. »Dazu kam noch mein Vater, der es lieber gesehen hätte, hätte ich Liam nach der Highschool geheiratet und Kinder mit ihm bekommen, die dann irgendwann in ferner Zukunft die Familienbäckerei übernommen hätten.«

Kristin schüttelte sich, als wäre sie angewidert von dem Gedanken. »Weißt du, irgendwann will ich auf jeden Fall mal eine Familie gründen, aber jetzt habe ich andere Prioritäten. Als ich Lakeview verließ, fühlte ich mich zum ersten Mal so richtig frei – du kannst dir nicht vorstellen, was für ein Erlebnis das für mich war.«

Ich nickte nur und drückte sie fester an mich, wollte ihr Halt und Trost spenden. Kristin sprach leiser weiter. »Der Gedanke an eine feste Beziehung engt mich momentan so ein, dass ich das Gefühl habe, keine Luft zu bekommen. Es würde mir vorkommen, als würde ich mich freiwillig zurück in den goldenen Käfig setzen, in dem mein Vater mich sehen möchte.«

Mir fiel auf, dass mein Herz wie wild schlug. Ich hatte ihre Antwort mit innerer Anspannung verfolgt und musste meine Enttäuschung hinunterschlucken, bevor ich sprechen konnte. »Danke für deine Ehrlichkeit. Jetzt verstehe ich das alles. Du hast viel durchmachen müssen, hast um etwas kämpfen müssen, was selbstverständlich sein sollte. Andere Eltern wären stolz auf ihr Kind, wenn es wäre wie du.«

Betreten nickte Kristin und ich merkte, dass ihr die Ablehnung ihres Vaters weit mehr zusetzte, als sie sich selbst eingestehen wollte. Im Gegenteil. Sie versuchte ihre Gefühle zu ignorieren, um nicht noch mehr verletzt zu werden.

Um sie auf andere Gedanken zu bringen, lenkte ich die Aufmerksamkeit auf mich. »Dann ist es wohl an der Zeit, dass ich die Hosen fallen lasse.«

Über Kristins kurzen schockierten Blick musste ich lachen und begann schließlich mit meiner Beichte. »Vielleicht hatte ich bisher nur Pech, was Frauen anbelangt. Es lief jedes Mal folgendermaßen: Ich lernte ein Mädchen kennen, wir unterhielten uns gut und eines führte zum anderen. Kurz darauf sahen wir uns regelmäßig, und über kurz oder lang wurde sie zur Klette. Sie engte mich ein, plötzlich waren Klamotten von ihr in meinem Schrank, die Zahnbürste in meinem Bad. Sie hat nicht darauf geachtet, was ich wollte, sondern war davon überzeugt, wenn sie mir klar und deutlich sagen würde, dass sie die Richtige für mich ist, würde ich einlenken und akzeptieren, dass sie Teil meines Lebens sei. Oder aber sie hatten sich erst von ihrer besten Seite gezeigt, bis ich tatsächlich gedacht hatte, ich könnte mich auf sie einlassen – nur um mich dann zu belügen und zu betrügen.«

»Heißt das jetzt, dass du überhaupt nichts Festes willst? Nie?« In ihrer Stimme schwang Unsicherheit mit, die mich verwirrte. Erhoffte sie sich doch mehr von mir? Ich wartete auf das altbekannte Gefühl von Panik und Abwehr, aber diesmal blieb es aus. Stattdessen raste mein Herz wie nach einem Dauerlauf und ich suchte in meinem leer gefegten Kopf nach der richtigen Antwort. »Das habe ich damit nicht gesagt. Die Richtige war für mich bisher einfach nur nicht dabei.«

Kristin nickte. »Das wird so sein«, sagte sie und sah zu Boden.

Mist. Ich wollte damit ihre Unsicherheit nicht auch noch anfeuern. »Nein, so hatte ich das nicht gemeint, Kristin ...«

Verdammt! Wenn sie mich unter halb gesenkten Lidern auf diese Weise ansah, war alles, was ich wollte, mich zu ihr hinabzubeugen und sie zu küssen.

Ich legte meine Hand in ihren Nacken und sah sie flehend an. Sie musste verstehen, dass ich damit nicht sie gemeint hatte. Denn sie war anders. Mit ihr war alles anders als bisher. Sie machte mich verrückt. Verrückt nach ihrem Lachen, nach ihren Lippen, nach ihrer Lebhaftigkeit. Ich liebte es, wie sie zu meiner Musik im Takt mitwippte, wie sie ehrfürchtig über das Leder meines *Cadillacs* strich. Verdammt, sie hatte heute sogar ein Vintage-Kleid angezogen, um zu mir zu passen.

Sie erwiderte meinen Blick und ihre Mundwinkel hoben sich. Sie hatte verstanden, was ich ihr sagen wollte, ohne es in Worte zu fassen.

Genau in dem Moment, als sich unsere Lippen schon fast berührten, klingelte ihr Telefon. Ich konnte ein genervtes Seufzen nicht vermeiden, während Kristin eine Entschuldigung murmelnd in ihrer Tasche nach dem Handy wühlte.

»Es ist Daniel.« Sofort färbten sich ihre Wangen rot. »Was soll ich tun?«

»Geh ran.«

Ich ärgerte mich über meine spontane Antwort, denn was ich jetzt nicht im Geringsten brauchte, war Daniel, der uns diesen Moment zunichtemachte. »Hey Daniel, wie geht es dir? Aha. Heute?«

Verdammt, Dan! »Okay. Ähm, weißt du, heute passt es mir weniger. Vielleicht ein anderes Mal. Natürlich! Ich ruf dich an ... Alles klar, bis dann.«

Scheiße, wollte er sie nun dazu überreden, ihn zu diesem Footballspiel zu begleiten? Ich spürte, wie die Wut in mir hochbrodelte und kämpfte sofort dagegen an.

Kristin ließ ihr Telefon zurück in die Tasche gleiten und sah mir erneut in die Augen, als wolle sie den Moment zurückholen, aus dem wir durch das Telefonat gerissen wurden. Beinah herrschte wieder dieses Flirren zwischen uns, als diesmal mein Handy klingelte.

»Daniel?«

Ich nickte und drückte ihn weg.

»Du gehst nicht ran?«

»Nein. Er würde nur wiederholen, was er dich gefragt hat.«

»Da wäre ich mir an deiner Stelle nicht so sicher«, erwiderte Kristin kichernd.

Ich verdrehte die Augen. Wieder vibrierte mein Telefon, doch es war nur eine Nachricht, die einging.

»Was genau wolltest du mir eben noch sagen?«, lenkte Kristin auf das eigentliche Thema zurück, den Blick flehend auf meine Lippen gerichtet.

Alles oder nichts. Das war jetzt der Moment der Wahrheit. Wenn ich noch länger schweigen würde, wäre es vielleicht zu spät. Oder ich würde in wenigen Minuten alles zerstört haben.

Sanft strich ich ihr eine Strähne aus dem Gesicht und steckte sie ihr hinters Ohr. Meine Hände legte ich ihr in den Nacken und versuchte, meine Gedanken zu ordnen. Mein Mund war trocken und ich schluckte hart. »Kristin ... hör zu. Du bist eine besondere Frau. Mit dir fühlt sich alles ... anders an. Besser. Ich will dir keine Angst machen, aber ich möchte, dass du weißt, dass ich mehr für dich empfinde als nur Freundschaft. Ich weiß nicht, wo uns das hinführen wird, aber ich würde es gern herausfinden. Wenn du das auch willst.«

Gespannt wartete ich auf eine Reaktion. Kristin stand nur da, sah mir abwechselnd in die Augen und auf den Mund. Dann, endlich, gab sie mir eine Antwort. »Ich kann dir nichts versprechen, Josh. Ich habe zu viel Angst, dass ich das, was zwischen uns ist, kaputtmache, wenn ich mich zu früh darauf einlasse. Verstehst du?«

Natürlich tat ich das. Immerhin wusste ich, was Kristin gerade fühlte. Wie ich mich immer fühlte, wenn ich jemandem sagen musste, dass ich nicht bereit war, den nächsten Schritt zu wagen. Etwas Festes einzugehen. Ich fühlte mich plötzlich vor den Kopf gestoßen, auch wenn ich noch immer die Hoffnung in mir spürte, dass das nun nicht das Ende bedeutete.

»Das ist keine Abfuhr von mir, Joshua«, sagte Kristin, und ich spürte, wie ihre Worte den Druck auf meine Brust linderten. »Ich brauche einfach noch Zeit.« Ihre Stimme war weich, genauso wie ihr Blick – und sie schenkte mir ein zaghaftes Lächeln. Ein kleiner Funke, der mich innerlich wieder aufrichtete. Ich hatte etwas gewagt, was ich mich bisher noch nie getraut hatte, und musste nun mit der Konsequenz leben.

»Die bekommst du von mir. So viel du brauchst«, sagte ich und tat, was ich schon die ganze Zeit über tun wollte. Ich senkte den Kopf und küsste sie. Mit meiner Zunge leckte ich über ihre Lippen, und sofort ließ sie mich gewähren. Alle Gefühle, die wie ein Tornado durch mich hindurchfegten, legte ich in diesen Kuss, der so viel mehr für mich bedeutete.

Idiot!

Ich hätte viel früher die Handbremse ziehen müssen. Nun war es zu spät, um noch heil hier rauszukommen. Irgendetwas sagte mir, dass mich diese Sache durch die Hölle und wieder zurück schicken würde.

22. Kapitel

Kristin

Joshua und ich ließen den Abend gemütlich in *Mel's Drive-in* mit Burger und *Cola* ausklingen. Wir passten optisch einfach perfekt in das Restaurant, das aussah, als wäre es gemeinsam mit uns durch die Zeit gereist. Marty McFly hätte demnach jeden Moment *Zurück in die Zukunft* kommen und das Lokal im Stil der Fünfziger betreten können. Die Gäste warfen belustigte Blicke in unsere Richtung, doch das störte uns keine Sekunde.

Nachdem wir zwei riesige *Mel's Supreme Hamburger* verdrückt hatten, teilten wir uns noch einen Milchshake – für jeden einen wäre eindeutig zu viel gewesen.

»Ich glaube, ich habe noch nie einen so schönen Tag wie heute erlebt«, stellte ich fest und lehnte mich satt, glücklich und müde zurück in die weiche Lehne.

Joshua zog schweigend seine Stirn kraus. Erst nach einer Weile, als hätte ihn meine Aussage aus dem Konzept gebracht, antwortete er darauf. »Du übertreibst.«

»Nein, wirklich. Ich habe doch gesagt, in Lakeview ist es langweilig. Und da ich von dort nie weggekommen bin ...«

Noch immer hatte Joshua diese Falten auf der Stirn, als würde er anzweifeln, dass ich es ernst meinte. »Du hattest doch bestimmt auch mit deinen Freunden Spaß«, sagte er.

Wenn er wüsste. Allein bei der Erwähnung von *Freunden* wurde mir ganz anders. Ich spürte wieder die Einsamkeit, die Wut und Enttäuschung in mir aufkommen, die ich in Lakeview ständig mit mir herumgetragen hatte, und versuchte, sie mit einem leichten Kopfschütteln schnellstmöglich wieder loszuwerden. »Ich hatte auf der Highschool kaum Freunde, Josh. Das klingt jetzt armselig, ist aber die Wahrheit. Du kennst meinen Vater nicht. Er ist mehr als streng und abgesehen davon, dass er mir anfangs verboten hatte, auf Partys zu gehen, was mich bald zu einem Außenseiter auf der Schule gemacht hat, belächelten mich viele wegen meiner Beziehung zu Liam.«

Fragend hob er die Augenbrauen. »Wieso das denn?«

»Nun, er ist der Sohn des Bäckers, der zwar im Grunde ein angesehener Mann in Lakeview ist. Aber für die Leute auf der Highschool war er eben *nur* der Bäcker. Seit seinem Highschoolabschluss arbeitet Liam Vollzeit im Geschäft seines Vaters und wird über kurz oder lang den Laden ganz übernehmen.«

Ich musste wirklich erbärmlich klingen. Immerhin verhielt ich mich genauso wie die Leute, die ich eben verurteilt hatte; so, wie Liam es mir unterstellt hatte. Und ich hatte es damals noch abgestritten. Ich war ein schlechter Mensch – ich verurteilte Liam wegen seines Berufs –, als wäre es etwas Schlechtes, Bäcker zu sein. Nie wollte ich so über ihn sprechen und nun war es trotzdem passiert. Beschämt wich ich Joshuas Blick aus, beobachtete stattdessen meinen Finger, mit dem ich die Muster auf dem Tisch nachzeichnete, und redete weiter, ehe er etwas erwidern konnte. Ich hatte Angst, er würde meine Geschichte abschwächen, und mir einreden wollen, dass alles gar nicht so schlimm wäre. Dass ich mich in etwas hineingesteigert hätte. Doch das stimmte nicht. Es musste einem nicht immer körperliches Leid angetan werden, oft reichte psychischer Terror aus, um einem das Leben zur Hölle zu machen.

»Hinter meinem Rücken wurde jedenfalls schnell getratscht. Die Gerüchteküche brodelte und man erzählte sich, dass ich nach der Highschool auch schwanger werden und Liam heiraten würde – genauso wie es meine Schwester getan hat.«

»Noch ein Grund für dich, weshalb du unbedingt hierher wolltest«, schlussfolgerte er.

Verblüfft sah ich in seine grau schimmernden Augen, die mich verständnisvoll musterten.

»Genau. Ich bin kein Einheitstier, ich schwimme nicht mit der Masse. Ich bin es gewohnt, auszubrechen und meine eigenen Regeln zu erstellen.«

Ein kurzes Lächeln huschte über sein Gesicht. Dann lehnte

er sich vor und stützte sich am Tisch ab. Ich kam ihm entgegen und tat es ihm gleich. »Das gefällt mir, Süße.«

Erleichtert sah ich ihn an.

»Und du hattest während dieser ganzen Zeit keine beste Freundin an deiner Seite? Eine, die dir den Rücken gedeckt hat?«

Mein Magen krampfte sich jedes Mal wieder zusammen, wenn ich an Beth dachte. Und das, obwohl es schon so lang her war und mir eigentlich egal sein konnte. Trotzdem schmerzte es, immerhin waren wir seit dem Sandkasten dicke Freunde gewesen. »Doch, ich hatte eine Freundin. Eine, die mit mir durchs Feuer ging, mich getröstet hat, wenn mein Vater wieder mal den Diktator raushängen ließ. Allerdings hatte sich das mit der Freundschaft schnell erledigt, als *ich* diejenige war, die mit Liam zusammenkam – und nicht Beth. Ich wusste nicht, dass sie in ihn verknallt war, sie hat es mir gegenüber nie erwähnt.«

Schweren Herzens seufzte ich tief, um die Melancholie wieder loszuwerden, die mich gepackt hatte. »So weh es auch getan hat, ich musste lernen, ohne beste Freundin zu leben. Der Job in der Bäckerei, das Lernen für die Schule, Liam und mein strenger Vater, der mit dem Blick auf die Uhr regelmäßig darauf gewartet hatte, dass ich abends nach Hause komme ... Auch wenn ich noch eine Freundin gehabt hätte, so hätte ich irgendwann nur wenig Zeit in unsere Freundschaft investieren können.«

»Das klingt, als hättest du eine üble Zeit hinter dir.«

Joshua sah mich verständnisvoll, doch ohne Mitleid an. Das war gut so, denn ich wollte kein Bedauern für meine Vergangenheit. Ich war jetzt glücklich – mehr als je zuvor in meinem Leben – und das war es, was zählte.

»Ja, aber jetzt habe ich Lynn, mit der ich mich ganz gut verstehe. Und mein Leben hat mit meinem Umzug nach Berkeley neu begonnen und entwickelt sich in eine Richtung, die mir sehr gut gefällt.« Dabei schenkte ich ihm ein Lächeln, das so viel mehr bedeutete. Denn auch wenn ich ihm nichts versprechen wollte, wusste ich, dass es mir bei ihm gut ging. Und das war es, was zählte.

Joshua schien zu verstehen. Er drückte mich fest an sich und küsste mich auf die Stirn. »Komm, lass uns gehen«, schlug er vor, stand auf und streckte mir seine Hand entgegen. Ich legte meine hinein und ließ mich von ihm an seinen Köper ziehen. Ein Ort, an dem ich mich geborgen fühlte und mich ewig hätte aufhalten können.

23. Kapitel

Kristin

Es war Joshua, der mich am nächsten Morgen wach küsste. »Prinzessin, ich habe uns Frühstück gemacht. Komm, steh auf, du verschläfst den ganzen Tag.«

»Wie spät ist es?«

»Neun Uhr. Keine Panik, wir haben noch genügend Zeit für uns.«

Sein Lächeln war ein schönerer Muntermacher als die hellsten Sonnenstrahlen.

»Hier, du kannst mein T-Shirt anziehen, wenn du möchtest.« Er reichte mir den weißen Baumwollstoff. Gähnend setzte ich mich auf und schlüpfte hinein.

»Was für eine Aussicht.« Joshuas Blick war auf meine Brüste gerichtet.

Ich sah an mir hinab. Der dünne Stoff zeigte mehr, als er verhüllte, und die Kühle des Materials hatte meine Brustwarzen aufgerichtet.

»Da kann ich nur hoffen, dass du dich bei diesem Ausblick nicht am Frühstück verschluckst«, scherzte ich, schwang mich aus dem Bett und ging mit wiegendem Hüftschwung vor ihm her in Richtung Küche. Ich hörte noch, wie Joshua die Luft zischend zwischen den Zähnen einzog, und musste grinsen.

»Hast du gut geschlafen?« Er belud meinen Teller mit herrlich duftenden Omeletts und sah mich fragend an.

»Als ich endlich eingeschlafen war ... Ja. Ich musste noch viel nachdenken.«

»Worüber denn?« Seinen Teller stellte er neben meinen und nahm auf dem Barhocker neben mir Platz.

»Über uns. Über alles ... Ich denke, wir sollten unbedingt mit Daniel reden.« Ich goss Sirup über mein Frühstück und überlegte, wie ich ihm am besten meine Zweifel mitteilen konnte, ohne etwas Falsches zu sagen. »Also, falls ... das zwischen uns beiden ... intensiver wird. Weißt du, was ich meine?« Gott, ich kam mir bescheuert vor. Was stammelte ich hier eigentlich?

»Du sorgst dich um Dans und meine Freundschaft?«

»Nicht nur. Immerhin seid ihr auch Geschäftspartner.«

Wenn ich an den Moment zurückdachte, wie enttäuscht Beth damals war ... Daniel machte zwar nicht den Eindruck, als wäre er in mich verliebt, aber es wäre nur fair ihm gegenüber, wenn wir unsere Dreierliaison so bald wie möglich auflösen würden. Denn für ihn empfand ich Freundschaft, für Joshua hingegen so viel mehr als das. Es wäre verdammt gefährlich, wenn wir alles so laufen lassen würden wie bisher. Joshua setzte immerhin nicht nur ihre Freundschaft aufs Spiel, er riskierte damit auch, seine Firma zu verlieren. Würde Daniel aus dem Geschäft aussteigen, weil die beiden untereinander nicht mehr klarkommen würden, würde Josh die Arbeit bestimmt nicht mehr allein schaffen. Und ob er so schnell Ersatz für seinen Geschäftspartner finden würde, war fraglich. Es wäre Dan gegenüber also nur fair, *jetzt* einen klaren Schnitt zu machen.

»Mach dir keine Sorgen. Wir können in den nächsten Tagen ja mal in Ruhe darüber reden. Ich denke, für Dan ist es kein Problem, wenn es unsere Vereinbarung nun nicht mehr gibt. Es war ja für niemanden verbindlich.«

Ich war nicht sicher, ob er es auch tatsächlich so meinte oder ob er mich nur damit beruhigen wollte.

***

Den restlichen Vormittag verbrachten wir ausschließlich in Joshs Haus. Wir lagen auf der Couch und sahen uns einen alten Hollywoodschinken an, hörten im Bett Musik und er spielte mir erneut auf seinem Kontrabass vor.

Bewundernd lag ich auf der Couch und verfolgte jeden seiner Griffe auf den Stahlseiten. Er liebte seine Musik und das sah man ihm an. Es war, als würde jeder Ton aus ihm herausfließen, als wäre er eins mit dem Instrument und als wäre es das

Natürlichste der Welt, ihm diese wunderschöne Melodie zu entlocken. Nur ein paar Mal sah er mich an und erwiderte mein Lächeln. Seine grauen Augen schienen dabei zu schillern wie der Goose Lake bei Sonnenaufgang.

Da er nur ein Tanktop trug, hatte ich freie Sicht auf seine Arme. Sein Pin-up-Girl auf dem Oberarm bewegte sich im Takt der Musik, der Engel schien ganz leicht mit den Flügeln zu schlagen und an seinen Unterarmen traten die Adern hervor, was ich unglaublich anziehend fand.

Kurz dachte ich an den Moment zurück, als er an mich gelehnt am Kontrabass gespielt hatte. Eine prickelnde Gänsehaut stieg mir in den Nacken. Ich sah zu Joshua, der mich angrinste, mir kurz zuzwinkerte und gleich darauf wieder in seiner Welt versunken war.

Nach einer Weile setzte er sich wieder zu mir auf die Couch und legte meine Beine auf seinen Schoß. »Spielst du eigentlich auch in einer Band?«

Ein kurzer Schatten huschte über sein Gesicht. Als würde er ihn wegwischen wollen, fuhr er sich mit seinen Händen über die Augen. »Zu Studienzeiten hatte ich mit ein paar Kumpeln eine Band. Aber das hat sich irgendwie verlaufen.« Er sagte es mit beiläufiger Gleichgültigkeit, doch ich ahnte, dass diese nur gespielt war.

Ich musste mehr dazu erfahren. »Und jetzt spielst du nur mehr für dich?«

»Nein, ich spiele nur mehr für dich.«

Erstaunt sah ich ihn an. »Willst du mir damit sagen, du hast seit deinem Studium nicht mehr gespielt?«

Langsam schüttelte er den Kopf. Die Furche auf seiner Stirn wurde deutlicher.

»Aber wieso denn nicht? Du spielst unglaublich gut, weißt du das?«

Er zögerte kurz, dann begann er zu erzählen. »Wir hatten unsere Band, schon seit der Highschool. Beinah jedes Wochenende hatten wir einen Auftritt, bis dieser Autounfall alles beendet hatte. Unser Sänger, Scott Angel ... er starb noch an der

Unfallstelle. Wir waren mit dem Bandbus hinter ihm gefahren und hatten hilflos mit ansehen müssen, wie er von der Straße abkam und sein Wagen sich überschlug.«

Ich schlug meine Hand vor den Mund. »Oh Gott, das tut mir leid.«

»Braucht es nicht. Inzwischen bin ich darüber hinweg und Mitleid macht Scott und unsere Band auch nicht mehr lebendig.«

Sein schroffer Ton war bestimmt nicht beabsichtigt. Es sprachen Wut und Schmerz aus ihm und ich konnte ihn verstehen. Hätte er den Tod schon verkraftet, würde er längst wieder spielen. Für sich, weil es ihm Freude bereitete.

Gedankenverloren fuhr er mit den Fingerspitzen über seinen Engel auf dem Oberarm. »Den hier hab ich seit seinem Tod. So bleibt mir Scott immer in Erinnerung. Und all die gute Zeit, die vor dem Unfall war.«

Ich schluckte, rutschte auf seinen Schoß und legte meine Arme um Josh. Es tat weh, ihn so leiden zu sehen, auch wenn er dachte, er könnte den Schmerz vor mir verbergen. Doch ich wusste, wie es in ihm aussah.

Und so trugen wir alle unsere inneren und äußeren Verletzungen mit uns herum und hofften, dass sie eines Tages von allein heilten. Oder wir jemanden trafen, der den Schmerz erträglicher machte.

***

Mit leichtem Wehmut machte ich mich am frühen Nachmittag auf den Heimweg. Die Stimmung zwischen uns war zwar wieder etwas besser geworden, aber sein Geständnis vom Tod seines Freundes hing wie ein dunkler Schatten über uns. Ich wollte ihn nicht bedrängen und irgendwie hatte ich das Gefühl, er wollte mit seinen Gedanken allein sein.

Ich war nur wenige Meter mit dem Wagen unterwegs, als mein Handy klingelte. Es war Dan. Ich hatte ein schlechtes Gewissen, weil ich ihn noch nicht zurückgerufen hatte, nachdem er mich darum gebeten hatte, und fuhr rechts ran, um ans Telefon zu gehen.

»Hey, Kris, wo steckst du?«

»Ich bin unterwegs. Wieso fragst du?« Um nichts in der Welt wollte ich gestehen, von wo ich eben kam. Erst sollten die Karten auf den Tisch gelegt werden, und das wollte ich nicht allein erledigen – immerhin betraf es uns alle drei.

»Hast du Lust, mit mir was zu unternehmen? Wir könnten ins Kino, dann essen und anschließend zu mir, wenn du Lust hast.«

Ich fühlte mich wie in einer Zwickmühle. Ich mochte Dan, aber für Josh empfand ich weit mehr. Dass es auf Gegenseitigkeit beruhte, wusste ich seit diesem Wochenende – und ich wollte ihn auf keinen Fall verletzen, indem ich meine Aufmerksamkeit nun seinem Kumpel schenkte.

»Dan ... ich denke nicht, dass das eine so gute Idee ist.«

»Okay, dann ... nur ein kurzes Treffen, bitte. Ich muss etwas mit dir besprechen. Heute. Jetzt.« Er klang seltsam und ich fragte mich, was so dringend war, dass er es unbedingt sofort mit mir bereden wollte. »Ich kann mich ins Auto setzen und zu dir nach Berkeley fahren.«

»Ich bin in San Francisco.« Ein mulmiges Gefühl machte sich in meiner Magengegend breit, als ich am anderen Ende der Leitung für wenige Sekunden nur seinen Atem hörte.

»Okay. Treffen wir uns beim botanischen Garten am Golden Gate Park. Weißt du, wie du hinkommst?«

Vielleicht war es ein Versuch von ihm, herauszufinden, wo ich mich aktuell befand, aber ich würde ihm nicht mehr verraten, als er zu wissen brauchte. »Ja«, hauchte ich stattdessen ins Telefon und war froh, auf meinem Handy ein Navi installiert zu haben.

***

Dan wartete direkt am Eingang auf einer Steinmauer auf mich. Ich ging auf ihn zu und versuchte, die Aufregung zu verbergen, die mir seit seinem Anruf Herzklopfen bescherte.

»Schön, dass du hier bist.« Er strahlte mich an und drückte mich herzlich an seine Brust. Ich erwiderte seine Umarmung, doch ich war froh, als wir wieder Abstand zwischen uns brachten.

»Komm, wir gehen in ein Restaurant gleich um die Ecke. Du hast doch Hunger, oder?«

Da ich ihm nicht sagen wollte, dass ich bei Josh ausgiebig gefrühstückt hatte und eigentlich noch immer satt war, blieb ich ihm eine Antwort schuldig.

Das Restaurant war geräumig, mit gemütlichen Tischen und Stühlen aus Rattan. Wir nahmen an einem der Tische direkt an der großen Glasfront zur Straße Platz. Sofort war die Bedienung bei uns und wartete gestresst auf unsere Bestellung. Dan entschied sich ohne zu zögern für einen großen Teller mit Tacos, während mir nur nach einem Sandwich mit gegrilltem Lachs war. Kaum dass wir wieder ungestört waren, beugte sich Dan zu mir und strich mir eine Haarsträhne hinter mein Ohr. Eine Geste, die mir von ihm nicht gefiel. Wenn Joshua das tat, dann lag ein liebevoller Ausdruck in seinem Gesicht. Bei Dan hatte ich eher das Gefühl, als wolle er mir damit symbolisieren, dass er eindeutige Absichten hatte.

Ich lehnte mich in meinem Sessel zurück, um Abstand zu gewinnen. »Was möchtest du mir sagen, Dan?« Zwar bemühte ich mich um ein freundliches Lächeln, war mir aber nicht sicher, ob es mir gelang.

»Dazu komme ich gleich. Jetzt erzähl erst mal ... wie war dein Wochenende bisher?«

Unsicher musterte ich ihn. Wie viel wusste er? Wie viel durfte er wissen? So ein Mist, ich hätte mit Joshua darüber reden sollen. Doch er war nicht wirklich gut auf seinen Kumpel zu sprechen, deshalb war ich diesem Thema – soweit es ging – aus dem Weg gegangen.

»Gut. Und wie war deines?«

»Auch super. Ich fand es nur schade, dass ich ohne dich auf das Footballspiel gehen musste. Ich hätte wirklich sehr gehofft, wir würden etwas Zeit miteinander verbringen, uns einen schönen Abend machen ...«

Ich musste schmunzeln. »Du nimmst Mädchen bei einem Date zum Footballspiel mit?«

»Wir hätten ein Date haben können? Verdammt!« Er grinste mich breit an und zwinkerte mir zu. »Nein, ich ...« Er seufzte. »Kristin, ich wollte schlichtweg Zeit mit dir verbringen. Ich mag dich und du bist eine tolle Frau. Doch seit diesem Abend im Studentenwohnheim und der Nacht bei Joshua ...«

»Hör zu, Dan. Wir sollten darüber im Moment nicht reden. Nicht hier und nicht jetzt. Ich hatte ein aufregendes und anstrengendes Wochenende und hatte gedacht, du willst ... Keine Ahnung. Lass uns einfach wie zwei gute Freunde plaudern und alle schwierigen Themen auf ein anderes Mal verschieben. Bitte«, fügte ich noch hinzu.

Mir war es unangenehm, zwischen so vielen fremden Leuten über die Abenteuer mit den Jungs zu sprechen. Außerdem hätte ich nicht gewusst, was ich hätte sagen sollen. Mit einem Geständnis seiner Gefühle hätte ich jetzt unmöglich umgehen können. Und ich wollte nicht diejenige sein, die Dan vor vollendete Tatsachen stellte. Bei diesem Gespräch brauchte ich Josh an meiner Seite, nicht nur, weil es ihn genauso betraf, sondern auch als Unterstützung. Er kannte Daniel besser und wusste, wie wir ihm die Auflösung unserer Vereinbarung am besten klarmachen konnten.

Daniel atmete tief durch und öffnete den Mund, um etwas zu erwidern, doch dann schien er es sich anders zu überlegen. »Also gut. Aber du versprichst mir, dass wir diese Unterhaltung so bald wie möglich fortsetzen können.«

»Das werden wir«, versicherte ich ihm. Ich wäre ebenfalls froh, dieses Thema vom Tisch zu bringen.

Dan schien beschwichtigt zu sein. »Dann werde ich dir jetzt ausführlich vom gestrigen Footballspiel berichten, damit du weißt, was du verpasst hast.«

Ich lachte laut. »Na gut, wenn du es so willst.«

***

Das Essen verlief überraschend nett, auch wenn ich mich weder bei Football auskannte noch dafür interessierte. Aber Daniel gab sich wirklich Mühe und das, was er von dem Spiel erzählte, klang, als ob es wirklich Spaß gemacht hatte. Vielleicht würde ich mich doch einmal dazu überreden lassen, ihn zu begleiten.

Ich bedeutete der Bedienung, dass ich zahlen wollte.

»Kommt nicht infrage, das Essen geht auf mich.« Dan legte seine Hand auf meine, als ich meine Geldbörse aus der Tasche ziehen wollte.

»Nein, Dan. Diesmal zahle ich für mich. Dafür lasse ich mich vielleicht einmal überreden, dich doch zu einem Footballspiel zu begleiten.« Ich lächelte und hoffte, ich würde ihn mit dieser kleinen Ausrede besänftigen können. Ich wollte nicht in seiner Schuld stehen.

»Dieses Argument gefällt mir.« Er zwinkerte mir zu und wir bezahlten getrennt.

Als ich aufstand, um Lynns Weste wieder überzustreifen, die ich heute über mein Shirt und die Jeans gezogen hatte, stand Dan plötzlich vor mir und beugte sich zu mir herab. »Süße, wann wiederholen wir drei denn unsere heiße Nacht?«

»Ich ... weiß noch nicht ...«, stammelte ich und sah mich peinlich berührt um. Hoffentlich hatte das niemand gehört, doch es nahm keiner Notiz von uns. Noch bevor ich den Blick wieder auf den Mann vor mir richten konnte, spürte ich seinen Arm um meine Taille und seine Lippen auf meinem Mund.

»Dan, das ... nicht.« Ich löste mich eilig von ihm, griff nach meiner Tasche und lief verwirrt nach draußen.

Verdammt, wieso musste plötzlich alles so kompliziert werden? Wieso konnten wir nicht einfach weiterhin Freunde sein? Wieso wollte Dan plötzlich mehr, in dem Moment, in dem ich mir meiner Gefühle für Joshua bewusst wurde?

***

Zurück im Studentenheim fand ich ein leeres Zimmer vor. Ich war froh, allein zu sein. Meine Laune war seit Dans Kussversuch wieder gesunken und ich hatte keine Lust, mit jemandem über meinen Gemütszustand zu sprechen. Erst musste ich mir selbst darüber im Klaren werden, wie ich damit umgehen wollte und ob ich es Josh erzählen sollte oder nicht.

Lynn hatte mir einen Zettel hinterlassen, auf dem sie »Treffe mich mit der Lerngruppe« geschrieben hatte. Schmunzelnd warf ich die Nachricht in den Papierkorb. Lynn war manchmal richtig altmodisch. Jeder andere Mensch hätte einfach eine SMS geschickt.

Ich breitete meine Mitschrift vor mir aus, das Buch über *Physik-Basiswissen* links, den Laptop für die Internetrecherche rechts von mir, und begann, mich durch den Stoff zu arbeiten. Mein Zeitgefühl hatte sich verabschiedet, ich merkte nur, dass ich schon eine ganze Weile gelernt haben musste, da mein Magen zu rebellieren und mein Rücken zu schmerzen begann.

Ich stand auf und streckte mich, dehnte meine verspannten Muskeln und überlegte, wo ich den Schokoriegel vor Lynn versteckt hatte, den ich mir letzte Woche gekauft hatte.

Als ich gerade meine T-Shirts im Schrank hochhob, um dahinter nachzusehen, wurde die Tür aufgerissen und meine Mitbewohnerin kam herein. Sie strahlte, wie ich es noch nie an ihr gesehen hatte. Doch als sie mich sah, wich ihre Freude einem überraschten Ausdruck.

»Du bist schon da?«

»Soll ich wieder gehen?« Ich legte die T-Shirts an ihren Platz und schloss die Türen hinter meinem Rücken.

»Nein.« Ihr Lachen klang, als wäre ihr die Situation unangenehm. »Ich hatte nur noch nicht mit dir gerechnet. Wolltest du nicht über Nacht bei Joshua bleiben?«

Hatte ich was verpasst? Irritiert hob ich die Augenbrauen. »Ähm ... ja. War ich auch. Letzte Nacht.«

»Ach, stimmt ja«, flötete sie plötzlich mit verträumter Stimme und ging zu ihrem Bett. Ihre Tasche ließ sie daneben auf den Boden sinken, während sie sich auf den Rücken legte, die Arme hinter dem Kopf verschränkte und wieder dieses Grinsen aufsetzte, das sie bereits beim Betreten des Zimmers auf den Lippen trug.

Da war definitiv etwas faul. »Okay, raus mit der Sprache. Was ist mit dir passiert? Hast du gekifft? Oh mein Gott, du warst gar nicht in der Lerngruppe. Oder ... heilige Scheiße! Hast du jemanden kennengelernt? Du bist verliebt, habe ich recht?«

Lynn schielte kurz in meine Richtung und schüttelte heftig den Kopf. Zu heftig, für meinen Geschmack.

Mit zusammengekniffenen Augen setzte ich mich an die Bettkante und ließ ihr so keine Möglichkeit zur Flucht. »Du bist eine verdammt schlechte Lügnerin, ich hoffe, du weißt das.«

Sie nagte an ihrer Wangeninnenseite. Ihr Gesicht wurde puterrot und sie vermied es, mich anzusehen.

»Lynn Agnes Bowler!« Entrüstet stützte ich meine Fäuste links und rechts neben ihrem Kopf auf das Laken. »Du wirst mir jetzt sofort die Wahrheit sagen, oder ich schleudere dir dieses Kissen um die Ohren.« Mit einem Grinsen auf den Lippen deutete ich auf das rote quadratische Stück Stoff neben ihr und wackelte herausfordernd mit den Augenbrauen.

»Das würdest du nicht wagen«, behauptete sie und verschränkte die Arme vor der Brust.

Noch bevor sie ein weiteres Wort hätte sagen können, hatte ich nach dem weichen Kissen gegriffen und ließ es auf ihr Gesicht niedersausen. Vor Schreck und Empörung schnappte sie nach Luft und richtete sich auf.

»Na warte!«

Innerhalb weniger Sekunden war zwischen uns beiden eine wilde Kissenschlacht ausgebrochen. Wir quietschten, schrien und lachten. Unsere Wangen glühten vor Anstrengung und Aufregung und bestimmt auch aufgrund des leichten Sauerstoffmangels.

Keuchend hielt Lynn nach einer Weile ihre Arme hoch.

»Halt! Aufhören! Ich ... beichte alles!«

Ihre Haare standen nach allen Richtungen ab und ich bot mit Sicherheit einen ähnlichen Anblick.

»Also, er ist in meiner Lerngruppe. Sein Name ist Wesley, er kommt aus Sacramento und ist echt süß.« Wieder leuchteten ihre Augen wie die eines Kindes zu Weihnachten.

»Und was heißt das jetzt? Hast du deine Prinzipien über Bord geworfen und nun doch einen Freund?«

»Meine Prinzipien verbieten mir keinen Freund – grundsätzlich. Außerdem sind wir nicht zusammen.«

»Aber?«

Grinsend zuckte sie mit den Schultern.

»So genau weiß ich das noch nicht. Aber wir waren gestern das erste Mal aus und es war wirklich ein schöner Abend.«

»Hat er dich geküsst?« Ich konnte die Aufregung in meiner Stimme nicht verbergen.

Lynn nagte grinsend wieder an ihrer Wangeninnenseite. »Kurz. Aber es war echt unglaublich. Meine Lippen prickelten noch fünf Minuten später an der Stelle, wo seine meine berührt hatten.«

Nun strahlte ich mit ihr um die Wette. Ich wusste immerhin genau, wovon sie sprach. »Und ... wie geht das jetzt mit euch beiden weiter? Ich meine, ich verstehe nicht. Ich dachte, dir ist die Männerwelt egal?«

»Du meinst, wegen meines Glaubens?«

Ich nickte.

»Nun, Wesley respektiert meine Einstellung. Er weiß, dass ich mit dem Sex bis zur Ehe warten will.«

»Und das ist kein Problem für ihn?« Ungläubig schüttelte ich den Kopf. Dass ein Mann tatsächlich so denken könnte, übertraf meinen Horizont.

»Wesley hatte selbst noch nie ... also ... er ist noch ...«

»Er ist Jungfrau?«

Lynn nickte und ihre Wangen wurden wieder rosig. »Aber bitte behalte diese Information für dich. Er hatte noch nie eine Freundin und ist – so mein Eindruck – ganz froh darüber, dass wir es langsam angehen wollen.«

Schweigend nickte ich und versuchte vergeblich, mir diese Situation vorzustellen. »Du musst mir Wesley unbedingt mal vorstellen«, bat ich Lynn.

»Wieso?« Unsicherheit schwang in ihrer Stimme mit.

»Weil ich keinen Mann kenne, auf den eine solche Beschreibung passen könnte. Männer und der Wunsch nach Sex gehören für mich unweigerlich zusammen.«

»Du machst dich lustig über ihn.« Nun war ihr die Enttäuschung ins Gesicht geschrieben. Lynn stand auf und griff nach ihrem Kulturbeutel.

»Jetzt warte doch! Lauf nicht davon! Nein, ich mache mich nicht lustig über Wesley. Im Gegenteil, ich finde es toll von ihm, dass er so gut zu dir zu passen scheint. Deshalb will ich ihn kennenlernen. Ich will immerhin sehen, wer meine Lynn so glücklich macht.«

Zweifelnd musterte sie mich, ehe sie nickte. »Na gut. Morgen Mittag stelle ich ihn dir in der Cafeteria vor.« Endlich hoben sich ihre Mundwinkel wieder nach oben.

Erleichtert atmete ich tief durch, nachdem sie die Tür hinter sich ins Schloss gezogen hatte. Ich war wohl wirklich etwas aus der Übung, was Freundschaften anbelangte, doch ich war zuversichtlich, dass Lynn und ich auch in Zukunft gut miteinander auskommen würden. Ich musste ein bisschen an mir und meiner Feinfühligkeit arbeiten.

Da sich mein Magen immer noch lautstark bemerkbar machte und ich diesen verdammten Schokoriegel nicht finden konnte, beschloss ich, noch schnell zum Sandwichautomaten im Erdgeschoss zu eilen. Ich wühlte in meiner Tasche nach der Geldbörse, konnte sie dort aber nicht entdecken. Verdammt.

Fieberhaft überlegte ich, wann ich sie zuletzt in der Hand hatte. So ein Mist, ich hatte sie vermutlich auf dem Tisch liegen lassen, als ich nach Dans überrumpelndem Kuss vor ihm geflüchtet war. Falls er sie mitgenommen hatte, hätte er mir doch bestimmt Bescheid gegeben, oder etwa nicht? Doch dann fiel mir ein, dass ich noch das Ticket von der Hollywood-Tour sowie die Rechnung von *The Codmother Fish and Chips* in meiner Geldbörse hatte, auf die Joshua das Herz gemalt und *K+J* dazugeschrieben hatte. Dan war nicht dumm. Er würde eins und eins zusammenzählen und wissen, dass ich das Wochenende mit Joshua verbracht hatte.

Genervt von meinem schlechten Gedächtnis und von meinem übereilten Aufbruch aus dem Restaurant griff ich nach dem Telefon und wählte Dans Nummer. Er meldete sich mit leiser, heiserer Stimme.

»Hey. Bist du noch wach oder hab ich dich geweckt?«

»Nein, bin noch munter. Was gibt's?«

Hatte er etwa getrunken? Oder hatte ich ihn doch geweckt und er wollte es nicht zugeben? Nun war mir mein spätabendlicher Anruf unangenehm. Also fasste ich mich kurz. »Weißt du zufällig, ob ich heute meine Geldtasche im Restaurant liegen hab lassen?«

Ich hörte ihn kurz schnaufen, räuspern und es raschelte eigenartig. »Jepp. Ich hab sie mitgenommen. Die wirst du morgen wohl brauchen, oder?«

»Ja. Wäre es sehr unpassend, wenn ich gleich in der Früh zu dir komme, um sie ...«

»Überhaupt nicht. Du bist hier immer willkommen, das weißt du doch.« Endlich hatte seine Stimme diesen melancholischen Ton verloren, und ich erahnte ein Lächeln auf seinen Lippen. Daniel nannte mir seine Adresse.

»Danke. Dann bis morgen.«

Schnell legte ich auf und schüttelte den Kopf. Seltsamer Kauz. Aber die Vermutung lag nah, dass er mehr wusste, als er zugeben würde.

»Alles in Ordnung?« Lynn stand in der Tür und musterte mich skeptisch.

»Natürlich. Kannst du mir Kleingeld borgen?«

***

Nur ungern machte ich mich am nächsten Morgen auf zu Dan. Wieder mit ihm allein zu sein gefiel mir gar nicht, aber ich hatte keine andere Wahl, wenn ich zu meiner Geldtasche gelangen wollte. Und ehrlich gesagt war mir lieber, *ich* holte sie von ihm ab, als dass er vorbeikommen würde, um sie mir zu bringen. Immerhin hatte Dan noch keine Gelegenheit in dem Studentenzimmer verstreichen lassen, um mir an die Wäsche zu gehen. Die ersten beiden Male war es für mich auch noch in Ordnung, aber seit sich meine Gefühle für Josh so intensiviert hatten, konnte ich mir nicht vorstellen, mich noch einmal von Dan berühren zu lassen. Mein Plan war also, die Geldbörse an seiner Tür entgegenzunehmen und gleich wieder zu fahren.

Die Straße, in der Dan wohnte, sah der von Josh sehr ähnlich, was wohl daran lag, dass die Häuser im selben Stadtteil waren. Doch trotz der Vertrautheit fühlte ich mich nicht wohl, als ich vor seinem Haus hielt. Zögerlich ging ich die Holztreppe zu seiner Tür hoch und drückte den Knopf für die Klingel.

Als Dan die Tür öffnete, grinste er mich breit an. Seine Augen waren glasig und kurz bildete ich mir ein, Alkohol zu riechen.

»Hey, Daniel. Danke, dass du die Geldbörse mitgenommen hast. Ich weiß nicht, wo ich mit meinem Kopf war, als ich das Restaurant verlassen hatte.«

»Ganz klar bei Josh«, antwortete er sarkastisch.

Okay, das war der Beweis dafür, dass er mein Eigentum durchsucht hatte. Doch bevor ich darauf reagieren hätte können, öffnete er die Eingangstür weiter und ging voraus. »Komm rein und schließ die Tür«, rief er mir noch über die Schulter zu, ehe er aus meinem Sichtfeld verschwunden war.

Na prima! So viel zu meinem Plan.

In seinem Haus roch es muffig, auch wenn alles sauber wirkte. Ich ging den Geräuschen nach und gelangte in die Küche. Dort war Dan am Kühlschrank und ließ Eiswürfel in zwei Gläser fallen. Mehrere Flaschen Alkohol standen auf der Arbeitsfläche verteilt, die meisten leer. »Du willst sicher was trinken«, sagte er bestimmend. Hatte er eben gelallt?

»Nein danke. Ich muss gleich zurück auf die Uni.« Das Unwohlsein, das ich bereits bei der Herfahrt verspürt hatte, hatte sich nur noch verstärkt, seit ich hier war.

»Nein! Du bleibst noch hier. Du hast mir versprochen, mir

zuzuhören. Also setz dich.« Er deutete auf einen Stuhl und drückte mir ein Glas mit goldener Flüssigkeit in die Hand. Er kam mir dabei viel zu nah und er roch schwer nach Alkohol.

»Erst will ich meine Geldbörse haben«, antwortete ich scharf und kniff dabei die Augen zusammen. Ich wollte ihm nicht zeigen, wie sehr er mir eben Angst einjagte. Seine Bewegungen waren fahrig und ich kannte ihn viel zu wenig, um einzuschätzen, wie er in angetrunkenem, offensichtlich wütendem Zustand reagieren würde.

»Klar. Und danach läufst du zu Josh, um zu petzen, wie? Wirfst dich in seine Arme, lässt dich von ihm trösten. Aber was ist mit mir, verdammt? Das ist wohl jedem von euch scheißegal!«

Er drehte sich um und ging zu einem der Küchenschränke. Schnell stellte ich das Glas auf den Tresen und hoffte, er würde nicht bemerken, dass ich keinen Schluck getrunken hatte. Ich wollte ihn nicht noch mehr aufregen. Daniel öffnete die Lade unter der Arbeitsfläche und zog mein Portemonnaie heraus, das er mir zuwarf. Geradeso konnte ich es fangen und steckte es erleichtert in meine Handtasche.

»Danke, Dan. Also ... dann sag, was du sagen willst.« Ich war echt dumm, ihm diese Chance zu lassen. Ich hätte einfach abhauen sollen, doch er kam auf mich zu und drängte mich gegen die Wand.

Panik kroch in mir hoch, bis sein Blick plötzlich weich wurde.

»Ich will nur wissen, ob sich wirklich etwas verändert hat. Ich tu dir nichts, Kleines. Ich sehe die Angst in deinen Augen, aber hey ... es bin immer noch ich – Daniel. Auch wenn ich vielleicht nicht mehr der Alte bin.« Er verzog sein Gesicht zu einem seltsam schiefen Grinsen. Ehe ich verstand, was er mir damit sagen wollte, presste er seine Lippen auf meine, teilte sie mit seiner Zunge und griff grob auf meinen Busen. Völlig überrumpelt keuchte ich auf und war einen Moment wie erstarrt. »Fuck! Ich will ... nein, ich muss dich zum Stöhnen bringen. Ich muss einfach wissen, was mit mir los ist ...«, keuchte er mir in den Mund und ich konnte seine Verzweiflung förmlich spüren.

»Verdammt, Dan, was soll das?«, schrie ich und drückte ihn von mir. »Ja, du machst mir Angst. Mit dieser ganzen Aktion hier machst du mir Angst.«

Ich atmete stoßweise und Dan sah mich verwirrt und dann geschockt an. »Fuck, Kris, das wollte ich nicht. Das hatte ich nicht so gemeint, du musst verstehen, ich ...«

»Ich denke, ich *habe* bereits verstanden. Ich muss raus hier, tut mir leid.« Mit diesen Worten drehte ich mich um und lief zurück zur Haustür. Dan war dicht hinter mir, stammelte wirre Worte, doch ich hörte nicht hin. Ich riss die Tür auf, froh, endlich die Sicherheit der offenen Straße vor mir zu haben, und ... fiel Joshua in die Arme.

»Was ...? Kristin, was tust du hier?« Joshua sah mich verwirrt an und in seiner Stimme lagen neben Verwirrung Schmerz und Enttäuschung. Dann entdeckte er Dan hinter mir, wie er mit hochrotem Kopf und betrunken hinter mir her war und legte geistesgegenwärtig die Arme um mich.

»Ich ... es tut mir leid, Joshua, aber ich muss hier weg.« Ohne ein weiteres Wort löste ich mich aus seiner Umarmung, eilte zu meinem Wagen und fuhr los. Nur wenige Meter später spürte ich die ersten Tränen, wie sie heiß über meine Wangen liefen.

24. Kapitel

Joshua

»Dan, verdammt, was hast du ihr angetan?«, herrschte ich ihn an. Er ignorierte mich und ging wieder zurück ins Haus. Ich folgte ihm in die Küche und sah die leeren Flaschen. »Du betrinkst dich? Ich hoffe, du weißt, dass heute Montag ist und ich auf dich im Büro gewartet habe. Du hast nicht auf meine Anrufe reagiert und dann komme ich her und sehe, wie Kristin aus deinem Haus in meine Arme flüchtet. Also wage es nicht, mich zu ignorieren und mir keine Antwort zu geben. Ich bin dein Freund, oder hast du das vergessen?«

»Mein Freund.« Er lachte voller Ironie. »Klar bist du mein Freund. Ein beschissener Freund bist du, wenn du mich belügst und dabei völlig ignorierst, wie es mir dabei geht.« Er schnappte sich zwei volle Whiskeygläser von der Arbeitsfläche, leerte das erste in einem Zug und nahm das zweite mit ins Wohnzimmer.

Ich ging ihm grübelnd nach. Hatte Kristin etwas von unserem Wochenende erzählt? Ich hoffte nicht, aber Dans Worte machten mich hellhörig. Verdammt, ich hatte bereits geahnt, er würde mir Kristin ausspannen wollen. Ich hatte sein Spiel früh genug durchschaut, nur leider hatte ich zu spät die Zügel in die Hand genommen, um es in die richtige Richtung zu lenken. Doch einen Pluspunkt sah ich noch für mich: Kristin war vor ihm weggelaufen. Dass sie froh war, mich zu sehen, war die Bestätigung für mich, dass ihre Gefühle für Dan bei Weitem nicht die gleichen waren wie für mich.

Daniel exte das zweite Glas und ließ sich anschließend auf seine Couch fallen. Er schloss die Augen und hatte wohl kein Interesse daran, heute seinen Job zu erledigen.

»Ach, verdammt! Weißt du was, Dan? Schlaf deinen Rausch aus. Und morgen früh bist du wieder im Büro. Nüchtern! Ich hoffe, wir haben uns verstanden.«

»Mach nur. Verpiss dich, du Verräter!«

Daniel lallte und sah mich wütend an, ehe er die Augen wieder schloss. Kurz schüttelte ich den Kopf und fragte mich, was aus meinem Freund geworden war. Dann drehte ich mich um und eilte zu meinem Wagen. Ich musste unbedingt zu Kristin, um zu erfahren, was Dan angestellt hatte. Ich machte mir große Sorgen um sie und betete für meinen Kumpel, dass es auf mich schlimmer wirkte, als es tatsächlich war. Wenn nicht, dann gnade ihm Gott ...

***

Ich eilte die Gänge entlang und konnte nur hoffen, dass ich Kristin noch in ihrem Zimmer antreffen würde, ehe sie zum Unterricht musste. Warum war sie bei Dan gewesen? Hatte sie heute Morgen keine Vorlesung? Oder hatte sie bei ihm übernachtet? Meine Gedanken machten mich verrückt, daher schob ich sie beiseite. Ich wollte Antworten und diese würde ich jetzt auch bekommen.

Als ich endlich ihr Zimmer erreicht hatte, klopfte ich lautstark an ihre Tür. »Kristin? Bist du da? Ich bin es, Joshua. Mach auf, ich will mit dir reden. Ich mache mir Sorgen.«

In dem Moment ging die Tür auf und Kristin stand mit geröteten Wangen und nassen Wimpern vor mir. Sofort schrillten sämtliche Alarmglocken in mir. Da stimmte doch etwas nicht. Ohne weiter nachzudenken, schlang ich meine Arme um sie und schob sie zurück ins Zimmer. »Willst du mir erzählen, was passiert ist?« Ich setzte mich auf ihr Bett und nahm sie auf den Schoß, ehe ich sie auf den Scheitel küsste.

»Du bist nicht wütend, weil ich bei ihm war?«, fragte sie verblüfft.

»Du wirst deine Gründe haben, ihn besucht zu haben. Wenn du willst, kannst du sie mir erzählen.« Es kostete mich verdammt viel Kraft, meine nächsten Worte mit Bedacht zu wählen und meine Eifersucht zu unterdrücken. »Wenn nicht, dann erzähl mir nur, was der Grund dafür war, weshalb du aus seinem Haus geflüchtet bist.«

Doch Kristin überraschte mich, indem sie mir erst um den Hals fiel und mir dann alles erzählte. Von seinem Anruf gestern Nachmittag, seinem Drängen, mit ihr reden zu wollen. Ihrer Bitte, damit zu warten, und ihrem überstürzten Aufbruch, bei dem sie die Geldtasche vergessen hatte.

»Und die hast du dir heute von ihm abgeholt«, schlussfolgerte ich und Kristin bejahte.

»Aber er hat dir nichts getan, oder?«

Sofort schüttelte sie den Kopf. »Nein. Nichts Schlimmes. Er hat mich nur gegen meinen Willen geküsst. Er redete davon, dass er etwas rausfinden muss. Aber ich wollte nicht ... ich konnte ihn nicht mehr küssen. Joshua, ich will dich nicht verlieren, ich will nicht, dass das, was zwischen uns ist, kaputtgeht. Verstehst du?«

Ich nickte und war einerseits erleichtert, dass nicht mehr geschehen war. Doch andererseits war ich stinkwütend und hätte größte Lust, zurück zu Dan zu fahren.

»Josh, tu mir bitte einen Gefallen.« Kristin legte ihre Hand auf meine und sah mir tief in die Augen. »Sag nichts zu Dan. Er hatte getrunken und war wohl nicht er selbst.«

Ihr Blick war flehend und nur zu gern hätte ich die Finger hinter dem Rücken gekreuzt, als ich nickte. »Wenn du das so möchtest, dann mache ich es. Obwohl du wissen solltest, dass es mir schwerfallen wird.«

Sie kicherte und küsste mich auf die Lippen. »Aber wir sollten wirklich so bald wie möglich mit ihm über ... uns sprechen. Er hat die Wahrheit verdient und wir verhalten uns nicht fair ihm gegenüber. Es sollte nicht noch einmal so weit kommen wie heute. Er hat mir ehrlich leidgetan, auch wenn er mir mit seiner Art Angst eingejagt hat. Außerdem glaube ich, er weiß von uns. Ich hatte noch die Rechnung vom *The Codmother Fish and Chips* in meiner Geldtasche«, gestand sie kleinlaut.

»Verdammt!« Ich seufzte. »Vielleicht hast du recht. Sobald er nüchtern ist, reden wir. Heute Abend? Du kannst ja dann bei mir übernachten und von San Francisco aus auf die Uni fahren.« Ich lächelte sie an und verschränkte liebevoll meine Finger mit ihren.

»Das klingt nach einem guten Plan. Aber jetzt muss ich auf die Uni, sonst verpasse ich zu viel vom Stoff.« Sie stand auf, griff nach ihren Büchern, und ich begleitete sie zur Tür.

»Ich freue mich auf dich heute Abend, Kristin Carson«, gestand ich ihr.

Sie blieb stehen, und sah mich von unten mit diesem Blick an, der mich alles vergessen ließ.

»Und ich freue mich auf dich, Joshua Riley.« Kristin hauchte die Worte mehr, als dass sie laut sprach. Sie kam näher, presste sich an mich und stellte sich auf die Zehenspitzen. Ein Beben ging durch sie hindurch und ich wusste genau, dass sie das Gleiche wollte wie ich in dem Moment.

Gerade als ich meinen Mund zu ihrem hinabsenkte, riss Lynn die Tür hinter uns auf. Kristin zuckte kurz zusammen und brachte etwas Abstand zwischen uns, was mir gar nicht gefiel.

»Was ... Joshua? Du hier?«

Lynn sah peinlich berührt zwischen ihr und mir hin und her.

»Ich war eigentlich schon auf dem Weg zurück ins Büro. Ich wurde nur kurz aufgehalten«, gestand ich zwinkernd. Kristin lachte auf und legte ihre Arme wieder um meinen Nacken.

»Ich lass euch besser mal wieder allein.« Sie lächelte verlegen, griff nach einem Ordner und einem dicken Buch auf ihrem Schreibtisch und ging wieder zur Tür.

»Lynn, warte. Ich komme gleich mit.« Sie küsste mich kurz, als ihr Handy läutete. »Oh. Entschuldigt kurz, das ist meine Mutter. Da sollte ich rangehen«, murmelte sie, ehe sie abhob. »Mom? Was ist passiert? Wann?«

Kristin klang besorgt, und sie machte ein paar Schritte weg von uns, sprach leiser. »Okay. Ich komme sofort.«

Geschockt drehte sie sich uns zu.

»Was ist los? Alles in Ordnung?«, fragte ich.

Langsam schüttelte sie den Kopf. »Mein Vater ... Es steht nicht besonders gut um ihn. Ich muss zurück nach Lakeview.«

Sie war blass und etwas war definitiv nicht in Ordnung. Lynn und ich warfen uns vielsagende Blicke zu. »Jetzt sofort? Wenn du willst, kann ich dich fahren«, bot Lynn ihrer Freundin an.

»Das ist lieb von dir, aber danke nein. Ich komme schon zurecht.«

Sie sagte es eintönig, und auch wenn ich bisher angenommen hatte, sie würde ihren Vater hassen, traf sie das Telefongespräch offensichtlich gewaltig.

Wie hypnotisiert ging sie an uns vorbei, öffnete die Eingangstür und trat hinaus ins Freie.

»Kristin, Süße warte ...«

Wenn sie nicht wollte, dass Lynn sie fuhr, wollte ich mich nicht auch noch aufdrängen. Aber ich machte mir Sorgen, sie in dieser Verfassung mit dem Auto fahren zu lassen. Also eilte ich ihr nach zu ihrem Wagen, stellte mich zwischen sie und die Fahrertür und versperrte ihr den Weg.

»Bist du dir sicher, dass du selbst fahren willst? Du solltest nicht ...«

»Mach dir keine Sorgen, das geht schon.« Ihre Mundwinkel hoben sich zwar, was mich beruhigen sollte, doch ihr Lächeln erreichte ihre Augen nicht. Sie wirkte plötzlich müde und erschöpft.

»Willst du mir nicht sagen, was los ist?«

»Er ist trotz allem mein Vater, okay? Er war zwar nicht immer gut zu mir, aber er ist deshalb trotzdem noch mein Dad. Er hatte einen Herzinfarkt und ... es sieht nicht gut aus. Ich muss jetzt für ihn und meine Mom da sein. Also geh mir aus dem Weg, ich muss jetzt fahren.«

Ihre schroffen Worte fühlten sich an wie ein Schlag ins Gesicht.

»Bitte, Josh«, flüsterte sie und sah mich flehend an. Ihre Stimme zitterte und ich bemerkte, wie sich ihre Augen mit Tränen füllten.

Schweren Herzens machte ich einen Schritt zur Seite und ließ sie einsteigen. Ohne mich ein weiteres Mal anzusehen, fuhr sie weg.

»Das gefällt mir gar nicht«, murmelte Lynn neben mir und

ich nickte. »Aber sie ist ein Sturkopf, und dagegen kommt wohl niemand an.«

»Ich sollte ihr nachfahren«, hörte ich mich selbst sagen.

»Lass sie, Joshua. Ich weiß, du meinst es gut, aber sie braucht, denke ich, Zeit für sich. Sie wird sich melden, sobald sie weiß, was passiert ist. Mach dir keine Sorgen, Gott wird sie beschützen.«

Verwirrt sah ich ihr nach, nachdem sie sich verabschiedet hatte und die Straße zurück zum Studentenwohnheim ging. Dann dachte ich wieder an Kristin. Wie aufgelöst und durcheinander sie gewirkt hatte, als sie sich hinters Steuer setzte und weggefahren war. Immer noch hatte ich ein ungutes Gefühl bei dem Gedanken daran, dass sie die weite Strecke allein fahren wollte.

Schnell schrieb ich ihr eine SMS.

Melde dich, sobald du angekommen bist. Damit ich weiß, dass es dir gut geht. Kuss, J.

25. Kapitel

Kristin

Ich war vielleicht gerade mal acht Jahre alt. Mein Vater und ich waren wie fast jeden Tag im Schwimmbad und er war unglaublich stolz auf mich. Ich schwamm wie ein Fisch im Wasser und ließ alle anderen meiner Altersklasse um Längen hinter mir. Sogar so manch ein Teenager hatte zu tun, mit mir mitzuhalten. Ich werde nie das stolze Gesicht meines Dads vergessen, als er mich aus dem Wasser gezogen und mich an seine Brust gedrückt hatte – völlig egal, dass ich klitschnass war und sein Hemd durchtränkte.

Vermutlich war der Tag, an dem ich ihm mit dreizehn erklärt hatte, ich wollte nicht mehr schwimmen, jener Tag, an dem zwischen uns beiden etwas zu Bruch gegangen war. Ich konnte seine Enttäuschung damals nicht verstehen, doch heute wusste ich, er dachte, ich hätte mir meine Zukunft verbaut.

Er hatte sich sogar bereits nach Schulen umgesehen, in denen mein Talent besonders gefördert werden würde, und hatte schon die ersten Telefonate diesbezüglich geführt. Jahre später hatte mir sogar mal meine Mom gebeichtet, er hätte einen Trainer für mich gefunden, der extra aus Texas gekommen wäre, um mich zu coachen.

Damals hatte ich keine Vorstellung davon, *wie gut* ich tatsächlich war. Ich hatte mir auch lang keine Gedanken mehr darüber gemacht, doch heute wusste ich, dass mein Vater vielleicht nicht so unrecht hatte. Doch es wäre trotz allem *sein* Traum gewesen – einer, den ich nicht leben wollte.

Klar, mir machte es Spaß, wie schwerelos durch das Wasser zu gleiten. Es war außerdem ein tolles Gefühl, wenn der Vater stolz jedem, den er traf, von seiner talentierten Tochter erzählte. Vielleicht war es deshalb so schwer nachvollziehbar, weshalb er jetzt nicht auch das Gleiche fühlte, wo ich zur Uni ging und Elektrotechnik studierte. Ein Fach, das – gerade bei uns in Lakeview – vermutlich noch nie jemand gewählt hatte. Machte mich das nicht auch zu etwas ganz Besonderem?

Keine Ahnung, wie oft in meinem Leben ich mir eine Auszeit von der Tyrannei meines Vaters gewünscht hatte. Doch jetzt, da ich anscheinend erhört worden war, fühlte ich mich schrecklich. Tatsächlich hatte ich nämlich das Gefühl, als wäre ich für seinen Herzinfarkt verantwortlich. Immerhin hatte er die letzten Wochen und Monate meinetwegen so sehr aufgeregt.

Jedes Mal, wenn ich mit Mom oder Helen oder Grandma telefoniert hatte, hatten sie mir nur erzählt, wie mies seine Laune war und wie schnell er sogar schon wegen Kleinigkeiten in die Luft ging, seit ich in Berkeley war. Meine Mom wollte ich nicht einmal mehr anrufen, seit ich das letzte Mal blöderweise meinen Vater am Telefon hatte. Wir hatten vereinbart, dass sie sich bei mir meldete, wenn er abends mal nicht zu Hause war oder wenn er morgens zeitig das Haus verließ.

Es war für uns alle eine schwierige Zeit, und bisher plagte mich ständig das schlechte Gewissen, dass ich durch meinen Entschluss, zu studieren, meinen Liebsten in Lakeview das Leben so schwer gemacht hatte. Es war einfach lächerlich, immerhin tat ich nichts Verkehrtes, und trotzdem fühlte es sich so an.

Gerade Mom und Granny nahmen sich besonders viel Zeit, mich am Telefon immer wieder davon zu überzeugen, dass mein Weg der richtige wäre und dass mein Dad sich irgendwann damit abfinden würde, dass ich meinen Kopf durchgesetzt hatte. Aber bis es so weit wäre, würde ich mich wohl immer schuldig fühlen.

Und jetzt ...? Ich wollte mir gar nicht ausmalen, wie sich alles für uns Carson-Frauen verändern würde, wenn mein Vater ...

Oh Gott, ich durfte nicht einmal daran denken, was wäre, wenn er es tatsächlich nicht schaffen würde. Meine Mom hatte total durch den Wind geklungen, ich hatte Mühe, sie am Telefon zu verstehen.

Gequält versuchte ich, den dicken Kloß in meinem Hals hinunterzuschlucken, während ich auf dem Highway Berkeley hinter mir ließ. Immer wieder verschwamm meine Sicht und ich wischte die Tränen mit dem Handrücken aus den Augen.

Bei einem kurzen Zwischenstopp auf einer Tankstelle las ich Joshuas Nachricht. Sie hatte mich berührt und ich wusste seine Sorgen zu schätzen, aber ich schaffte es nicht, ihm zu antworten. Jede Minute, die ich später in Berkeley wegkommen würde, wäre für mich vergeudete Zeit gewesen.

Ich hörte, wie während der Fahrt noch weitere Nachrichten bei mir eingingen, doch ich wollte nicht anhalten, um sie zu lesen.

***

Lakeview hatte sich nicht verändert. Es fühlte sich eigenartig an, nach so langer Zeit wieder zurückzukommen und durch die Straßen zu fahren, deren Gehwege teils mit bunten Blättern bedeckt waren. Ursprünglich hatte ich geplant, regelmäßig nach Hause zu fahren, aber da hatte ich auch noch gedacht, die Wogen würden sich schnell glätten, nachdem ich gegangen war.

Helen und Grandma erwarteten mich bereits. Kaum war ich aus dem Wagen gestiegen, kamen sie auf mich zu und umarmten mich. Ich kämpfte gegen meine Tränen an, wollte stark sein vor meiner Familie, doch es gelang mir nicht.

»Ist es wirklich so schlimm, wie Mom am Telefon gesagt hat?«, fragte ich dann, als ich mir meine Wangen wieder trocken wischte.

»Komm erst mal rein und trink einen Tee«, meinte Granny mit ruhiger Stimme und deutete zur Haustür, die offen stand.

Obwohl sich nichts an meinem Elternhaus verändert hatte, war es seltsam, wieder hier zu sein. Es fühlte sich nicht mehr wie mein Zuhause an, und das war befremdlich.

Ein Tee hätte bestimmt meinen rasenden Puls beruhigt, doch ich war sicher, keine Minute ruhig dasitzen und Tee trinken zu können. »Ich will gleich weiter ins Krankenhaus. Ich bin nur hier, um euch mitzunehmen, wenn ihr möchtet. Ist Mom bei ihm?«

Helen nickte und gab Granny ein Zeichen, dass sie mich begleiten würde.

»Mom meinte, Daddy hätte schon am Morgen über Schmerzen in der Brust geklagt. Er behauptete, er hätte schlecht geschlafen und sich wohl verlegt. Dass er einen Herzinfarkt hatte, wurde erst im Krankenhaus festgestellt.«

»Er ist dann noch in die Arbeit gefahren?«, fragte ich ungläubig.

Granny nickte. »Kaum dass er im Büro war, ist er zusammengebrochen. Nicht auszudenken, was passiert wäre, wäre er auf dem Weg zur Arbeit kollabiert.«

Sie hielt mir die Fahrertür auf und drückte mir noch einen Kuss auf die Stirn.

»Fährst du nicht mit, Grandma?«

»Nein, fahrt nur. Zu viel Besuch ist ohnehin nicht gut für ihn.«

»Okay.« Ich hauchte Granny einen Kuss auf die Wange und stieg in den Wagen.

Dann startete ich den Motor und fuhr los, Richtung *Lake District Hospital*.

»Wie geht es dir?«, fragten wir beide gleichzeitig und mussten kurz lachen.

»Du zuerst«, bot sie mir an.

»Ach, das ist eine lange Geschichte. Ich befürchte, auf der kurzen Strecke reicht die Zeit nicht.«

»Und die Kurzversion?«

Ich atmete hörbar aus und musste erst meine Gedanken sortieren. »Ich glaube, ich hab mich in Joshua verliebt. Und Daniel hat sich in mich verliebt. Und jetzt ist alles, was vor Kurzem noch wunderbar war, das reinste Chaos.«

»Und was empfindet Joshua für dich?«, fragte Helen nach, ihre Hand liebevoll auf meinem Unterarm.

»Er will mehr als nur Freundschaft.« Ich lächelte und spürte, wie sich Wärme in mir ausbreitete, als ich die Worte ausgesprochen hatte. Sie legte sich sanft über die Angst um meinen Vater und nahm ein klein wenig Druck von meiner Brust.

»Das freut mich für dich. Ich bin mir sicher, ihr beide findet einen Weg. Für Daniel tut es mir natürlich leid, aber so ist leider das Leben. Dieses Risiko hattet ihr alle drei, als ihr euch auf diesen Dreier eingelassen habt.«

»Da hast du wohl recht. Und wie geht es dir und dem kleinen Würmchen in deinem Bauch?«

»Der Zwerg entwickelt sich prächtig. Ich bin nun in der sechzehnten Woche und ich hatte zum Glück diesmal keine Morgenübelkeit wie bei Jefferson.«

»Das freut mich für dich. Sag, wo ist dein Sohnemann eigentlich? Ist Robert zu Hause?« Erst jetzt fiel mir auf, dass ich meinen Schwager und meinen kleinen Neffen nicht gesehen hatte.

»Ja, er ist wirklich ein Traummann. Er hat kurzfristig seine Termine verschoben und arbeitet heute von zu Hause aus. Er kümmert sich um Jeff, damit ich hier bei euch sein kann.«

»Du hast so ein Glück, einen so tollen Mann gefunden zu haben. Den einzigen hier in Lakeview, der heiratsfähig war, den hast du dir geschnappt.« Ich schenkte ihr ein ehrliches Lächeln und meine Schwester erwiderte es.

Dann fuhren wir auf den Parkplatz des Krankenhauses, und kaum dass ich den Motor ausgestellt hatte, starrte ich die weiße Fassade des modernen Gebäudes mit dem Holzvorbau an, als könnte sie sich jeden Moment in nichts auflösen. Es war alles andere als schön, hier zu sein. Eigenartig zu wissen, dass Dad in diesem Haus in einem der Betten lag und vermutlich um sein Leben kämpfte. Viele Jahre hatte ich ihn gehasst, mir gewünscht, er möge mir ein besserer Vater sein, ein liebevollerer Ehemann für meine Mutter, ein verständnisvollerer Mensch. Obwohl ich ihn verwünscht und verteufelt und oft aus meinem Leben hatte verbannen wollen, relativierten sich in diesem Moment all die schrecklichen Erinnerungen. Und alles, was blieb, war die Hoffnung, dass er durchkommen würde. Ich wollte meinen Dad nicht verlieren. Nicht so.

Erst als Helen nach meinen Händen fasste, bemerkte ich,

dass ich zitterte.

»Alles okay?« Mitfühlend sah sie mich an und ich zwang mich zu einem kleinen Lächeln.

»Nein. Nichts ist okay, aber es wird wieder, nicht wahr?«

»Natürlich, Süße. Es wird immer wieder.«

Wie recht sie hatte. Das Leben ging weiter, die Erde drehte sich unaufhaltsam. Und egal, was auch immer passierte, Helen und ich würden es zusammen durchstehen, wie wir bereits so vieles zusammen durchgestanden hatten. Der Gedanke gab mir Kraft, aus dem Auto zu steigen.

***

Noch bevor wir die Intensivstation erreicht hatten, kam uns unsere Mom entgegen. Sie sah genauso schlimm aus, wie ich mich fühlte. Ihre Haare waren unordentlich, ihre Augen glasig – und sie war so blass wie die Kittel der Ärzte. Schweigend hielten wir uns eine Weile im Arm, während Helen im Wartebereich Platz nahm. Ich wünschte mir, ich könnte wieder ein kleines Mädchen sein, das sich nur eben mit einer Freundin gestritten hatte und von ihrer Mutter getröstet wurde. Dass alles wieder gut werden würde. Doch die Angst in mir ließ sich nicht vertreiben. Trotzdem tat es so gut, sie nach so langer Zeit wieder an mich drücken zu können. Auch wenn uns traurige Umstände zusammengeführt hatten.

Erst jetzt wurde mir bewusst, wie sehr sie mir gefehlt hatte, und der Kloß in meinem Hals schwoll wieder an. Ich hätte sie besuchen sollen. Das Leben kann sich so schnell gegen einen wenden und man weiß nie, wann es plötzlich Schlechtes mit einem vorhat.

»Er will dich sehen«, flüsterte Mom mir zu, als ich mich wieder etwas von ihr löste, und ich spürte kurz das Verlangen zur Flucht.

Dad wollte mich sehen? Ich war nicht sicher, ob Mom das einfach nur sagte, damit ich mich besser fühlte. Oder dass ich das Gefühl hatte, von ihm gebraucht zu werden.

»Daddy ist wach?«, fragte ich, was sie mit einem Nicken beantwortete.

Sie wies auf die Tür, die den Intensivbereich abtrennte. Was würde mich dahinter erwarten? Was es auch war, würde ich damit zurechtkommen?

»Geh«, flüsterte meine Mom mit einem bestärkenden Lächeln. Unsicher und mit rasenden Gedanken ging ich auf die Tür zu.

Eine Schwester empfing mich, instruierte mich und öffnete mir die Tür zu seinem Zimmer. Zögernd blieb ich wenige Schritte vor seinem Bett stehen. Helen hatte mich zwar gut auf seinen Anblick vorbereitet, doch es traf mich trotzdem schwer, als ich ihn dort liegen sah. Er wirkte so zerbrechlich mit den Schläuchen und Infusionen – und das Ganze hatte eine surreale Wirkung auf mich. Wie konnte mein Dad, der starke Mann, den nichts erschüttern konnte, scheinbar leblos dort in diesem Bett liegen? Schon wieder spürte ich Tränen und ich biss mir fest auf die Lippen, um nicht laut zu schluchzen. Ich liebte ihn, auch wenn er mir nicht immer der perfekte Vater gewesen war.

Langsam öffnete Dad seine Augen. Als er mich bemerkte, drehte er den Kopf zu mir und hob seinen Arm. Ich erkannte Dankbarkeit und er lächelte mich an. Keine Sekunde länger zögerte ich. Ich ging auf ihn zu und ließ mich auf dem Sessel neben seinem Bett nieder. Seine Hand nahm ich in meine, drückte sie an meine Wange und ließ meinen Gefühlen freien Lauf.

So saßen wir beide da, und niemand sagte ein Wort. Die Gebrechlichkeit und Hilflosigkeit, die er ausstrahlte, brachen mir fast das Herz und ich dachte an den imposanten Mann, wie ich ihn kannte. Tief in mir nagte die Angst und Unsicherheit, dass vielleicht nichts mehr so werden würde, wie es einmal war. Dass ich ihn vielleicht gerade das letzte Mal sah. Das letzte Mal seinen Händedruck spüren würde.

»Du siehst gut aus, Häschen«, sagte er mit rauer Stimme und ich schluckte hart. »Häschen« hatte er mich Jahre nicht mehr genannt. Das letzte Mal musste ich an der Junior High gewesen sein. »Schön, dass du da bist. Hör zu, ich ...« Er wollte sich aufsetzen, doch ich war mir nicht sicher, ob das gut für ihn war.

»Scht. Ist schon gut, Daddy. Du sollst dich nicht anstrengen.«

»Ich will dir aber etwas Wichtiges sagen ...« Jedes Wort kam schwer über seine Lippen. Es zerriss mir beinah das Herz, ihn so kraftlos zu erleben. Ich wollte ihm so gern helfen, fühlte mich aber so machtlos neben diesen einschüchternden medizinischen Geräten.

»Du musst jetzt nicht reden«, versuchte ich ihn zu beruhigen.

Er lächelte mich an. »Stur wie immer, meine Kristin.« Er keuchte und für einen Moment bekam ich Panik, doch es schien ihm gleich wieder besser zu gehen, denn er sprach weiter. »Weißt du, dieser Herzinfarkt hat mir gezeigt, wie schnell das Leben einem einen Strich durch die Rechnung machen kann. Zack ...«, er machte eine lasche Handbewegung, »... und schon ist es vorbei. Früher dachte ich immer, wenn es mit mir einmal vorbei sein sollte, dann kann ich stolz auf mein Leben zurückblicken. Darauf, wie ich es gelebt habe, was ich geschaffen, geschafft und erreicht habe. Doch was mir hier in diesem Scheißbett bewusst geworden war: Mein Leben ist nur von außen betrachtet lobenswert. Ich bin ein einflussreicher Mann, zu dem alle in Lakeview aufsehen. Was ich aber völlig übersehen habe, ist, dass ich meiner Familie das Leben schwer gemacht habe.«

Er drückte sich ein wenig aus dem Kissen hoch und ich half ihm, sich mehr aufzusetzen. »Ich möchte mich bei dir entschuldigen. Ich weiß, ich habe dir dein Leben zur Hölle gemacht, und das war nicht fair. Ich wollte, dass du dein Leben nach meinen Vorstellungen lebst. Doch das war falsch. Ich weiß jetzt, dass du deine eigenen Entscheidungen treffen und mit den Konsequenzen leben musst.«

Seine Worte flirrten durch meinen Kopf und ich traute mich kaum zu atmen. Ich war geschockt und fasziniert zugleich von seinem Geständnis und von seiner Entschuldigung – und gleichermaßen so überrascht, dass ich keine Ahnung hatte, was ich darauf hätte erwidern sollen. Ich starrte meinen Vater nur an und versuchte, das eben Gehörte zu verdauen.

Er lächelte mich kurz an. »Ich weiß, es gibt so viele Momente, die ich dir in deiner Jugend verdorben habe. So viele Augenblicke, in denen ich mich für dich, *mit dir*, hätte freuen sollen. Doch ich dachte immer, mit ausreichender Strenge würde ich dich wieder dorthin zurückbringen, wo ich dich gern sehen wollte. Ich kann keine der verdorbenen Situationen ungeschehen machen. Aber ich kann dich um Verzeihung bitten, Kristin.« Er sah mir in die Augen und eine Gänsehaut rieselte über meinen Rücken.

»Ich soll dir ... verzeihen?« Ich hätte nie gedacht, jemals diese Worte aus seinem Mund zu hören.

»Ja, ich weiß, es ist viel verlangt. Du musst natürlich noch nichts darauf antworten, aber ... es würde mich freuen, wenn wir irgendwann wieder ... ein gutes Verhältnis hätten. Wie es früher einmal war. Ich will kein schlechter Vater mehr sein, ich will an deinem Leben teilhaben, ich will mit dir deine Erfolge feiern und dich bei deinen Niederlagen stützen und ... trösten.«

»Daddy, du überanstrengst dich.« Er stockte immer mehr beim Sprechen und ich bekam Angst. Ich warf einen Blick durch die Glasfront hinaus zur Schwester, die diesen Moment aufstand und zu uns hereinkam.

»Mister Carson braucht jetzt seine Ruhe. Kommen Sie Ihren Vater doch morgen wieder besuchen.«

»Bitte ... Kristin. Gib mir noch eine Chance«, bat er mich noch einmal.

Ich nickte kurz, doch ich war mir nicht sicher, ob er es gesehen hatte. Die Schwester stand zwischen uns und half ihm, sich wieder ins Kissen zurückzulegen. Ihr Lächeln, das sie mir dabei zuwarf, hätte vermutlich aufmunternd sein sollen, doch ich fühlte mich miserabel. Nur ungern ließ ich Dad allein zurück, wo wir immerhin nicht wussten, wie viel Zeit uns bleiben würde.

Was, wenn sich sein Zustand verschlechterte? Wer konnte mir versichern, dass er schon über den Berg war? Dass ich ihn zu Weihnachten noch in die Arme nehmen konnte? Ein letztes

Mal drückte ich seine Hand, ehe ich schweren Herzens durch die Schleuse zurück zu Helen und Mom ging, die draußen auf mich warteten.

***

Ich wusste, ich sollte es nicht tun, aber ich malte mir auf dem Weg nach Hause ständig die schlimmsten Situationen aus. Ein Leben ohne meinen Vater war für mich unvorstellbar. Klar, jetzt lebte ich gut vierhundert Meilen von zu Hause entfernt und hatte ihn seit dem Vorabend meiner heimlichen Flucht nicht mehr gesehen. Aber das war jetzt etwas anderes. Die Ungewissheit, meinen Vater vielleicht heute das letzte Mal gesprochen zu haben, schnürte mir beinah die Kehle zu. Plötzlich gab es so vieles, was ich ihm noch sagen wollte ... So vieles, bei dem ich ihn dabeihaben wollte. Unabhängig davon, wie er sich in letzter Zeit mir gegenüber verhalten hatte. Das war mit einem Mal alles unwichtig geworden. Vor allem aber konnte ich seine Worte nicht fassen. Er hatte mich tatsächlich um Verzeihung gebeten!

Als ich in meinem alten Bett lag, fühlte es sich ein bisschen so an, als wäre ich nur eben übers Wochenende in Berkeley gewesen. Die Zeit mit Joshua, unser Ausflug, die gemeinsamen Nächte ... das alles erschien mir so unwirklich. So, als ob es in einem anderen Leben stattgefunden hätte.

Ich rief kurz meinen Chef von *R&G* an und informierte ihn über die aktuellen Umstände. Ich war sehr erleichtert, als er mir sagte, ich solle mir die Zeit nehmen, die ich brauchte und mich wieder melden, sobald ich zurück in Berkeley wäre.

Dann arbeitete ich mich durch die eingegangenen Nachrichten, die ich bisher ignoriert hatte. Fünf an der Zahl warteten darauf, gelesen und abgehört zu werden.

Lynn hatte sie mir auf die Mobilbox gesprochen – sie hatte sich nach meinem Vater erkundigt und wünschte mir und meiner Familie alles Gute.

Die nächste Nachricht auf dem Band war von Joshua. Seine Stimme zu hören tat gut. Ich schloss die Augen und spielte seine Nachricht wieder und wieder ab.

»Kristin, Liebes. Ich weiß, es ist jetzt nicht leicht für dich. Ich hoffe für euch, dass sich alles wieder zum Guten wendet, und ... ich vermisse dich. Komm gut wieder nach Hause. Melde dich mal, damit ich weiß, dass es dir gut geht. Ich denke an dich.«

Mir war, als wäre ich wieder in Berkeley, nachdem ich nun seine Stimme gehört hatte. Mit diesem Gedanken und der kurz aufwallenden Wärme in mir schrieb ich die lang ausstehende SMS, dass ich gut angekommen war und hängte ein »Ich vermisse dich auch« an. Was die Wahrheit war. Ich wünschte mir nichts sehnlicher, als in seinen Armen zu liegen und für wenige Stunden zu vergessen, wie schlecht es meinem Dad ging. Keine Sekunde später erhielt ich eine Antwort von ihm. Ein einzelnes Herz schickte er mir, was ausreichte, um etwas Last von meinen Schultern zu nehmen. Jetzt bereute ich es, dass ich ihn nicht gebeten hatte, mich zu fahren. Ich hätte ihn als Stütze gut gebrauchen können. Er hätte mir bestimmt den Trost gespendet, den ich bitter nötig hatte.

Tief durchatmend öffnete ich die nächsten zwei Nachrichten. Sie waren beide von Daniel, was mich überraschte. Die erste hatte er mir geschickt, kurz nachdem ich San Francisco verlassen hatte.

Tut mir leid, wenn ich mich blöd verhalten habe. Ich hoffe, du verzeihst mir.

Bei der zweiten Nachricht wusste ich nicht, ob ich mich über ihn ärgern oder ob ich lachen sollte.

Das soll nicht heißen, dass ich mich nicht trotzdem über eine Wiederholung unserer heißen Nacht freuen würde!

Kopfschüttelnd ließ ich seine SMS unbeantwortet. Was sollte ich darauf auch erwidern?

Die letzte SMS jedoch machte mich stutzig. Sie war von Liam. Seit seinem überrumpelnden Besuch in Berkeley und unserer Trennung hatten wir keinen Kontakt mehr. Ich hatte zwar zwei, drei Mal begonnen, eine E-Mail zu schreiben, diese jedoch nicht gesendet wieder verworfen. Liam hatte mir immerhin mehr als deutlich gesagt, dass er keine Freundschaft wollte. Umso stutziger machte mich nun seine Nachricht.

Honey, ich habe das eben von deinem Vater erfahren. Es tut mir schrecklich leid für dich und deine Familie. Ich hoffe wirklich sehr, dass es ihm bald wieder besser geht. Wenn du Hilfe brauchst – egal was, egal wann –, lass es mich wissen. Ich war immer für dich da, und daran hat sich nichts geändert – auch wenn ich es das letzte Mal noch anders gesagt hatte. Falls es dir also zu viel wird, du einfach mal für eine Stunde abschalten möchtest, dann melde dich bei mir. Ich lade dich auf einen Drink ein oder auf eine Pizza. Ganz unverbindlich, einfach der alten Zeiten willen.

Unbeweglich saß ich auf der Bettkante und starrte auf Liams Zeilen. Sie verwirrten mich, machten mich einerseits wütend, andererseits berührten sie mich. Wütend, weil ich so viele Stunden damit verbracht hatte, unser letztes Gespräch wieder und wieder aufzurollen, um herauszufinden, warum er den Kontakt völlig abbrechen wollte. Immerhin waren wir über Jahre nicht nur ein Paar, sondern beste Freunde. Er war mein einziger Freund gewesen und hatte sich von mir abgewendet, weil ich nicht mehr in seine Zukunftspläne passen wollte ...

Seine Zeilen berührten mich aber auch, weil er mir endlich zu verzeihen schien, dass ich mich für ein Studium entschieden hatte und meinen eigenen Weg ohne den Einfluss anderer Menschen gehen wollte. Doch was ich nicht verstand, war, wieso er mich »Honey« nannte und wieso er mich so plötzlich treffen wollte. Wollte er etwa den Gesundheitszustand meines Vaters zu seinen Gunsten nutzen? Hielt er unsere Beziehung doch noch immer nicht für abgeschlossen?

Ein paar Mal setzte ich an, ihm zurückzuschreiben, doch alles, was mir einfiel, klang entweder weinerlich oder abweisend, und beides wollte ich nicht. Also legte ich mein Handy auf den Nachttisch und hoffte, schnell in den Schlaf zu finden.

26. Kapitel

Kristin

Die Nacht war die Hölle. Ständig tauchte Liam in meinem Traum auf, schlich um meinen Vater herum und grinste hämisch, als würde er etwas im Schilde führen. Joshua stand weit von mir entfernt und all meine Rufe und mein Winken, er möge mir helfen, blieben von ihm unbemerkt. Ich fühlte mich hilflos und verloren.

Gegen fünf Uhr hielt ich es nicht mehr länger im Bett aus und ging ins Wohnzimmer. Der Fernseher lief immer noch mit leisem Ton, in dem eben ein sympathisch wirkender Koch eine Bratpfanne zu verkaufen versuchte. Meine Mom lag eingewickelt in ihre Decke auf der Couch und schlief. Irgendwann musste sie die Müdigkeit übermannt haben.

Ich ging in die Küche, um frischen Kaffee zu kochen, und hoffte auf seine munter machende Eigenschaft. Noch immer fühlte ich mich wie gerädert und hoffte, dass die Sonne bald aufgehen würde. So saß ich wartend im großen Sessel gegenüber meiner Mutter und musste unentwegt an meinen Vater denken. Sein Zustand hatte sich vermutlich nicht verschlechtert, sonst hätte man uns verständigt.

Als die Sonne den Himmel in ein zartes Rosé tauchte, entschied ich mich für einen morgendlichen Spaziergang. Würde ich noch länger untätig hier sitzen, würde ich vermutlich durchdrehen. Und ich war mir sicher, dass ich heute noch zur Genüge tatenlos warten musste. Meiner Mom hinterließ ich einen Zettel mit einer Nachricht, wo ich war. Ich wollte nicht, dass sie sich auch noch meinetwegen Sorgen machen musste.

Die Luft war unerwartet eisig, und ich war froh, meine dicke Jacke mitgenommen zu haben. Trotzdem fror ich und ging schneller, um mich zu erwärmen. Ich eilte die Straßen entlang, die von leichtem Nebel durchzogen waren, ohne zu registrieren, wo ich mich genau befand. Meine Gedanken hatten das Kommando übernommen.

»Hast du es eilig?«, hörte ich eine bekannte Stimme hinter mir.

Ich sah mich um und stellte fest, dass ich eben an der Bäckerei vorbeigegangen war. Liam war aus dem Laden gekommen und sah mich an. Seine Haare waren ein Stück kürzer, als ich ihn das letzte Mal gesehen hatte. Erstaunlicherweise stand ihm der neue Schnitt gut, und er strahlte – anscheinend aus Freude, mich zu sehen.

»Du hast mir noch nicht zurückgeschrieben«, begann er und ich war drauf und dran, die Augen zu verdrehen. Er war noch nie ein geduldiger Mensch gewesen. »Aber ich verstehe das. Du hast im Moment andere Sorgen.« Er musterte mich von oben bis unten. »Du siehst müde aus. Hast du schon gefrühstückt?«

Zaghaft schüttelte ich den Kopf. Der Kaffee zählte nicht als solches und gestern hatte ich bis auf ein halbes Sandwich nichts gegessen. Mein Magen machte sich just in dem Moment bemerkbar, als ich durch das Ladenfenster ins Innere blickte.

»Na, komm schon rein.« Liams Lächeln war ehrlich und es fühlte sich ein kleines bisschen an wie nach Hause kommen, als er mir die Tür zur Bäckerei aufhielt. Der Duft von frischem Gebäck, Keksen und Donuts hüllte mich ein, als die Tür wieder ins Schloss fiel. Es war wie eine kleine Reise in meine Vergangenheit und ich musste einen Moment die Augen schließen und die Emotionen auf mich wirken lassen. Es war noch gar nicht so lang her, da standen Liam und ich hinter der Theke und hatten heimlich geknutscht, wenn der Laden leer war. Er hatte mir zärtliche Worte ins Ohr geflüstert und unsere eigene kleine heile Welt spielte sich auf diesen wenigen Quadratmetern ab. Es gab sogar eine Zeit, da taten wir so, als wären wir verheiratet und der Laden würde uns gehören. Eine Spielerei, die ich nie ernst nahm – er vermutlich schon.

Jetzt wieder hier zu sein fühlte sich unwirklich an und die Erinnerungen an diese Zeit schwappten über jene, die ich erst vor wenigen Tagen mit Joshua machen durfte. Ein seltsames

Gefühl, das mich im ersten Moment verwirrte. Und obwohl hier alles so vertraut war, fühlte ich mich plötzlich seltsam fremd, wie ein Eindringling.

»Hey, Kleines. Schön, dass du da bist.« Mister Harvey kam aus der Backstube und drückte mich an seinen fülligen Leib.

Mühsam schluckte ich die aufsteigenden Tränen hinunter. Liams Eltern hatten für mich in gewisser Weise zu meiner Familie gezählt, und ich schämte mich beinah ein wenig, da ich mich auch bei ihnen nicht mehr gemeldet hatte, seit ich studierte.

»Richte deinem alten Herrn gute Besserung aus und sag ihm, dass ich ihn vor den Omeletts bei *Trudy's* gewarnt habe. So viel Eier auf einmal schaden dem Körper.«

»Dad!« Liam schüttelte den Kopf und ich musste grinsen. Sein Vater war ein verrückter alter Kauz. Er meinte es nicht böse, deshalb konnte ich ihm seine Worte verzeihen.

Nachdem sich Mister Harvey zurückgezogen hatte, sah ich mich unschlüssig in dem kleinen Raum um, der immer noch genauso aussah wie damals, als ich hier gearbeitet hatte. Um diese Uhrzeit kam nur Laufkundschaft herein, die ersten Gäste, die auch frühstückten oder einfach nur einen Kaffee tranken, kamen meist erst später. Also nahm ich an einem der freien Tische Platz und griff nach der Getränkekarte, obwohl ich auswendig wusste, was zur Auswahl stand.

Es fühlte sich eigenartig an, bei Liam mein Frühstück zu bestellen, und mit leichtem Unbehagen sah ich ihm dabei zu, wie er es anrichtete. Für sich selbst hatte er ebenfalls einen Kaffee zubereitet. Er setzte sich mir gegenüber auf den Stuhl und einen Augenblick herrschte peinliches Schweigen zwischen uns.

»Wie geht es dir in Berkeley?«

»Was gibt's Neues in Lakeview?«

Wir mussten lachen, als wir beide gleichzeitig zu sprechen begannen.

»Du zuerst«, bat Liam mich und nippte an seinem Getränk.

»Das Studium ist hart. Mehr, als ich erwartet hatte. Aber ich schlage mich ganz gut und es macht bisher immer noch Spaß. Es fühlt sich richtig an, dort zu sein.«

»Das ... ist schön.« Liam lächelte, doch ich wusste, dass etwas nicht in Ordnung war. Wahrscheinlich hatte er gehofft, ich würde das Gegenteil behaupten, und wäre froh, nun endlich wieder hier zu sein.

»Lakeview ist wie immer. Du weißt schon. Der übliche Tratsch eben. Momentan ist wohl die größte Aufregung der Herzinfarkt deines Vaters. Sorry«, murmelte er dann, als er meinen gequälten Gesichtsausdruck sah.

»Ich muss gestehen, ich war ehrlich überrascht, als ich deine Nachricht gestern Abend gelesen habe. Eigentlich wollte ich dir heute absagen, da ich es für keine gute Idee halte, mich wieder mit dir zu treffen. Immerhin war unser letztes Aufeinandertreffen eine richtige Katastrophe.« Ich grinste verlegen.

»Und doch bist du jetzt hier ...«

»Das war Zufall«, murmelte ich ehrlich und strich Frischkäse auf meinen Bagel ehe ich abbiss.

»Egal. Mich freut es. Weißt du, in den letzten Wochen habe ich viel über uns nachgedacht und ich denke, es war fast absehbar, dass es zwischen uns nicht geklappt hat.«

Verwundert hob ich die Augenbrauen.

»Wie kommt's?«, fragte ich, nachdem ich geschluckt hatte und mit Kaffee nachspülte.

»Das liegt doch auf der Hand, oder?« Liam drehte den Zuckerspender zwischen seinen Fingern, ließ mich dabei aber nicht aus den Augen. »Wir hatten unterschiedliche Erwartungen an uns und das Leben. Du bist mit deinem Wunsch nach Ausbildung noch nicht durch, während ich bereits einen Schritt weiter bin. Ich stehe schon mit beiden Beinen im Berufsleben und hatte mir bereits meine Zukunft gemeinsam mit einer Frau ausgemalt ... mit dir.«

Da ich nicht wusste, was ich darauf hätte antworten sollen, nahm ich noch einen Bissen. Jetzt war es etwas zu spät für seine Einsicht. Und selbst wenn er sie früher gehabt hätte, hätte es nichts geändert – wir hatten uns definitiv in zwei verschiedene

Richtungen entwickelt. Mal ganz davon abgesehen, dass meine Gefühle für ihn einfach nicht mehr gereicht hätten. Sie wurden im Laufe der letzten Monate weniger, da ich unbewusst vielleicht schon viel früher ahnte, dass die Beziehung mit uns keine Zukunft haben würde, wenn ich nach Berkeley studieren ginge. Das, was ich für Joshua empfand, war außerdem so viel stärker als alles, was ich je für Liam empfunden hatte. Seit Josh wusste ich, wie es sich wirklich anfühlte, wenn man verliebt war.

Diese Erkenntnis überraschte mich – im positiven Sinn. Meine Mundwinkel hoben sich zu einem verträumten Lächeln und ich nippte erneut am Cappuccino, als ich feststellte, dass mich Liam mit seltsamem Blick musterte.

»Kristin«, begann er und seine Stimme hatte einen untypischen Klang, der mich wachsam werden ließ, »ich möchte nur, dass du weißt, dass ich in Berkeley Bullshit geredet habe. Damit meine ich, dass wir keine Freunde mehr sein können. Denn das, was zwischen uns ist, ist etwas Besonderes. Eine Freundschaft, wie es sie nicht oft gibt. Wir kennen uns in- und auswendig und ich hätte es besser wissen sollen. Du gehst deinen Weg, und das ist gut so.«

Ich wollte protestieren, doch Liam schüttelte den Kopf und gab mir zu verstehen, ihn ausreden zu lassen. »Weißt du, dein Vater ist ein guter Mann. Er ist verdammt streng und ein verrückter Sturkopf. Aber er liebt dich. Warum sonst sollte er dich in seiner Nähe wissen wollen? Er wollte immerhin nur das Beste für dich. Ich weiß, er hätte dich am liebsten an meiner Seite gesehen. Das hätte ihn bestimmt sehr glücklich gemacht ...«

Ohne dass ich es beeinflussen konnte, liefen mir plötzlich Tränen über die Wangen. Dass er mir nun tatsächlich mit meinem Vater kam, hätte ich nicht wirklich gedacht. Zwar hatte ich es bereits bei seiner Nachricht vermutet, aber dass er wirklich so weit gehen würde und die Gesundheitssituation meines Vater zu seinen Gunsten nutzen würde, um mich ... von ihm und einer Beziehung zu ihm zu überzeugen, schockierte mich.

Ich wollte keinen einzigen weiteren Satz von ihm hören. Kein

Wort, das jetzt noch folgen würde, könnte den Schmerz in mir beruhigen, den er durch die Erwähnung meines Vaters ausgelöst hatte. Dachte er wirklich, er könne mir weismachen, mein Vater wäre glücklich, wenn ich mit ihm wieder zusammen wäre? Dachte er allen Ernstes, das würde ausreichen, um wieder zu ihm zurückzukehren? Auf so eine Erpressung ließ ich mich nicht ein! Ich fühlte mich in die Falle gelockt. Liam verletzte mich mit seinen von ihm vielleicht gut gemeinten Worten. Mein Herz raste und ich hatte das Gefühl, als würden sich plötzlich die Wände auf mich zubewegen. Ich bekam Panik. Verzweifelt wischte ich über die feuchten Spuren auf meinen Wangen und sprang auf.

»Ich sollte jetzt gehen.« Hektisch betastete ich meine Hose und die Jacke, ehe mir einfiel, dass ich ohne Geld das Haus verlassen hatte. Immerhin stand nicht auf dem Plan, mir ein Frühstück zu kaufen.

Liam war ebenfalls aufgesprungen, sichtlich geschockt von meiner Reaktion, und wusste wohl im ersten Moment nicht, wie er auf meinen Gefühlsausbruch reagieren sollte.

»Es tut mir leid, ich habe kein Geld mit. Ich bringe es später vorbei.«

»Das Frühstück geht auf mich«, sagte er. »Schließlich habe ich dich eingeladen.«

»Okay, danke!«

»Kristin, warte!« Er kam mir nach. »Habe ich etwas Falsches gesagt? Tut mir leid, wenn ...«

Ja! »Nein. Alles klar. Ich gehe jetzt. Bis bald.« Die Worte seiner begonnenen Erpressung brannten in mir und ich war mir nicht sicher, wie lang ich es noch in seiner Gegenwart aushielt.

Ich stolperte rückwärts Richtung Tür, die Sicht von meinen Tränen verschwommen, die Wangen glühend heiß.

Endlich draußen an der frischen Luft, rannte ich nach Hause, so schnell ich nur konnte. Was für eine bescheuerte Idee, mich mit Liam auf so eine Unterhaltung einzulassen. Oder überhaupt auf seine Einladung einzugehen. Nicht umsonst wollte ich ihm absagen.

27. Kapitel

Joshua

»Wie geht es Kristin?«, erkundigte sich Dan, als er dienstags pünktlich im Büro erschien.

»Sie ist in Lakeview. Ihr Vater hatte einen Herzinfarkt.«

»Oh.«

Mehr Reaktion kam nicht von ihm, doch das hatte ich auch nicht erwartet. Er war selbstsüchtig wie immer und ich konnte nur hoffen, dass er sich bei Kristin melden würde. Erstens, um sich bei ihr zu entschuldigen, und zweitens, um sich nach ihrem Vater zu erkundigen. Doch ich erwartete vermutlich schon wieder zu viel von ihm.

Jedenfalls hielt ich mein Versprechen an Kristin und sprach ihn nicht mehr darauf an, was Montagmorgen in seinem Haus passiert war. Auch er fand den Vorfall nicht erwähnenswert. Er erledigte seine Arbeit, als wäre nichts passiert. Und trotzdem. Dan verhielt sich seltsam. Er war plötzlich freundlicher als zuvor, hielt sich ständig in meiner Nähe auf. Wollte er damit sein schlechtes Gewissen beruhigen, weil mir Kristin verstört aus seinem Haus in meine Arme geflüchtet war? Oder lag es doch an ihrer Abwesenheit, die mir ebenso zusetzte? An der Arbeit, die sich häufte?

Ich wusste es nicht, hatte im Moment jedoch auch nicht wirklich Lust, ihn darauf anzusprechen. Zu sehr war ich mit meinen eigenen Gedanken beschäftigt, die sich hauptsächlich um Kristin drehten.

***

Inzwischen waren mehrere Tage vergangen, in der sie sich nicht gemeldet hatte, und nun machte ich mir langsam ernsthafte Sorgen. Ich hatte ihr noch eine Nachricht geschickt, doch diese blieb unbeantwortet, ebenso wie mein Anruf, der direkt in ihrer Mobilbox gelandet war.

»Was hältst du davon, wenn wir heute Abend wieder einen draufmachen?«

Irritiert hob ich meine Augenbrauen. Unser letzter Barbesuch war *too much* für mich und meine Verhältnisse. Außerdem wurde mir immer noch übel, wenn ich an diese Nacht dachte – und das aus zwei Gründen. Außerdem hatte ich keine Lust, etwas mit ihm zu unternehmen und so zu tun, als wäre alles wieder in Ordnung. Nur weil wir nicht darüber sprachen, war es nicht aus der Welt geschafft. Erst wenn Kristin wieder zurück wäre, würden wir reinen Wein einschenken und alles klären.

»Ohne mich.« Meine Antwort war knapp und vielleicht ein wenig zu barsch – mir fehlte seit Tagen eindeutig Schlaf und damit die nötige Geduld. Ich musste außerdem endlich mit Kristin reden und herausfinden, was los war. Das lag mir zusätzlich im Magen und würde mich bald aber sicher um den Verstand bringen.

Mit dieser inneren Unruhe sperrte ich kurz darauf die Büroräume hinter mir ab, nachdem Daniel nach Hause gefahren war, und ging zurück in meinen privaten Wohnbereich. Als ich im Wohnzimmer stand, warf ich einen Blick auf das dunkle geschwungene Holz, das viel zu lang unbeachtet in der Ecke stand und erst durch Kristin wieder zum Leben erweckt wurde: *Jenny*. Innerhalb weniger Schritte war ich bei dem Kontrabass, strich mit geschlossenen Augen über das warme Material und spürte die Gänsehaut, die sich bei dem Gedanken daran, für Kristin gespielt zu haben, unaufhaltsam ausbreitete. Genau dieses Gefühl war es, das ich die letzten Jahre vermisst hatte. Die Sehnsucht nach Musik, Leidenschaft, Liebe ... Dieses Beben, das die Melodie in mir auslöste, wenn meine Finger über die Saiten glitten; wenn ich den Bass spielte und förmlich eins mit ihm wurde. Verdammt, wie sehr es mir fehlte!

Ich nahm das Instrument und strich mit den Fingerspitzen weiter, bis ich die Saiten berührte. Als ich zu spielen begann, erwartete ich kurz, dass die altbekannte Flut von Angst, Trauer und Wut, die ich viel zu lang empfunden hatte. Doch sie hatte sich im Nichts aufgelöst und stattdessen ein mir nicht unbekanntes Gefühl zurückgelassen, das ich verwundert willkommen hieß. Es war diese Wärme, diese Kraft, die der Kontrabass schon immer in mir hervorrief, kaum dass ich ihn spielte. Das Selbstvertrauen und diese urtypische Zufriedenheit, die mich erdete und mich zu mir selbst führte.

Mit dieser aufkeimenden Kraft und Lebenslust in mir, die den größten Teil meines Lebens mein Antrieb waren und aufs Neue von mir Besitz zu ergreifen schienen, spielte ich. Ich ignorierte die Sehnsucht nach Kristin, die Ungewissheit, was mit ihr sei, fühlte nur die Vorfreude, sie endlich wieder in meine Arme schließen zu können. Ließ mich von der Musik tragen, hielt die Augen geschlossen und spielte, bis ich jegliches Zeitgefühl verloren hatte.

Irgendwann riss mich das Telefon aus meiner Welt ins Hier und Jetzt zurück.

Kristin.

»Hey, Liebes. Wie geht es dir?«

»Hey«, sagte sie mit leichter Melancholie in der Stimme, die mich sofort beunruhigte. »Sorry, dass ich erst jetzt zurückrufe. Ich wollte mich schon ein paarmal bei dir melden, aber ... es war immer viel los.«

»Das kann ich mir vorstellen. Wie geht es deinem Vater?« Eine unbestimmte Vorahnung ließ mir die Haare im Nacken zu Berge stehen. Irgendetwas stimmte hier nicht. Ich konnte es an ihrer Stimme und an den nicht gesagten Worten erkennen.

»Meinem Vater geht es inzwischen schon etwas besser«, sagte sie und ich hörte ihre Erleichterung.

Ich hatte keine Ahnung, wie ich für sie hätte da sein sollen, wie ich ihr Halt geben und sie hätte trösten können. Die letzten Tage hatte ich mich hilflos gefühlt. Nun fühlte ich mich ebenso ohnmächtig dieser Distanz gegenüber, die sich zwischen uns entwickelt hatte. Kristin schien mir plötzlich nicht mehr Hunderte Meilen entfernt, sondern Welten.

»In wenigen Tagen wird er entlassen und ich ... wollte dir

sagen, dass ich in Lakeview bleiben werde.« Sie seufzte tief, während ich den Atem anhielt und meinem Herzen lauschte, das gegen meinen Brustkorb trommelte. Mein Kopf versuchte die Worte zuzuordnen, aber es dauerte etliche Augenblicke, bis ich auch wirklich verstand, was sie mir sagen wollte:

Dass sie in Lakeview bleiben würde.

»Meine Familie braucht mich hier, Joshua. Bitte versteh das.« Sie klang gequält, traurig und sprach so leise, als würde sie mir dadurch weniger wehtun.

Verfluchter Mist!

Vielleicht hatte ich es geahnt. Vielleicht hatte ich deshalb nicht öfter zum Telefon gegriffen, um sie anzurufen. Vielleicht wollte ich einfach noch länger diese Illusion leben, endlich ein Mädchen getroffen zu haben, in das ich mich verlieben konnte.

Völlig aus der Bahn geworfen nickte ich, bis mir einfiel, dass sie das nicht sehen konnte.

»Du wirst nie mehr zurückkommen?« Immer noch hoffte ich, sie würde das alles für ein Missverständnis erklären, doch sie schwieg.

Mein Herz implodierte, schien alles in mir zu zerfetzen. Der Schock saß mir tief in den Knochen und ich fühlte mich plötzlich fremd in meinem eigenen Körper. »Das war es dann also, oder?« Meine Stimme versagte, ebenso meine Beine.

Ich ließ mich auf die Couch fallen und hatte Mühe, das Telefon ans Ohr gepresst zu halten. Mit der freien Hand griff ich mir an den Kopf, der jeden Moment zu zerbersten schien. Ich hoffte darauf, dass sie mich berichtigen würde, dass sie mir sagen würde, dass ich sie missverstanden hätte. Doch ich wurde enttäuscht.

»Bitte komm nicht nach Berkeley. Ich würde es nicht ertragen, mich persönlich von dir verabschieden zu müssen.« Sie klang gequält und genauso fühlte ich mich auch. Als hätte jemand in mir das Licht abgedreht – und den Strom gleich noch mit dazu.

Nachdem Kristin aufgelegt hatte, saß ich noch eine Weile wie versteinert auf dem Sofa. Was zur Hölle war da eben passiert?

Wieder und wieder schüttelte ich den Kopf, wollte nicht wahrhaben, was ich gerade gehört hatte.

Dann sprang ich auf. Für mich gab es nur eine Lösung, mit allem klarzukommen, bevor mich ihre Entscheidung überrollte wie ein Panzer. Ich musste abschließen. Alles wegschließen, was mich an sie erinnerte. Ich wusste, ich würde zugrunde gehen, wenn ich jetzt nicht sofort die Reißleine ziehen würde. So wie damals, als der Unfall mit Scott war. Noch einmal würde ich es nicht zulassen, dass mich der Verlust von einer geliebten Person ins bodenlose Nichts riss ...

Ich hetzte ins Schlafzimmer und riss die Türen des Wandschranks auf. Im hintersten Winkel lehnte der Koffer meines Kontrabasses, den ich hervorzog und ins Wohnzimmer trug. Die ganzen letzten Jahre hatte ich es nicht übers Herz gebracht, meine *Jenny* dort einzuschließen. Sie wegzuschließen und aus meinem Leben zu verbannen, nicht einmal nach dem Tod von Scott. Doch jetzt war es so weit. Ich sah keinen Sinn mehr darin, auf diesem Instrument zu spielen. All das, was mein Leben, was mich ausgemacht hatte, was mir Hoffnung gegeben hatte, hatte Kristin eben zerstört. Ich hatte mich an einen Strohhalm geklammert – all die Jahre hinweg, indem ich das Instrument nicht wegschließen konnte und nach wie vor Kleidung trug, die für das stand, was mich ausmachte, was ich liebte. Und jetzt war ich mit diesem Strohhalm in der Hand untergegangen, gemeinsam mit dem Rettungsring um den Bauch, der Kristin hieß.

Ein weiteres Mal eilte ich zurück ins Schlafzimmer, zerrte einen Koffer aus dem Schrank und stopfte ihn mit all der Kleidung voll, die so markant für mich gewesen war. Einzig zwei Jeans und einen Herrenanzug sowie das dazupassende weiße Hemd ließ ich hängen, das ich nur bei Kundenpräsentationen trug. Vier T-Shirts durften ebenfalls bleiben, den Rest verbannte ich gemeinsam mit dem Kontrabass hinauf auf den Dachboden – einen Ort, an dem ich noch nie zuvor gewesen war und den ich auch in Zukunft nie mehr betreten würde ...

28. Kapitel

Kristin

Als ich nach dem Telefonat mit Joshua aufgelegt hatte, konnte ich meine Gefühle nicht länger im Zaum halten. Tränen rannen unaufhaltsam über meine Wangen und benetzten das Kissen meines Bettes. Ich hatte mich zu einer Kugel zusammengerollt und schluchzte unentwegt, boxte mit der Faust auf die Matratze ein und verfluchte mich und mein Leben. Doch ich wusste tief in meinem Inneren, dass es keinen anderen Weg für mich gab.

Liam hatte es bereits richtig gesagt: Mein Vater wollte nur das Beste für mich. Und das größte Glück wäre für ihn gewesen, wäre ich mit Liam zusammengeblieben und hätte er mich für immer in Lakeview gewusst ... Ich Sturkopf hatte so sehr auf der Erfüllung meines Traumes beharrt, dass ich in Kauf genommen hatte, meine Familie ins Chaos zu stürzen. Es war definitiv Zeit für mich, endlich Konsequenzen zu ziehen, bevor noch mehr passieren würde.

***

Ehe ich nach Berkeley zurückfuhr, um meine Sachen zu holen, wollte ich Dad noch einmal im Krankenhaus besuchen. Er hatte sich seit dem Herzinfarkt tatsächlich stark verändert. Er war um einiges ruhiger und hatte weder mich noch sonst jemanden aus der Familie auch nur ein einziges Mal angeschnauzt – von den Krankenschwestern mal abgesehen. Vielleicht war er wirklich fähig dazu, wieder so wie früher zu werden; so, wie ich ihn aus meiner Kindheit in Erinnerung hatte.

Diesmal hatte ich Angst, als ich allein auf das Krankenhaus zuging. Bisher waren immer entweder Mom, Helen oder Granny mit dabei, doch heute würde ich ihn allein besuchen. Und ich würde ihm meinen Entschluss, in Lakeview zu bleiben, mitteilen.

Dad saß auf dem gemachten Bett, Jogginghose und Bademantel angezogen, und zappte sich durchs Fernsehprogramm. Als er mich in der Tür erkannte, schaltete er aus und war sichtlich froh über meinen Besuch. »Kristin, wie schön, dass du da bist. Die haben ja alle einen Knall hier! Ich darf weder das essen, was ich will, noch darf ich mich bewegen, wann ich will und wie ich will. Ich dreh hier völlig am Rad!«

Ich musste schmunzeln. Ganz verändert hatte ihn der Herzinfarkt ja nun doch nicht. Mein Vater deutete auf einen der Stühle, den ich mir ans Bett heranzog, und ich setzte mich. Nervös nestelte ich am *Zipp*-Verschluss meiner Umhängetasche herum. Zu Hause wusste ich noch genau, wie ich beginnen würde, und nun fehlten mir die Worte.

»Möchtest du etwas zu trinken?«

Dankend lehnte ich ab und atmete tief durch. Doch er kam mir zuvor, und ich ärgerte mich über mein Zögern, das es mir schwerer und schwerer machte, ihm den Abbruch meines Studiums mitzuteilen.

»Hör zu, Häschen, ich möchte mit dir über etwas Wichtiges sprechen.« Er wirkte ernst, und als ich seinen gequälten Gesichtsausdruck dazu sah, begann mein Herz wild zu rasen. »Ich habe vorhin mit deiner Mutter telefoniert. Sie hat mir gesagt, was du vorhast. Dass du dein Studium abbrechen und in Lakeview bleiben willst.«

Meine Wangen wurden heiß. So hatte ich mir das Gespräch nicht vorgestellt. Dass mir meine Mom in gewisser Weise in den Rücken fiel und mir mit der Nachricht zuvorgekommen war, ärgerte mich. Doch mich irritierte auch die Art, wie mein Vater es sagte. Eigentlich hatte ich gedacht, er würde sich freuen. Ich dachte, mit dieser Entscheidung würde ich ihn glücklich machen.

»Kristin, ich möchte das nicht.«

Hatte ich mich verhört? »Du ... willst nicht, dass ich nach Lakeview zurückkomme?«

Mein Vater fuhr sich mit den Fingern durch die Haare. Er

wirkte erschöpft und ... unsicher. Verzweifelt. »Ich will nicht, dass du deine Träume meinetwegen aufgibst. Häschen, ich war ein verdammter Idiot. Derjenige, der sich unreif und unverantwortlich verhalten hatte, war ich. Nicht du. Ich hätte nie und nimmer darauf beharren sollen, dass du in Lakeview bleibst. Sieh dich an, du bist wunderschön, intelligent und – was ich so von deiner Mutter und deiner Grandma aufgeschnappt habe – du schneidest auch sehr gut bei den Prüfungen ab. Ich bin verdammt stolz auf dich, Kristin.«

Ungläubig starrte ich meinen Vater an, der mir ein verlegenes Lächeln schenkte. Er nestelte an der Decke herum und sah mich abwartend an.

»Wer bist du, und was hast du mit meinem Dad gemacht?«, fragte ich, als ich endlich meine Stimme wiedergefunden hatte.

Er lachte und Falten bildeten sich um seine Augen. »Komm schon her und lass dich umarmen, Häschen.« Er hielt seine Arme geöffnet, auf die ich – immer noch verwundert – starrte. Dad sah mich an, voller Hoffnung, Pein und Entschuldigungen, und ich kam mir vor wie im falschen Film.

Mein Vater ließ die Arme wieder sinken. »Ich habe dich bereits an deinem ersten Tag hier um Verzeihung gebeten. Ich weiß, ich hab so vieles falsch gemacht, und das lässt sich mit den wenigen Worten nicht wiedergutmachen. Und ja, ich will an deinem Leben teilhaben. Aber nicht, wenn du unglücklich in Lakeview sitzt. Wenn du dein Studium liebst und es dich erfüllt, dann ist Aufhören das Letzte, was du tun solltest.«

»Aber ich dachte, du willst nicht, dass ich studiere? Ich dachte, du willst, dass ich in deiner Nähe bin und ... heirate, Kinder bekomme. Wie Helen.«

»Für Helen war das auch die richtige Wahl. Ich sagte doch schon, ich war ein Idiot. Kristin, alles, was ich will, ist, dass du glücklich bist. Und so, wie du jetzt aussiehst, bist du es nicht. Dein Leben ist jetzt in Berkeley.« Er seufzte tief, rang nach Worten und suchte verzweifelt in meinen Augen nach etwas, das ihm Halt gab. Aber ich war zu verwirrt, um darauf zu reagieren. Ich musste das alles erst verdauen.

»Gib mir bitte noch eine Chance. Wenn ich hier endlich raus bin, will ich es wiedergutmachen. Ich will für dich der Vater sein, den du verdient hast. Ich will dir beweisen, dass ich es noch draufhabe.«

Ich spürte Tränen aufsteigen. So lange Zeit hatte ich mir gewünscht, mein Vater würde sich ändern, er würde einsehen, dass es nicht nur an mir lag, dass unser Verhältnis so schwierig war. Und jetzt – hier in diesem unpersönlichen, sterilen Krankenzimmer, bat er mich abermals um Verzeihung und sagte, er wolle alles wiedergutmachen. »Das wäre schön, Daddy«, hörte ich mich tränenerstickt sagen.

Seine Augen glänzten und er breitete seine Arme wieder aus.

»Und jetzt drück endlich deinen alten Vater und verzeih ihm ... bitte.« Das letzte Wort klang flehend und sein gequälter Blick gab mir den Rest.

Da war für mich kein Halten mehr. Ich ließ mich in seine Arme fallen, drückte mich an ihn und ließ geschockt, überrascht und sogar glücklich meinen Tränen freien Lauf. Beruhigend streichelte er meinen Rücken. Wir hielten uns lang so fest. Es war ein unglaubliches Gefühl von Wärme und Sicherheit, an seiner Brust zu liegen. Ich fühlte mich endlich wieder geborgen, zu Hause.

Als wir uns wieder voneinander lösten und ich in meiner Handtasche nach Taschentüchern suchte, sah ich aus dem Augenwinkel sein erleichtertes Lächeln.

»Wie kommt der plötzliche Wandel? Ich meine, du hattest immerhin felsenfest auf deiner Meinung beharrt«, fragte ich, als ich mir die Nase geputzt hatte.

»Ach Häschen ... ich bin ein alter, dummer Mann. Aber auch ich lerne aus meinem Leben. Also möchte ich dir heute ein Geheimnis anvertrauen.«

Neugierig sah ich ihn an.

»Das, was ich dir nun erzähle, habe ich noch nie jemandem zuvor gesagt – auch nicht deiner Mutter –, und ich möchte deshalb, dass du es für dich behältst.« Seine Stimme war warm und beruhigend, und trotzdem konnte ich Unsicherheit heraushören.

»Ich war noch auf der Highschool, als ich Elena kennenlernte. Sie war mit ihren Eltern gerade erst hergezogen und einfach unglaublich. Eine Wahnsinnsfrau, nach der sich jeder umdrehte. Sie war etwas über zwei Jahre älter als ich und ... was soll ich sagen? Ich war vom ersten Moment an völlig in sie verschossen.« Ein verschmitzter, leicht verträumter Ausdruck zeichnete sich auf seinem Gesicht ab, was mich völlig überraschte.

»Ich dachte, du warst mit Mom seit der Highschool zusammen?«

»Ja, war ich auch. Aber ... das kam später.« Mein Vater atmete tief durch, ehe sein Blick in die Ferne schweifte und er weitererzählte. »Ich war bis über beide Ohren in Elena verliebt und dachte eigentlich, sie wäre es auch. Wir sprachen von einer gemeinsamen Zukunft, von einem eigenen Häuschen, von Kindern und einem Hund. Verrückt, oder? Immerhin waren wir so jung! Viel zu jung, um sich über solche Themen ernsthaft zu unterhalten – aus heutiger Sicht gesehen.«

Ich war völlig verblüfft über die Einstellung, die ich so von meinem Vater nicht kannte. Sie widersprach allem, was er bisher gepredigt hatte – dachte ich zumindest. Doch es schien, als hätte ich mich in ihm getäuscht.

»Als Elena aufs College wechselte, war es eine schwere Zeit für mich, da wir uns nur selten sahen. Aber wir telefonierten beinah jeden Tag und ich hatte das Gefühl, dass wir durch die langen Gespräche nur noch enger aneinandergeschweißt wurden.«

Angespannt nagte ich an meiner Unterlippe und lauschte der Geschichte, die sich so unwirklich für mich anhörte. Meine Mutter und mein Vater gehörten für mich zusammen – dass es eine andere Frau gegeben hatte, in die mein Vater verliebt war, klang eigenartig für mich.

»Jedenfalls beschloss ich eines Freitags, die Schule zu schwänzen und sie auf dem College zu überraschen. Als ich die Tür zu ihrem Zimmer im Wohnheim öffnete, lag sie mit einem fremden Mann im Bett. Er war mindestens drei Jahre älter und ... du kannst dir vielleicht vorstellen, dass ich fuchsteufelswild wurde. Ich schmiss den Kerl aus dem Zimmer und machte Elena eine Szene. Sie weinte zwar, doch als sie mir beichtete, dass er nicht der Erste gewesen wäre, mit dem sie geschlafen hatte, und dass sie es sogar mit einem ihrer Professoren getrieben hatte ...« Er seufzte tief und sah mich dann wieder an. »Ich hatte einfach schlechte Erfahrungen mit Collegemädchen gemacht«, lächelte er mich entschuldigend an. »Aber ich war ein Idiot, die Geschichte von Elena auf dich zu übertragen. Du bist nicht wie sie und wirst es auch nie sein. Immerhin bist du *meine* Tochter.«

Was für eine neue Sicht der Dinge!

»Und ... wann hast du dann Mom kennengelernt?«

»Das war ein gutes halbes Jahr später. Ob du es glaubst oder nicht, aber ich litt sehr unter dem Betrug von Elena und hatte deshalb auch erst mal genug von den Frauen. Als ich dann irgendwann doch noch einmal beschlossen hatte, mein Leben endlich wieder in die Hand zu nehmen, lief mir deine Mutter über den Weg. Sie war das völlige Gegenteil von Elena: zurückhaltend, ruhig. Sie war keine so starke Persönlichkeit, keine Sexbombe – aber das war mir nur recht. Ich hatte beschlossen, mir nie wieder so etwas gefallen lassen zu müssen, und deine Mutter wirkte nicht, als wäre sie der Typ für solche Eskapaden. Sie schien damals einfach die bessere Wahl gewesen zu sein.«

Verschämt wischte er sich über sein Gesicht, während ich immer noch nicht fassen konnte, was ich hier eben erfuhr.

»Heißt das also, du hast sie nicht geliebt, als ihr geheiratet habt?« Ich traute mich die Worte beinah nicht auszusprechen, aber diese Frage brannte zu sehr auf meiner Zunge und in meinem Herzen.

»Nein, nein, ganz so war es dann auch nicht! Es war einfach anders mit deiner Mutter. Es war immer schon mehr wie eine tiefe Freundschaft. Und die verbindet uns auch heute noch. Diese leidenschaftliche Liebe, wie ich sie bei Elena empfunden hatte ... Ach, reden wir nicht mehr davon.« Er schüttelte mit einem gequält wirkenden Lächeln den Kopf und drückte anschließend noch einmal meine Hände. »Was ich dir damit sagen will, ist: Ich denke nicht, dass es falsch war, deine Mutter zu heiraten! Im Gegenteil, denn ich bin sehr froh, dass ich sie an meiner Seite weiß. Aber ich fühle mich als dein Vater verpflichtet, dir trotz allem klarzumachen, dass du nicht auf die große Liebe verzichten sollst, nur um dich auf der sicheren Seite zu wiegen. Zu lieben bedeutet mitunter auch, das Risiko einzugehen, verletzt zu werden. Sicher, Freundschaft ist zwar wichtig in der Partnerschaft, aber bei Weitem nicht alles.«

Er zwinkerte mir zu und ich musste schlucken. Sein Einfühlungsvermögen überraschte und berührte mich. Vielleicht wusste er viel mehr über mich, Liam ... und vielleicht sogar über meine Gefühle für Joshua. Und selbst wenn nicht, so fühlte ich mich geehrt, in sein Geheimnis eingeweiht worden zu sein. Das Band zwischen uns, das bis vor wenigen Tagen noch so zerrissen schien, war wieder ganz – und enger, als vielleicht jemals zuvor.

»Danke für dein Vertrauen und für deine ... Lebensweisheiten, Daddy. Das bedeutet mir viel.«

Wieder sah er mich voller Stolz und Liebe an und drückte fest meine Hand. Dann fügte mein Vater noch mit einem liebevollen Lächeln hinzu: »Ich will einfach, dass du glücklich bist. Und dazu muss ich endlich aufhören, mich in dein Leben einzumischen, nur weil meines nicht so verlief, wie ich es mir damals gewünscht hatte.«

29. Kapitel

Kristin

Ich konnte mich nicht erinnern, wann ich zuletzt so nervös gewesen war. Ich stand vor Joshuas Tür und hatte bereits zum dritten Mal angesetzt anzuklingeln, doch jedes Mal wieder verließ mich vorher der Mut. Inzwischen war mir kalt bis auf die Knochen und ich fühlte mich unwohl in der Dunkelheit, die nur durch die Straßenbeleuchtung erhellt wurde.

Irgendwie war es wie damals, als ich als kleines Mädchen beim Ballspielen unabsichtlich den Ball durch die Scheibe des Gewächshauses unserer Nachbarn geschossen hatte. Anzuläuten und den Schaden zu gestehen und mich als Schuldige zu bekennen, das war hart. Aber diesmal waren es nicht nur Schuldgefühle, die mich plagten. Ich hatte Angst, dass ich mit meinem übereilten Anruf bei Joshua alles zerstört hatte, was zwischen uns war.

Endlich presste ich den Daumen auf die Klingel, die aus dem Inneren dumpf zu hören war. Die erste Anspannung fiel kurz von mir ab, wurde aber sofort von weiterem Herzrasen abgelöst, da ich nun keine Ausrede mehr hatte, unser Gespräch zu verschieben. Mit zitternden Knien sah ich ein letztes Mal zu den beleuchteten Innenräumen, als die Tür geöffnet wurde.

Joshua stand vor mir, und sofort war da wieder dieser unbändige Wunsch, mich an ihn zu drücken und seinen unverwechselbaren Duft einzuatmen. Doch meine Unsicherheit und sein Blick hielten mich davon ab.

Er hatte seine Arme vor der Brust verschränkt und sah mich mit einem gleichgültigen, beinah leblosen Ausdruck in den Augen an. Auch sonst war seine Erscheinung nicht so, wie ich sie von ihm gewöhnt war. Seine Wangen zierte ein Dreitagebart, während ihm seine Haare wirr ins Gesicht hingen und nicht wie gewohnt zu einer Tolle gedreht waren. Auch seine Kleindung wirkte ... anders. Ganz normal und gar nicht so außergewöhnlich, wie ich es von ihm kannte. Sein schwarzes Shirt hing halb aus der Hose und er trug weder Schuhe noch Socken. Der ungewohnte Schnitt seiner Jeans sah eigenartig an ihm aus, so, als wären sie nicht die seinen.

»Hey ...«, begann ich zaghaft und vielleicht auch viel zu leise.

»Was willst du?«, fuhr er mich an und ich zuckte zusammen.

Ich hatte bereits damit gerechnet, ihn verletzt zu haben, doch seine schroffe Art überraschte mich. Ich hätte nicht gedacht, dass er sich mir gegenüber so abweisend verhalten würde. Gekränkt machte ich einen Schritt zurück.

Erneut setzte ich an, ihm zu sagen, dass ich vorschnell gehandelt hatte mit dem Anruf, doch ein Wagen fuhr hinter mir die Straße vorbei, bei dem definitiv der Auspuff kaputt war, und verzögerte so lautstark meine Entschuldigung. Das Licht der Scheinwerfer beleuchtete für einen kurzen Moment sein Gesicht und versetzte meinem Herzen einen erneuten Stich. Seine Augen wirkten matt, müde, enttäuscht. Kein Schimmern war zu sehen in seinem *Goose Lake*. Dabei hatte ich genau das so sehr geliebt!

»Ich muss mich bei dir entschuldigen, Josh. Bitte ... lass mich hinein, damit wir drinnen weiterreden können.« Eine Gänsehaut schüttelte mich trotz Mantel und ich rieb mir mit meinen eisigen Händen über die Oberarme.

Doch Joshua starrte mich unbeweglich an und ich sah mich bereits wieder die Stufen zu meinem Wagen hinuntergehen. Sein Blick war berechnend und plötzlich spürte ich verdammte Tränen hochsteigen. Ich hatte das Gefühl, ihn unwiederbringlich verloren zu haben. All das, was ich für so besonders zwischen uns gehalten hatte, schien, als hätte es sich in Luft aufgelöst. Ein Schmerz fuhr durch meinen Brustkorb, direkt in mein Herz. Er schien mir die Luft abzuschnüren und ich kämpfte mit aller Kraft dagegen an, dass meine Knie nachgaben. Kurz bevor es zu spät gewesen wäre und meine innere Zerrissenheit sich verraten hätte, machte er einen Schritt zur Seite und öffnete wortlos die Tür etwas weiter. Mit zittrigen Knien ging ich an ihm vorbei Richtung Wohnzimmer, in dem Licht brannte. Kaum dass ich den Raum betreten hatte, merkte ich, dass hier etwas ganz eindeutig nicht stimmte. All das, was Joshua ausgemacht hatte, war verschwunden. Der Raum wirkte unpersönlich und leer. Ich war verwirrt und wusste nicht, was hier vor sich ging. Wieso sah es hier plötzlich so fremd aus? Wollte er wegziehen? Aber das hätte nicht erklärt, wieso Josh so verändert aussah.

»Wo ist dein Kontrabass? Dein Plattenspieler und die vielen Schallplatten?«

Er ignorierte mich und das Entsetzen in der Stimme, sondern ging in Richtung Kühlschrank. »Wasser? *Cola?* Bier?«

Josh klang beinah genervt, als er mir diese Aufzählung über seine Schulter zuwarf und darauf wartete, dass ich mich entschieden hatte.

»Ein Wasser, bitte.«

Er knallte die Wasserflasche vor mir auf den Tisch und ließ sich mit einer geöffneten Dose Bier auf die Couch fallen. Seine nackten Füße legte er neben mein Wasser auf die Glasplatte und ich sah ihn fassungslos an. So respektlos hatte ich ihn noch nie erlebt. Unsicher blieb ich stehen, wusste nicht, wo ich mich hätte setzen sollen. Der Platz neben ihm auf der Couch wäre wohl in dem Moment nicht der richtige gewesen.

»Also ... Ich weiß nicht, wie ich es am besten sagen soll ...«, begann ich stockend.

»Wenn du nicht weißt, was du mir sagen möchtest, solltest du besser wieder gehen. Denn wenn du nur hier bist, um dich endgültig von mir zu verabschieden – das kannst du dir sparen. Ich lege keinen Wert auf Abschiedsszenen.«

Nach einem großen Schluck aus der Bierdose verschränkte er seine Arme vor der Brust und langsam wurde meine Unsicherheit gegen Wut ersetzt.

»Ich weiß ja nicht, was in dich gefahren ist, aber so behandelt zu werden, habe ich nicht verdient. Ich bin hier, um mich bei dir zu entschuldigen. Ja, ich habe dir vermutlich sehr wehgetan, als ich dir sagte, dass ich in Lakeview bleibe, aber ...«

»Du. Hast. Ja. Keine. Ahnung.« Joshua knurrte mich an, sodass ich mitten im Satz innehielt.

Wütend war eine große Untertreibung für seinen Blick. Als er sich erhob und auf mich zukam, wich ich verunsichert vor ihm zurück. »Du hast verdammt noch mal keinen blassen Schimmer, wie es mir die letzten Tage ging«, wiederholte er nun lauter und drückte seinen Zeigefinger drohend gegen meinen Brustkorb. Seine Stimme zitterte dabei und ich schluckte schwer gegen den Knoten in meinem Hals an, der im Rhythmus des Herzschlages gegen meinen Kehldeckel pochte.

»Du hast mich um Zeit gebeten, und die wollte ich dir lassen. Aber dass du mich danach so eiskalt abservierst ...« Joshua schüttelte den Kopf und drückte Daumen und Zeigefinger gegen seine Nasenwurzel. »Und dann stehst du hier und willst dich entschuldigen? Such dir einen anderen Idioten. Versuch es mal mit Daniel, der spielt genauso berechnend mit Frauen wie du mit mir.«

Jedes einzelne Wort von ihm war wie ein Schlag in mein Gesicht. Es schien, als hätte ich den Kampf um ihn verloren. Das erste Mal in meinem Leben war ich glücklich gewesen; das erste Mal war ich selbst für dieses Glück verantwortlich gewesen und ich hatte es vermasselt. Diese Erkenntnis machte mich wütend. Wütend auf mich, aber auch auf ihn. Ich fühlte mich so unglaublich machtlos, wenn alles, was ich sagte, an ihm abprallte. Wieso gab er mir nicht eine einzige Chance, es wiedergutzumachen? Hatte nicht jeder eine zweite Chance verdient?

»Was bin ich nur für ein Idiot«, fuhr ich ihn an, bebend, gepeinigt von meiner eigenen laschen Vorstellung. »Ich hatte doch wirklich gehofft, du würdest dich freuen, mich wiederzusehen. Ich Verrückte hatte mir unser Wiedersehen so schön ausgemalt, als ich auf dem Weg zurück zu dir war. Die ganzen verdammten sieben Stunden Fahrt dachte ich nur daran, dass ich endlich wieder bei dir sein kann. Wie wir uns in die Arme fallen, uns küssen würden. Dann hätte ich dir erzählt, warum ich doch in Berkeley bleiben werde, und hätte dir gesagt, dass ...«

»Wie bitte?« Irritiert packte er mich an den Oberarmen. »Würdest du das noch einmal sagen?«

»Was meinst du? Dass ich Berkeley doch nicht verlasse?«

Mit zusammengekniffenen Augen nickte Joshua und ließ nun endlich seine Arme sinken. Ich bemerkte, wie seine ablehnende Haltung zu bröckeln schien. »Was für ein Spiel spielst du, Kristin?«, fragte er dann ruhiger. In seiner Stimme lag kein Spott, sondern eher ... Neugier?

Endlich kehrte mein Mut zurück, wenn auch nur minimal. Langsam schüttelte ich den Kopf und sah ihn dabei eindringlich an. »Keines, Joshua. Ich meine das ernst, dass ich hierbleibe. Und es tut mir leid, dass ich dich mit meinem vorschnellen Anruf verletzt habe. Ich habe unüberlegt gehandelt. Heute bereue ich es zutiefst, aber ich kann die Zeit leider nicht zurückdrehen.«

Nun nahm er mich an der Hand, nicht mehr so grob wie eben noch an den Armen, sondern zärtlich, und führte mich zur Couch, auf die er mich mit sich hinabzog. In seinem Gesicht spiegelten sich tausend Emotionen. Langsam schien er zu verstehen, was ich ihm sagen wollte. Es war, als würde er wieder Hoffnung spüren – und nicht mehr nur Wut, Ablehnung und Schmerz.

»Erzähl mir alles«, bat er nun leise und das tat ich. Ich ließ keine Einzelheit aus, während er mir zuhörte.

»Du dachtest, wenn du in Lakeview bleibst, und das Leben lebst, das sich dein Vater für dich wünscht, würde er wieder gesund werden und alles wäre in Ordnung?«, schlussfolgerte Joshua und ich nickte beschämt.

»Gestern hatte ich ihn allein im Krankenhaus besucht und wollte ihm meine Entscheidung mitteilen. Doch er wusste bereits davon und hat mir meinen Entschluss wieder ausgeredet.«

Sanft strich mir Josh über den Kopf, drückte mich an sich und hauchte mir einen Kuss auf die Stirn. Ich war unglaublich erleichtert über diese Geste.

»Und was ist mit Liam?«

»Von ihm hab ich mich nicht verabschiedet. Ich konnte es nicht. Vielleicht hatte ich auch Angst, er würde erneut etwas sagen, das meine Entscheidung ins Schwanken bringt. Er weiß leider zu gut, bei welchen Argumenten ich schwach werde, wie er mich tief drinnen treffen kann. Er wird bestimmt bemerken, dass ich nicht mehr zurückkomme, auch wenn ich mir sicher bin, dass er gehofft hatte, ich würde bleiben.«

»Er liebt dich noch.«

Das war keine Frage, sondern eine Feststellung. Langsam nickte ich. So musste es wohl sein. Er hatte immer noch nicht mit uns abgeschlossen. Es tat mir schrecklich leid für Liam, dass er mich nicht gehen lassen konnte, denn ich war mir sicher, er war bemüht, endlich Abstand zu finden. Doch sein Blick, als er mich vor der Bäckerei auffing, bewies das Gegenteil.

»Und du?«, fragte Josh flüsternd und suchte hilflos in meinen Augen nach der Antwort.

»Ich liebe dich, Joshua Riley.«

Mein Herz klopfte wild in meinem Brustkorb und schreckte plötzlich einen Schwarm wilder Flattertierchen in meinem Bauch auf. In meiner Stimme lagen keinerlei Zweifel und am liebsten wollte ich ihn sofort küssen. Doch seine unveränderte Miene hielt mich zurück.

»Sag das noch mal«, forderte er mich nach gefühlten tausend Minuten des Schweigens auf.

»Ich liebe dich. Vermutlich seit dem Moment, in dem du mir gegenüber in der Cafeteria Platz genommen hast.«

»Ich dich noch länger«, hauchte er an meinen Lippen.

Dann, endlich, küssten wir uns, begleitet von einem so herrlichen Glücksgefühl, das all die Sorgen, Zweifel und Ängste wegwischte, die eben noch zwischen uns herrschten.

Die Zeit schien für uns stillzustehen. Die Wärme, die von meinem Herzen ausging, strahlte bis in den letzten Winkel meines Körpers. Ich kletterte auf seinen Schoß und presste mich keuchend gegen ihn. Ich wollte ihn spüren, auf jedem Zentimeter meiner Haut. Ich brauchte ihn so sehr, und als ich in seine Augen sah, wusste ich, dass es ihm genauso ging.

»Lass mich nicht los«, flehte ich leise, als ich mich zum ersten Mal von ihm löste.

»Lass mich nicht los«, flehte ich leise, als ich meine Lippen zum ersten Mal von ihm löste.

»Nie wieder, meine Süße«, versprach er.

Dann bettete er seinen Kopf auf meine Brust, um dem Klang meines Herzens zu lauschen. Zärtlich fuhr ich ihm durch die Haare und streichelte seinen Rücken, wollte die Zeit für immer anhalten. Denn ich wusste: Endlich war ich angekommen.

30. Kapitel

Joshua

Da lag sie neben mir. In meinem Bett. Ich war hellwach, konnte kein Auge mehr zutun, während Kristin tief und fest schlief. Wir waren von der Couch aufs Bett gewechselt, wo wir uns stundenlang geliebt hatten. Immer noch hatte ich Angst, es wäre alles ein Traum gewesen und sie könnte jeden Moment verschwinden.

Stirnrunzelnd schüttelte ich den Kopf. Es war alles gut, wir hatten alle Zeit der Welt, von vorn zu beginnen und einen Neustart zu wagen.

***

Die Sonne schob sich langsam über den Horizont, während ich Frühstück machte. Die Schallplatte, die ich von Kristin zum Geburtstag bekommen hatte, lief in Dauerschleife. So gut gelaunt war ich lange Zeit nicht gewesen – ich pfiff zur Musik und konnte es kaum erwarten, sie wach zu küssen.

»Was ist denn hier passiert?«

Viel zu früh hörte ich ihre Stimme. Grinsend drehte ich mich zu ihr um und nahm sie in meine Arme, um sie zu küssen. Sie trug ihr verdammt heißes T-Shirt von gestern, als Steigerung heute sogar ohne BH und Jeans. Nur der Slip blitzte unter dem Stoff hervor und ich war froh, dass sie zumindest den angezogen hatte. Sonst wäre unser Frühstück schon wieder kalt geworden ...

»Hey, meine Liebe, hast du gut geschlafen?«

»Und wie. Was kochst du uns Leckeres? Warte ...« Sie brachte etwas Abstand zwischen uns und beäugte mich von oben bis unten. Ein Lächeln stahl sich auf ihre Lippen, was ich belustigt zur Kenntnis nahm. Sie hatte die Veränderung bemerkt. Dann drehte sie sich auf dem Absatz um, ging ins Wohnzimmer und kam mit einem zufriedenen Grinsen zurück. Sie nahm auf dem Barhocker Platz und nippte an ihrem schwarzen Kaffee.

»Was ist?«, fragte ich so unschuldig wie möglich.

»Nichts weiter. Jetzt, wo deine Sachen an ihrem alten Platz sind, ist alles wieder in Ordnung.«

Lachend setzte ich mich zu ihr und verteilte die heißen Omeletts auf unseren Tellern.

Neugierig sah sie mich von der Seite an. »Darf ich dich fragen, weshalb du deine Sachen ...«

Doch sie wurde unterbrochen.

»Hey, Josh, weißt du, wer ...« Daniel stand plötzlich in der Küche und blickte verwirrt zwischen uns hin und her.

»Oh, sorry, ich wusste nicht, dass das *dein* Wagen ist, der in der Einfahrt steht. Ich dachte, du kommst nicht wieder, weil du in Lakeview bleibst.«

Er gab sich bemüht freundlich, doch ich kannte ihn zu gut, um zu wissen, dass es heftig in ihm arbeitete. Noch immer stand so vieles unausgesprochen zwischen uns.

»Was verschlägt dich denn so früh zu Josh?«, wandte er sich sofort an Kristin, der die Situation sichtlich unangenehm war. Noch konnte Dan nicht sehen, dass sie außer dem Shirt nur wenig anhatte. Nervös rutschte sie auf dem Barhocker hin und her und sah Hilfe suchend zu mir.

»Dan, was kann ich für dich tun? Du bist heute auch schon zeitig hier, ich hatte dich noch nicht erwartet«, versuchte ich mit einem Blick auf die Uhr die Situation und Kristin zu retten.

Misstrauisch kam er auf uns zu und schenkte sich ebenfalls einen Kaffee ein. Dann langte er ungeniert auf meinen Teller und griff nach einem Omelett, über das ich in diesem Moment Sirup gießen wollte. Meine Frage ignorierte er, stattdessen kam er auf unsere Seite der Bar und setzte sich auf den Barhocker neben Kristin. Als sein Blick ihre nackten Beine streifte, wurden Daniels Augen noch einen Tick schmaler. Er stopfte sich den Teig in den Mund, kaute, ohne sich von uns abzuwenden, und spülte mit einem Schluck Kaffee nach.

Kristin wurde auf ihrem Platz immer kleiner und sah mich vorwurfsvoll an, während ich zusehen konnte, wie sich Daniels Gesicht rot färbte. Er wusste alles, wir konnten die Tatsachen nicht leugnen und es tat mir leid, dass wir nicht vorher die Gelegenheit hatten, mit ihm über uns zu sprechen.

»Ihr beide also, wie? Ist das jetzt endgültig?« Seine Stimme war lauter geworden und er deutete zwischen uns hin und her. Also doch. Er hatte bereits resigniert.

Ich sprang auf, stellte mich schützend neben Kristin und legte einen Arm um ihre Schultern. »Hör zu, Mann, wir wollten es dir sagen, aber erst war das mit ihrem Vater, dann wäre sie beinah gar nicht mehr zurückgekommen und jetzt kam alles and...«

»Bullshit!« Er schrie so laut, dass Kristin zusammenzuckte und ich mich noch ein Stück vor sie schob. Seine Augen waren schmale Schlitze, so fest kniff er sie zusammen. Sein Mund war eine harte Linie und ich sah, wie die Adern an seinen Armen hervortraten. Meine Muskeln waren aufs Äußerste angespannt, ich war auf alles vorbereitet. Noch nie hatte ich ihn so erlebt.

Ich hatte keine Ahnung, welcher Teufel ihn gerade ritt. »Hör zu, es ist, denke ich, das Beste, wenn du jetzt gehst, Dan. Reden wir später darüber. Jetzt ist vielleicht nicht der richtige Zeitpunkt, wenn du dich so aufregst.«

»Natürlich. Es ist immerhin *nie* der richtige Zeitpunkt. Ich hab schon verstanden. Alles klar. Ich mache mich vom Acker, damit ihr beide wieder *vögeln* könnt.« Erneut war er übertrieben laut.

»Okay, ich glaube eher, *ich* werde gehen. Sorry, Josh ...« Kristin wollte sich unter meinem Arm hervorwinden, doch ich hielt sie fest.

»Nein, du bleibst, Liebling«, sagte ich bestimmt, und an Daniel gewandt fuhr ich fort. »Tut mir leid, dass du es so von uns erfährst, das war nicht geplant. Aber bisher dachte ich, dass du mit Kristin nur Spaß haben wolltest.«

»Ha! Ja ... Spaß. *Den* hatte ich.« Er klang sarkastisch und verdrehte die Augen. Grimmig tigerte er hin und her, wirkte hektisch, fahrig. Unberechenbar. Ich sah, wie seine Muskeln unter dem Hemd arbeiteten.

Kristin hielt sich an meinem Hemd fest und ich spürte, wie sie leicht zurückwich.

Immer wieder fuhr sich Daniel mit den Händen durch die Haare und sein Blick wirkte seltsam leer. So hatte ich ihn noch nie erlebt, die ganzen Jahre nicht.

»Verdammt, Dan, was soll das? Wir drei hatten uns nichts versprochen, wir hatten eine lockere Vereinbarung. Ich verstehe nicht, was dein Problem ist.«

»Was hier das Problem ist? *Fuck!* Sie ist das Problem, Josh!« Er deutete mit ausgestrecktem Finger auf Kristin, die ihn völlig verdutzt ansah und dann Hilfe suchend zu mir aufblickte. Aber auch ich konnte mit seiner Reaktion im Moment nicht umgehen.

»Dan, was soll das? Erst sagst du, dass ...«

»Scheiß drauf, jetzt ist sowieso alles verloren«, murmelte er. Dann kam er auf mich zu, viel zu schnell.

Im Affekt schob ich Kristin hinter mich und spannte alle Muskeln an, bereit, mein Mädchen zu verteidigen. Ich machte mich auf seinen Angriff gefasst, war darauf vorbereitet, zurückzuschlagen, sollte mein eigentlich bester Freund den ersten Schlag austeilen. Und ich würde sie verteidigen – weshalb auch immer er sich an ihr störte. Doch dann ...

Daniel packte mich im Nacken und presste grob seine Lippen auf meine.

Völlig überrumpelt vergaß ich kurz, dass ich ihm eben noch eine verpassen wollte, und ließ die Anspannung in meinen Armen locker werden. Zu meinem Pech nahm er das als Einladung und presste sich noch enger an mich.

»Verdammt, Dan, was soll der Scheiß?«, herrschte ich ihn an, als ich endlich wieder Herr meiner Sinne war und ihn von mir stoßen konnte. Ich wischte mit dem Handrücken über meine Lippen und warf einen kurzen Seitenblick zu Kristin, die die Szene mit geweiteten Augen beobachtet hatte.

»Du willst mich nicht! Du willst nur sie! Fuck ... ich wusste es.« Daniel fuhr sich aufgebracht durch die Haare und zog erneut seine Runden.

Ich packte ihn bei den Schultern, versuchte, ihn zu beruhigen und endlich schlau aus ihm zu werden.

»Rede mit mir, Dan!«

»Verstehst du nicht, Josh? Verstehst du immer noch nicht, was ich für dich empfinde? Ich mache mich hier zum Idioten, verdammt! Ich habe mich in dich verknallt, Mann! Das ist hier los ... Während du sie fickst, habe ich mich in dich verliebt und du hast nur Augen für sie. Fuck!«

Ich erstarrte. Spürte, wie mein Herz einen unregelmäßigen Takt angenommen hatte, nur um dann noch schneller in meinem Brustkorb zu trommeln. Sämtliche Farbe musste aus meinem Gesicht gewichen sein.

»Nichts für ungut, Jungs, aber ich denke, ihr solltet das zwischen euch ausmachen«, mischte sich nun Kristin ein, die sich eher gefasst hatte, als ich.

Sie schlüpfte an uns vorbei und verschwand im Schlafzimmer. Diesmal hielt ich sie nicht auf. Sie hatte recht. Dan und ich sollten wirklich in Ruhe darüber reden.

Nachdem Kristin kurz darauf angezogen an uns vorbeirauschte, nicht ohne sich mit einem flüchtigen Kuss bei mir zu verabschieden, öffnete ich uns zwei Bier. Es war nicht einmal acht Uhr morgens. Doch so, wie ich die Situation einschätzte, verlangte sie nach Alkohol.

Wir saßen immer noch an der Bar und Daniel pulte mit grimmigem Blick das Etikett von der Flasche. Dabei starrte er ins Leere, während ich ihn wachsam beobachtete. Nach einem tiefen Atemzug durchbrach er endlich das Schweigen. »Das ist einfach passiert. Denke nicht, ich hätte das geplant gehabt, dass ich ... mehr als Freundschaft für dich empfinde.«

Er schien wahrhaftig verlegen zu sein und schielte kurz in meine Richtung. Ich wusste auch nicht, wie ich mit dieser überraschenden Neuigkeit umgehen sollte.

Doch ich stellte fest, dass sich eben etwas zwischen uns beiden verändert hatte. »Dan, es tut mir leid, dass ich nicht sagen kann, dass es auf Gegenseitigkeit beruht. Ich liebe Kristin. Und das schon vom ersten Moment an. Vielleicht wollte ich es mir nur nicht eingestehen, auch weil ich dachte, ich wäre noch nicht bereit für eine Beziehung. Außerdem ... sorry, Mann, aber ich steh nur auf Frauen«, versuchte ich mit einem kleinen Lächeln die Situation etwas abzumildern.

Doch Daniel saß immer noch starr vor seinem Bier, von dem er nicht einen einzigen Schluck getrunken hatte.

»Ich wusste auch gar nicht, dass du ... also ... Ich dachte bisher immer, du würdest nur auf Frauen stehen«, stammelte ich weiter.

»Ich hatte an der Highschool einen anderen Jungen geküsst. Wir hatten etwas gefummelt, aber mir waren meine Gefühle dabei unheimlich. Ich wollte nicht so sein. Als ich jedoch bei den Mädchen genauso empfand, war ich beruhigt. Seitdem ist es mir nie wieder bei einem Mann so ergangen. Bis jetzt ...«

Endlich hob er den Kopf und sah mich an. Seine Augen zeigten mir, wie sehr ihn die Sache quälte. Da wusste ich, dass er es ernst meinte. Ich konnte seine innere Zerrissenheit in seinem Gesicht lesen, doch ich konnte nichts darauf erwidern. Zu tief saß der Schock über das eben Erlebte.

»War dann also unser Dreier Auslöser für deine Gefühle? Oder hattest du die schon vorher?« Ich wollte verstehen, was in ihm vorging; wie es überhaupt dazu gekommen war. Und vor allem wann. Langsam dämmerte mir, weshalb er sich mir gegenüber in letzter Zeit seltsam verhalten und ständig meine Nähe gesucht hatte. Daniel seufzte tief, trank einen Schluck und sah mich wieder an. »So genau kann ich das nicht sagen. Aber der Moment, in dem Kristin dir einen geblasen hat und ich euch von der Tür aus beobachtet habe ... Als du meinen Namen gestöhnt hast ...« Er seufzte tief. »Verdammt, Josh, das war unglaublich heiß. Ich wünschte so sehr, du würdest es einmal wirklich so meinen, wenn wir beide ...«

»Okay. Ich hab verstanden, denke ich.« Es tat mir leid, dass ich ihn so schnell abwürgte – noch dazu, da ihm die Situation offensichtlich viel abverlangte –, aber die Bilder, die bei seiner

Beschreibung in meinem Kopf entstanden, überstiegen eindeutig meine Grenzen. Wir saßen also wieder schweigend nebeneinander und tranken unser Bier.

Plötzlich machte alles Sinn. Wie er vermehrt Zeit mit mir außerhalb der Arbeit verbringen wollte. Die Nacht, in der wir betrunken in meinem Bett geschlafen hatten und er sich an mich gekuschelt hatte. Wie er freundlich und aufmerksam mir gegenüber war, kaum dass Kristin nach Lakeview zu ihrem Vater gefahren war.

»Und wie geht es jetzt weiter?«, fragte ich dann.

Daniel zuckte mit den Schultern. »Ich denke nicht, dass ich so tun kann, als wäre nichts gewesen. Ich brauche Abstand. Du verstehst sicher, dass ich es nicht in Kristins und deiner Nähe aushalte, während ich am liebsten *mich* an ihrer Stelle sehen würde.«

Betreten nickte ich.

»Und ob ich weiterhin mit dir gemeinsam bei *RETROnic* arbeiten kann, weiß ich nicht. Momentan brauche ich Zeit, um mit mir ins Reine zu kommen. Ich werde wohl für eine Weile meine Schwester in New York besuchen, sie hat ein Zimmer in ihrer Wohnung, das sie mir schon ein paarmal angeboten hat.«

»Okay ...«

Nein, eigentlich war nichts okay. Ich hatte eben meinen besten Freund und Geschäftspartner verloren, und nicht nur, dass ich keinen Plan hatte, wie ich die nächsten Aufträge ohne ihn abwickeln sollte, ich wusste bereits jetzt, dass Dan mir fehlen würde.

»Du weißt, dass du bei *RETROnic* jederzeit willkommen bist. Also falls du wieder zurückkommst oder es dir anders überlegst.«

Er lächelte müde und nickte dankend. »Das weiß ich, aber im Moment muss ich hier weg. Besser gleich als später.« Er klopfte mir mit wehmütigem Blick auf die Schulter. »Also, auch wenn ich es im Moment nicht so meine ... Alles Gute für euch beide.« Dann stand er auf und ging durch die Tür, ohne sich noch einmal umzudrehen.

31. Kapitel

Kristin

Joshua saß die Sache mit Dan ziemlich im Magen. Er versuchte zwar, sich nichts anmerken zu lassen, aber dafür kannte ich ihn inzwischen zu gut. Trotzdem, oder vielleicht gerade, um auf andere Gedanken zu kommen, beschlossen wir abends gemeinsam mit Lynn und Wesley auszugehen. Nach all der Aufregung würde uns ein wenig Ablenkung guttun. Dieser Meinung war auch Joshua, worüber ich froh war.

Für unseren gemeinsamen Abend hatten Lynn und ich uns in Schale geworfen. Nachdem ich dank Grannys unglaublicher Unterstützung bisher das meiste Geld meines Lohns von *R&G* sparen und Lynn ebenfalls etwas von ihrem Bibliotheksgeld zur Seite legen konnte, hatten wir beschlossen, uns neu einzukleiden. Für mich stand sofort fest, dass mein Kleid im Stil der Fünfzigerjahre sein musste. Kaum hatte ich den Laden mit Vintage-Klamotten betreten, entdeckte ich einen weißen Petticoat mit dunkelgrünen und dunkelvioletten Streifen. Ein breites Seidenband in Aubergine um die Taille zauberte mir eine besonders schlanke Figur und der tiefe V-Ausschnitt ein aufregendes Dekolleté. Lynn entschied sich für ein marinefarbenes Kostüm im Navy-Look und passte nun auch perfekt zu mir und Josh.

»Wesley habe ich bereits vorgewarnt. Er wird sich also kleidungstechnisch anpassen, damit er nicht aus der Reihe tanzt«, sagte sie und zwinkerte mir zu, als wir in der Umkleide standen.

»Wie toll! Josh wird Augen machen, wenn er uns sieht.«

Wir alberten noch eine Weile herum, probierten einige unmögliche Kleider, in denen wir uns fühlten, wie bei einer Kostümparade. Erst gute zwei Stunden später kamen wir – noch immer kichernd – wieder in unserem Zimmer an. Mit dem Haarstyling wollten wir uns gegenseitig helfen und Lynn borgte mir ihren Lippenstift.

»Der steht dir echt unglaublich gut. Weißt du was? Behalte ihn. Dir steht er sowieso besser als mir. Und Wesley mag mich lieber ungeschminkt«, fügte sie noch grinsend hinzu.

»Dem beweisen wir heute das Gegenteil. Gib mir mal den Lidschatten.«

Im Nu hatte ich ihre Augen dezent betont. Sie wirkten dadurch noch größer und strahlender. »Na bitte, wer sagt's denn.«

Genau in dem Moment klopfte es an der Tür. Lynn warf mir noch ein aufgeregtes Lächeln zu, ehe sie ihrem Freund öffnete und seine bewundernden Blicke genoss.

Wesley war groß gewachsen, schlank und hatte ein kantiges Gesicht. So hatte ich ihn mir gar nicht vorgestellt. Einzig die Nerd-Brille passte mit meinem Bild von ihm überein. Er trug eine Jeans, die er sich glatt von Joshua geborgt haben könnte, und ein T-Shirt, auf dem riesengroß *Rock 'n' Roll* stand. Darüber hatte er eine schwarze Lederjacke an. Unvorstellbar, dass so ein hübscher Kerl wie er noch nie in seinem Leben Sex hatte. Er muss sich die Frauen wohl mühsam vom Leib gehalten haben. Bei dieser Vorstellung unterdrückte ich ein Kichern.

Gleich darauf war auch Josh hier und wir stellten uns einander kurz vor. Mit seinem besonderen Strahlen musterte er mein Kleid und die passende Frisur. Er war vollkommen überrascht und begeistert zugleich. Er presste mich an sich, während seine Augen in silbrigem Grau leuchteten. Zärtlich umfasste er meinen Nacken und meine Taille und küsste mich leidenschaftlich. Dabei schien es ihm egal, dass Wesley und Lynn neben uns standen und seine Begrüßung mit einem Grinsen verfolgten.

»Du siehst unglaublich schön aus«, hauchte er mir ins Ohr und ließ er seinen Blick über meinen ganzen Körper gleiten. Liebevoll streichelte er mir noch über die Wange und schenkte anschließend auch Lynn und Wesley ein zustimmendes Lächeln.

Wieder einmal machten wir in perfekt aufeinander abgestimmtem Outfits die Stadt unsicher – ein Gefühl, das mir mehr als gut gefiel und das ich noch oft erleben wollte. Es schweißte uns mehr zusammen, hob uns von den anderen ab und ich genoss die Blicke der Studenten, als wir unser Wohnheim verließen.

Passenderweise fuhren wir mit Joshs *Cadillac* zu einer der angesagtesten Studentenbars etwas außerhalb des Campus. Wir bestellten uns riesige Burger und es dauerte nicht lang, da plauderten wir angeregt über die Uni. Ein kurzer Seitenblick zu Josh verriet mir, dass es ihn überhaupt nicht störte, in seine eigene Vergangenheit zurückversetzt zu werden. Für Außenstehende musste es sogar den Anschein machen, als wäre er ebenfalls Student der Berkeley University.

Wir philosophierten eine Weile über das Campusleben, ehe die beiden Männer feststellten, dass Wesleys Zimmerkollege Benjamin – genau wie Joshua – Informatik im letzten Semester studierte und bereits jetzt nach einem Job Ausschau hielt.

»Das wäre doch ein idealer Nachfolger für Daniel, meinst du nicht auch?«, flüsterte ich Josh zu, der dabei kurz das Gesicht verzog.

»Ja, du hast wohl recht. Ich sollte dafür sorgen, dass jemand die Arbeit übernimmt, allein schaffe ich sie sowieso nicht.«

Er reichte Wesley seine Visitenkarte und bat ihn, diese an Benjamin weiterzuleiten. Vielleicht würde ja eine gute Zusammenarbeit daraus entstehen.

»Hast du noch einmal etwas von Dan gehört?«, hakte ich nach, als Lynn kurz auf die Toilette verschwand und Wesley sich an der dicht umdrängten Bar anstellte, um für Getränkenachschub zu sorgen.

»Nein, leider nicht. Er sagte, er wollte so schnell wie möglich nach New York. Vermutlich hat er gleich den nächsten Flug genommen.«

»Soll ich ihm mal eine Nachricht schicken?«, bot ich ihm an.

Nach kurzem Zögern nickte er. »Meine Nachrichten hat er bisher allesamt ignoriert.«

»Ob es bei mir anders sein wird, kann ich nicht versprechen. Immerhin bin ja ich der Dorn in seinem Auge. Aber er wird bestimmt irgendwann erkennen, dass ich nichts für seinen

Kummer kann. Und vielleicht meldet er sich ja bei mir und sagt Bescheid, ob es ihm gut geht.«

Josh küsste mich zärtlich auf die Lippen. »Danke.«

***

Der weitere Abend verlief noch sehr gemütlich und wir sprachen zum Glück nicht mehr über Dan und *RETROnic*. Dafür war es eine Freude, Lynn und Wesley zu beobachten. Die beiden waren wirklich süß miteinander. Immer wieder warfen sie sich verliebte Blicke zu und küssten sich. Ich freute mich sehr für meine Freundin, dass sie nun doch jemanden gefunden hatte, der es in ihr Herz geschafft hatte. Noch dazu jemand, der nicht perfekter zu ihr hätte passen können.

Es musste gegen zwei Uhr morgens gewesen sein, als wir die Bar beschwingt, satt und lachend wieder verließen. Ich hoffte so sehr, diesen Abend bald wiederholen zu können. Wir hatten uns alle vier auf Anhieb gut verstanden.

Josh brachte Lynn und Wesley noch zurück auf den Campus. Ich wollte jedoch die Nacht bei ihm verbringen, was er mehr als willkommen hieß.

»Ich muss nur noch kurz aufs Zimmer. Diesmal will ich meine Lernunterlagen mitnehmen, dann habe ich keinen Zeitdruck und kann das ganze Wochenende bei dir bleiben – wenn du das möchtest«, schlug ich Josh mit einem aufgeregten Kribbeln in der Magengegend vor, als ich bereits am Aussteigen war.

»Nichts lieber als das. Ich begleite dich kurz nach oben.«

Während ich meine Sachen packte und Lynn mit ihrem Kulturbeutel in den Waschräumen verschwunden war, saß Josh auf meinem Bett und beobachtete mich beim Packen. Immer wieder sah ich ihn verliebt an – ein ganzes Wochenende nur Josh und ich! Etwas Schöneres konnte ich mir nicht vorstellen.

»Ist das dein Telefon, das dort auf dem Tisch liegt?« Joshua deutete auf Lynns Schreibtisch.

»Ja. Oh, es blinkt.« Ich hatte es wohl vor unserem Abstecher in die Bar liegen lassen. Schnell griff ich danach, um zu sehen, wessen Nachricht ich verpasst hatte. Ein mulmiges Gefühl breitete sich in mir aus.

»Zweiundzwanzig Anrufe in Abwesenheit!«, hauchte ich geschockt. Mein Herzschlag war in einen holprigen Trab übergegangen.

»Daniel?«, fragte Josh heiser. Auch ihm war die Aufregung anzusehen. Er war aufgesprungen und beugte sich über meine Schultern, um auf das Display sehen zu können.

»Nein, meine Mutter. Und Helen. Und Granny ...«

Dad.

Mir wurde kotzübel und meine Knie gaben nach. Schnell ging ich zum Bett und ließ mich darauf sinken. Josh wich nicht von meiner Seite. Lynn betrat eben wieder das Zimmer und sah verwirrt zwischen uns hin und her.

»Helen hat mir zusätzlich eine SMS geschickt. Ich soll sie anrufen, egal wie spät es ist.« *Oh Gott, irgendwas ist mit meinem Daddy passiert! Oder Helen und dem Baby?* Eiskalte Angst erfasste mich und etwas in mir ahnte, dass die vielen Anrufe nichts Gutes zu bedeuten hatten.

Schwarze Punkte begannen, vor meinen Augen zu tanzen. Alles fühlte sich plötzlich meilenweit entfernt an und die Luft schien zu knapp zu werden. Mein Atem ging stockend und viel zu schnell, während mich meine Kraft verließ.

»Du musst sie zurückrufen!« Lynns Stimme drang leise zu mir durch und ich nickte mechanisch. Joshua streichelte beruhigend meinen Rücken. Er und Lynn warfen sich bedeutungsvolle Blicke zu, während ich die Wiederwahltaste drückte und wartete, bis meine Schwester abhob.

»Helen?« Meine Stimme zitterte und meine Sicht war von den Tränen verschleiert.

»Kris, ich bin mit Mom im Krankenhaus. Daddy ... Es geht ihm gar nicht gut.« Ich konnte sie kaum verstehen, so leise sprach sie. Ihre Stimme war voller Schmerz und mir riss es beinah das Herz aus der Brust.

»Ich komme sofort«, sagte ich, ohne zu überlegen – und legte auf. »Würdest du mich diesmal bitte begleiten, Josh. Ich weiß nicht ... ob ich es allein schaffe.« Er nickte, stand auf und zog mich in seine Arme. Er drückte mich fest an seine Brust, hielt mich, während Lynn das Nötigste für mich packte.

***

Mein Vater war noch in derselben Nacht gestorben. Ich konnte mich nicht einmal mehr von ihm verabschieden. Helen hatte mich angerufen, als wir noch eine gute Stunde Fahrt vor uns hatten. Daddy hatte einen weiteren Herzinfarkt, und diesmal ging alles so schnell, dass jede Hilfe zu spät kam. Die Ärzte sprachen von einem kardiogenen Schock, bei dem das Herz nicht genügend Blut in den Kreislauf gepumpt hatte und somit die Kreislauffunktionen nicht mehr aufrechterhalten wurden.

Für mich und meine Familie war es ein gewaltiger Schock, da wir gedacht hatten, mein Vater hätte alles überstanden und er würde bald wieder der Alte sein.

Es war noch Vormittag, als wir in Lakeview ankamen. Endlich konnte ich meine Mutter in die Arme schließen und mit dieser Umarmung wurde mir noch einmal mehr bewusst, was passiert war: Nie wieder würde ich mich von Dad in die Arme nehmen lassen können, mit ihm an einem Tisch sitzen, nie wieder würden wir gemeinsam den Rasen mähen oder ein Baseballspiel der Seattle Mariners ansehen. Ihm wurde die Chance genommen, an meinem Leben teilzuhaben, noch bevor er sein Versprechen hätte einlösen können. Er wollte mir zeigen, dass es wieder wie früher werden hätte können zwischen uns, und dieser Wunsch wurde ihm verwehrt. Nie wieder würden wir über die ihm so wichtige Entwicklung der Stadt bei einem abendlichen *Scrabble*-Spiel diskutieren können und er würde nie wieder mit meiner Mutter zu Kenny Rogers auf dem Stadtfest tanzen.

Mit belegter Stimme stellte ich meiner Mutter, Helen und Granny Joshua vor. So hatte ich mir diesen Moment nicht ausgemalt. Es zerriss mir mein Herz wieder und wieder. Er fehlt bereits jetzt so sehr, dass ich das Gefühl hatte, jemand hätte ein riesiges Loch in meine Brust geschlagen.

***

Das Begräbnis war grauenvoller und zugleich schöner, als ich es erwartet hatte. So viele Menschen waren gekommen, um sich von meinem Vater zu verabschieden. Ich kämpfte mit meiner Fassung und versuchte, meiner Mutter den Halt zu geben, den sie nötig hatte. Wir schüttelten unzählige Hände und bedankten uns für die vielen Beileidsbekundungen. Die ganze Zeit über hielt ich mich an Joshs Arm fest, der kein einziges Mal von mir wich. Seine Nähe und sein Halt taten unglaublich gut. Allein hätte ich mich verloren gefühlt inmitten der vielen Gesichter voller Mitleid.

Kurz bevor die Verabschiedung begann, konnte ich Liam und seine Eltern unter den Gästen entdecken. Die drei kamen auf uns zu und so gern ich diese Leute mochte, es tat weh, dieser vollständigen Familie gegenüberzustehen. Es war eine Situation, in der mein Vater fehlte, und nichts und niemand hätte ihn ersetzen können. Gott, wie sollte ich mich nur jemals daran gewöhnen, dass er nicht mehr hier sein würde?

Liams Eltern sprachen ihr Beileid aus. Beide waren sehr gerührt, und auch Liam schien mit seinen Gefühlen zu kämpfen. Er umarmte erst meine Mom, dann kam er zu mir.

»Hör zu, Hon... Kristin. Ich ... Eigentlich wollte ich es dir schon das letzte Mal sagen, aber du bist viel zu schnell aus der Bäckerei raus und ... Na ja, ich hatte wohl Schiss, danach noch einmal zu dir zu fahren, um es dir zu sagen.«

Verlegen wischte er sich übers Kinn, warf einen unsicheren Seitenblick zu Joshua und stieg nervös von einem Bein aufs andere. Er räusperte sich und sprach dann weiter. »Es ist vielleicht unpassend, wenn ich es gerade heute sage, aber ... du brauchst dir keine Sorgen mehr um mich zu machen. Ich bin frisch verliebt und mir geht es gut.« Liam hatte rote Wangen bekommen und sah mich zaghaft an, abwartend, wie ich mit dieser Neuigkeit umgehen würde.

Doch seine Unsicherheit war unnötig, denn ich freute mich für ihn. Auch wenn ich es heute nicht so zeigen konnte, wie ich wollte. Ich hoffte, er würde mir mein ausbleibendes Lächeln nachsehen. »Das ist wirklich schön. Ich freue mich.«

Liam nickte nur. Vermutlich war er überrascht, dass ich so reagierte. Doch die Nachricht von seinen neuen Gefühlen nahm überraschenderweise eine große Last von meinen Schultern. In gewisser Weise hatte ich mich immer noch verantwortlich für seinen Kummer gefühlt, den ich ihm durch die Trennung beschert hatte. Dass er nun über mich hinweg war, befreite mich von dieser Schuld.

Als er mich umarmte, fühlte es sich wie Abschied an. Ein Abschied einer Beziehung, aber auch wie der Beginn einer neuen alten Freundschaft. Er sah glücklich aus und in Gedanken wünschte ich ihm mit seiner neuen Freundin alles Glück der Welt.

Wenig später hielt der Bürgermeister eine beeindruckende Rede. Er sprach davon, wie hoch der Verlust meines Vaters als Mitglied des Stadtrats für Lakeview war. Mir war sein Ansehen in der Gemeinde bis zu diesem Zeitpunkt nie so bewusst gewesen wie jetzt. Mühsam kämpfte ich gegen den Kloß an, der mir zum wiederholten Male die Luftröhre zuzuschnüren schien.

Anschließend erzählte meine Grandma aus der Kindheit meines Vaters. Sie sprach von seiner Rolle als Sohn und als Vater. Von seiner starken Persönlichkeit, die vielen vielleicht manchmal den letzten Nerv gekostet haben musste, und von seinem Ehrgeiz, der auch auf mich abgefärbt zu haben schien.

Unzählige Blumen waren rund um seinen Sarg aufgestellt, was die Wertschätzung von ihm in Lakeview noch einmal optisch unterstrich.

Dann war der für uns schlimmste Moment erreicht: Das endgültige Abschiednehmen, als er schlussendlich in die Erde hinabgelassen wurde. Meine Mutter begann bitterlich zu weinen und konnte sich nur mit der Hilfe von Josh und mir auf den Beinen halten. Auch Helen und ich ließen unseren Gefühlen freien Lauf. Grandma tupfte ihre Wangen mit einem schwarzen

Spitzentuch und hatte sich bei einem älteren Herren aus dem Seniorenclub eingehängt. Ich war heilfroh, dass Josh nach Lakeview mitgekommen war und er meine Hand keine einzige Sekunde losgelassen hatte. Ich hätte nicht gewusst, wie ich diesen Tag ohne ihn überstanden hätte.

Nach dem Begräbnis brachte er erst Grandma und dann meine Mutter nach Hause. Dr Whitner, unser Hausarzt, hatte meiner Mom eine Beruhigungstablette verschrieben, die sie einnehmen wollte, um etwas Schlaf zu finden. Als sie auf der Couch lag, küsste ich ihre Stirn und ging dann zurück zu Josh, der in der Küche auf mich wartete.

»Komm mit«, bat ich ihn mit seinen Worten, als wir damals die Movietour in San Francisco antraten. »Jetzt zeige ich dir mein Lakeview.« Ich nahm ihn an den Händen und zog ihn zurück zu seinem Wagen. Es trieb mich raus aus dem Haus, in dem mich plötzlich jeder Winkel, jeder Moment an meinen Vater erinnerte.

Wortlos folgte er mir. Wir nahmen die Straße Richtung Süden, hinaus aus Lakeview, auf meinen geliebten Goose Lake zu. Schon von Weitem glitzerte die Sonne auf ihm in silbrigem Licht. Wir parkten am Rande des Sees und stiegen aus. Langsam schlenderten wir am Ufer entlang, Hand in Hand, ohne etwas zu sagen. Ich war Josh sehr dankbar dafür, dass er mir Zeit ließ, meine Gedanken zu sortieren und das eben Erlebte zu verarbeiten.

Der Abschied von meinem Vater fiel mir sehr schwer, schwerer, als ich gedacht hatte. Mit Sicherheit spielte unsere Aussprache im Krankenhaus eine entscheidende Rolle. Nun lag es an mir, sein Geheimnis von seiner großen Liebe Elena zu bewahren. Ich sah sein Geständnis nun noch mehr als ein besonderes Geschenk an. Eines, das mich für immer mit meinem Vater verbinden würde ...

»Wie geht es dir?«, durchbrach Josh nach einer Weile unser Schweigen. Er nahm mich in seine Arme und suchte besorgt Blickkontakt mit mir.

»Es ... wird langsam. Es tut fürchterlich weh, aber ich denke, das dauert seine Zeit.«

»Ich weiß, wie du dich fühlst. Nach dem Tod von Scott hat es lang gedauert, bis der Schmerz nachgelassen hat. Aber irgendwann wurde es leichter, auch wenn ich ihn immer noch vermisse wie an dem Tag, als er starb.« Sanft küsste er mich auf die Stirn, und schon wieder kämpfte ich gegen aufsteigende Tränen. Ich wollte nicht schon wieder weinen. »Dein Vater war bestimmt ein toller Mann. Auch wenn er seine Prinzipien hatte, aber er hätte mich bestimmt beeindruckt, hätte ich ihn noch kennenlernen dürfen.«

Nun musste ich doch leise lachen. »Das mit Sicherheit.«

Ich atmete tief ein und wendete mich dann dem See zu. Joshua stellte sich hinter mich und legte seine Arme um meine Mitte.

»Hier an diesem See habe ich bisher noch immer meinen Frieden gefunden. Er hat etwas so Beruhigendes an sich. Genauso wie deine Augen. Sie sind mein *Goose Lake* in San Francisco«, gestand ich Joshua.

»Ehrlich?« Er klang überrascht und schien sich darüber zu freuen.

Ich nickte. »Bereits damals, als du mich das erste Mal angesprochen hast, war mir dieser Vergleich eingefallen. Deine Augen schillern in den gleichen Farben wie dieser See. Bisher war das hier mein zu Hause. Jetzt ist es bei dir.«

Er küsste mich auf den Scheitel und drückte mich fest an sich.

»Du machst mich unglaublich glücklich, weißt du das?«, fragte er. Dann legte er seinen Kopf an meine Wange und eine Weile sahen wir den kleinen Wellen zu, die leise an das Ufer rollten. Obwohl mein Herz vom Verlust meines Vaters schmerzte, schwoll es bei Joshs Worten an und drängte die Trauer in den Hintergrund.

»Hat sich eigentlich Daniel schon bei dir gemeldet?«

»Nein! Das hab ich völlig vergessen. Es ist in der Hektik der letzten Tage völlig untergegangen.«

Das war etwas, das ich nicht aufschieben wollte. Es war in

den letzten Tagen so viel zu Bruch gegangen, so viel hatte sich verändert, ich wollte zumindest, dass eine Sache wieder in Ordnung kam. Ich griff nach meinem Smartphone und tippte eine E-Mail.

Lieber Dan!

Ich hoffe, du bist gut bei deiner Schwester angekommen. Es tut mir sehr leid, wie sich diese Geschichte mit uns dreien schlussendlich entwickelt hat, aber du kannst mir glauben, dass weder Josh noch ich böse Absichten hatten.

Klar, wir hätten vielleicht früher die Karten auf den Tisch legen sollen, aber vermutlich hätte das nichts an deinen Gefühlen für ihn verändert.

Momentan sind Josh und ich in Lakeview. Wir haben heute meinen Vater beerdigt, der letzten Freitag einen erneuten Herzinfarkt erlitten hatte.

Lass mal von dir hören, ob es dir gut geht. Wir machen uns Sorgen um dich.

Alles Liebe, Kristin

Ich drückte auf Senden und tastete wieder nach Joshs Hand. Ich brauchte seine Nähe so sehr. Noch viel mehr als bisher.

Wir waren nur wenige Meter gegangen, als mein Telefon klingelte. Es war tatsächlich Dan. Ich freute mich, seine Stimme zu hören.

»Hey, wie geht es dir? Wo bist du?«

»Schon in New York. Mir geht es gut, macht euch um mich keine Sorgen. Dir geht es wohl im Moment schlimmer als mir. Tut mir leid, das mit deinem Dad. Wenn ich das gewusst hätte, wäre ich auch zum Begräbnis gekommen.«

»Mach dir keinen Kopf«, antwortete ich mit belegter Stimme. Sein Mitgefühl überraschte mich und ging mir sehr zu Herzen. »Mir geht es den Umständen entsprechend und ... was soll ich sagen? Das Leben geht weiter. Ob ich nun will oder nicht.«

»Da hast du wohl recht. Hör zu, es tut mir leid, wenn ich mich idiotisch verhalten habe. Ich wollte dich weder bedrängen und dir Angst machen, noch wollte ich diese Szene bei Josh.«

»Ach, das ist doch schon vergeben und vergessen. Immerhin warst du schwer enttäuscht von uns beiden. Du hattest dir Hoffnungen gemacht und ...«

»Sag ihm, dass es für mich okay ist, wenn er in der Zwischenzeit einen Ersatz für mich bei *RETROnic* sucht«, unterbrach er mich. »Ich will nicht, dass er aus schlechtem Gewissen die Stelle nicht nachbesetzt und vor lauter Arbeit keine Zeit mehr für dich hat.«

»Okay. Das ... klingt nach einem Abschied.« Es tat mir schrecklich leid, dass sich für die beiden alles so entwickelt hatte.

»Nicht für immer. Ich melde mich bald wieder bei euch, aber jetzt genieße ich erst mal die Zeit hier. Es tut mit gut, Abstand zu San Francisco und zu den jüngsten Geschehnissen zu haben, und trotzdem .. ich vermisse euch. Alle beide.« Daniel klang verunsichert und es schien, als würde er seine Worte mit Bedacht wählen. »Vielleicht können wir drei ja noch Freunde bleiben. Es wird noch dauern, aber ... ich vermisse euch.« Er seufzte. »Richte Josh aus, dass es mir leidtut. Alles.«

»Wird gemacht«, antwortete ich erleichtert. Es fühlte sich an, als würde alles wieder gut werden.

»Hör zu, ich muss jetzt auflegen, meine Schwester wartet mit dem Essen. Alles Gute euch beiden und macht euch keinen Kopf, mir geht es gut. Bis dann.«

Schon hatte er aufgelegt.

Josh legte seinen Arm um meine Schulter und ließ sein Smartphone in seiner Gesäßtasche verschwinden. Er hatte sich kurz außer Hörweite zurückgezogen und war nun wieder an meiner Seite. Kurz setzte ich ihn über das Gespräch mit Dan in Kenntnis.

»Ich vermisse den verrückten Kauz auch«, schmunzelte Joshua. »Und er kennt mich wirklich besser, als ich gedacht hätte. Benjamin, Wesleys Zimmerkollege, hat mir gestern seine Bewerbung per E-Mail geschickt. Er klingt wirklich vielversprechend. Bis eben hatte ich jedoch gezögert, ihn zu einem Gespräch einzuladen, aus schlechtem Gewissen Dan gegenüber.

Aber wenn er nun darauf besteht, dass ich die Stelle vorerst nachbesetze ...«

»Du machst bestimmt das Richtige, Josh. Und immerhin muss die Firma auch weiterlaufen. Ob nun mit oder ohne Daniel.«

»Apropos ›weiterlaufen‹... bevor du mir gesagt hast, dass du nicht mehr nach Berkeley zurückkommen wirst, hab ich mich mit ein paar Musikern in Verbindung gesetzt. Zwei Bands wurden mir empfohlen, die einen fähigen Kontrabassisten suchen.«

Zum ersten Mal an diesem Tag schaffte ich es, zu lächeln und es auch wirklich so zu meinen.

»Das ist doch super! Dann wirst du also wieder spielen?«

Josh zog seine Stirn kraus. »Du hast wirklich eine hohe Meinung von mir und meinem musikalischen Können«, sagte er und lachte kurz auf. »Aber ja, ich werde es zumindest in Betracht ziehen. Vorausgesetzt, du kannst damit leben, mit einem Musiker zusammen zu sein. Du weißt schon, die Groupies, die sich um die Bühne drängeln, sind nicht zu verachten.«

Er zwinkerte mir zu und küsste mich auf die Nasenspitze.

»Mit denen werde ich schon fertig, keine Angst«, gab ich keck zurück. »Solang du jede Nacht neben *mir* einschläfst ...«

»Jede Nacht?«, hakte er belustigt nach.

»Jede Nacht. Bis zum Ende unseres Lebens.«

»Klingt nach einem guten Plan«, bestätigte Josh. Dann sah er mich an und küsste mich. Und ich wusste, dass dieser Plan gar nicht so abwegig war. Denn ich liebte diesen Mann, aus vollem Herzen, mit reinster Leidenschaft – und doch war er gleichzeitig der beste Freund, den ich mir wünschen konnte. Und ich konnte in seinen Augen lesen, dass er für mich genauso empfand.

Danksagung

Mit diesem neuen Roman habe ich mich in neue Gebiete vorgewagt. Ich habe meiner Heimat Österreich den Rücken gekehrt und in den USA Fuß gefasst. Es hat Spaß gemacht, meine Protagonisten in und um San Francisco ihre Liebe finden zu lassen, und ich bin mir sicher, dass dies nicht mein letzter Ausflug in die Staaten war. Auch wurde es diesmal prickelnder als je zuvor und ich hoffe, ich konnte Sie mit meinem neuen Stil genauso fesseln wie bisher.

Mit diesen neuen Herausforderungen entstanden ungeahnte Hürden, die ich ohne die Unterstützung und Geduld meiner Familie nicht geschafft hätte. Ich liebe euch! Ohne euch hätte sich mein Traum vom Schreiben bereits in Luft aufgelöst. Danke!

Diesmal hatte ich außerdem ein unglaublich tolles Team an Testlesern an meiner Seite, deren Rückmeldungen zu meiner Erstfassung mich unglaublich motiviert hatten.

Danke an Alexandra, Astrid, Hertha, Jacqueline und Nicole – es hat richtig Spaß gemacht, mit euch zusammenzuarbeiten.

Außerdem möchte ich mich bei meinen Kolleginnen Alexandra Amber, Annika Bühnemann und Joleen Carter bedanken. Ihr hattet eine Engelsgeduld mit mir und meinen unzähligen Fragen und habt mir ein ganzes Stück weitergeholfen.

Danke, liebe Eva, dass du mir die Chance gegeben hast, bei *Romance Edition* zu veröffentlichen. Als ich Ende 2013 das erste Mal von dem Verlag erfahren hatte, war es noch ein entfernter Traum, eine meiner Geschichten bei euch zu sehen. Dass es nun so weit ist, bedeutet mir sehr viel und ich bin um einige Erfahrungen reicher geworden.

Doch mein größter Dank gilt Ihnen. Ohne meine Leser würde das Schreiben nicht einmal halb so viel Spaß machen. Es ist ein unglaublich schönes Gefühl, andere Menschen mit Worten tief im Inneren zu berühren. Ich danke Ihnen für Ihre Treue und hoffe, Sie auch noch mit den nächsten Geschichten aus meiner Feder begeistern zu können. Falls Sie über Neuerscheinungen von mir auf dem Laufenden gehalten werden möchten, würde ich mich freuen, wenn Sie meinen Newsletter auf www.sarahsaxx.com abonnieren. Außerdem gebe ich Einblicke in meinen (Schreib-)Alltag auf Facebook: www.facebook.com/Sarah.Saxx.Autorin – unterstützen Sie mich doch, indem Sie meiner Seite einen Daumen schenken. Ich freue mich, mit Ihnen in Kontakt zu bleiben.

CORDIA CREEK: Nur mit Dir von Sonya Devlin

ISBN-Paperback: 978-3-902972-47-7
ISBN-EPUB: 978-3-902972-60-6

Anneke van de Veldes Karriere in der schillernden Modemetropole New York findet ein jähes Ende, als sie einen folgenschweren Fehler begeht. Mittellos und voller Reue kehrt sie nach Cordia Creek zurück, wo sie prompt auf den Grund ihrer Flucht aus der Provinzstadt trifft: Ihren Ex-Verlobten Jonas Olsen, der sie mit ihrer ehemals besten Freundin betrogen hat. Obwohl sie sich fest vorgenommen hat, Jonas keine Chance zu geben, ihr Leben ein weiteres Mal auf den Kopf zu stellen, verliert sie erneut ihr Herz an ihn – doch diesmal steht mehr auf dem Spiel als nur ihre Liebe …

KÜSSE IN LISSABON von Lina Roberts

ISBN-Paperback: 978-3-902972-41-5
ISBN-EPUB: 978-3-902972-78-1

Ein Scherbenhaufen, mehr ist von Elenas Existenz nicht übrig. Nach dem Tod ihres Kindes kriselt ihre Beziehung zu Daniel, der ihr am eigentlich schönsten Tag ihres Lebens den Laufpass gegeben hat. Allein tritt sie ihre Hochzeitsreise an, wo sie Marc trifft – Kapitän der Artemis und der Mann, der sie in schwierigster Stunde auffängt. Stunden süßer Zerstreuung und heiße Nächte unter dem Sternenhimmel lassen Elena vergessen und ihr Herz heilen. Um neues Glück zu finden, muss Elena ihre Ängste überwinden und der Liebe erneut eine Chance geben …